KB004326

축제의
언덕

박희섭 장편소설

축제의 언덕

다차원북스

내일이 어떻게 될지 누가 알아.
삶은 오늘에 있는 것이지,
내일에 있는 건 아냐.
오늘이 있어야 내일도 있는 법이거든.
그날그날을 사랑하지 않는다면
사는 게 무슨 의미가 있어.

-본문 중에서

| 차례 |

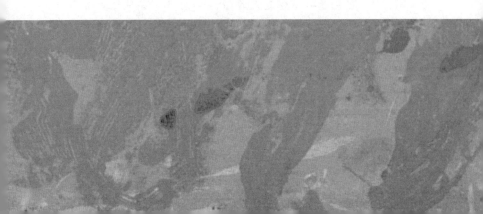

황금의 도시

동생의 전화를 끊고 나서 그는 문득 자신이 아버지보다 몇 년이 나 더 오래 살았다는 사실을 깨달았다. 당연한 일이지만 그동안 전혀 계산해보지 않았던 것이다. 그 생각에 그는 약간 어색하고 또 무어라 말하기 힘든 무거운 감정을 맛보았다. 굳이 설명한다 면 전혀 의식 않고 지내던 중력의 무게가 갑자기 어깨에 느껴지 기 시작한 그런 기분이었다.

평소 변호사 업무에 쫓겨서 연락이 뜸하던 동생이 늦은 저녁에 전화를 걸어온 것은 부친 묘소의 이장(移葬) 문제 때문이었다. 동 생의 말에 따르면 부친의 묘소가 있는 야산이 대규모 아파트단지 가 들어설 건설예정부지로 선정되었으니 서둘러 이장을 하라는 통지서가 엉뚱하게 장남도 아닌 자신에게 날아왔다는 것이었다.

그와 세 살 터울의 동생은 변호사란 직업에 걸맞게 이장에 따 른 일의 순서와 방식, 그리고 소요될 비용과 형제간에 맡아야 할 일까지 조리 있게 설명을 늘어놓았다. 그리고 유골은 화장한 뒤 에 고향에서 몇 년 전에 새롭게 조성한 집안 납골당으로 모시는 게 마땅하리라는 의견까지 내놓았다. 어릴 때부터 낙천적이며 바지런한 성품을 가진 덕에 어렵게 고등학교를 마치고 독학으로 사법고시까지 패스한 동생이었다.

대화 끝에 그는 문득 요즘 제수씨와는 어떻게 지내느냐고 물으려다가 그만두었다. 지난번 형의 집에서 있었던 모친의 기일제사에 제수씨가 아프다는 핑계로 오지 않았었다. 그래서 따로 동생에게 슬쩍 지나가는 말처럼 물어보았더니, 얼마 전에 사무실 처녀와 놀아난 것이 들통 나는 바람에 아내가 이혼을 요구하고 있다고 솔직히 털어놓았다. 그 뒷이야기가 궁금했지만 부친의 이장문제로 전화를 걸어온 동생에게 던질 질문이 아니란 생각이 들었던 때문이었다.

살아생전 자신의 집 한 칸 없더니, 이젠 무덤자리 하나 제대로 못 지킬 모양이지.

이장을 거론하던 말미에 동생이 문득 쓸쓸한 어조가 되어 중얼거렸던 말이었다.

그는 가운 차림으로 팔짱을 낀 채 천천히 베란다 쪽으로 걸음을 옮겼다. 짙어진 어둠 사이로 도시의 밀림처럼 총총히 들어선 아파트 무리들이 저마다 하나씩 불을 밝힌 채 밤을 맞이하고 있었다. 늦은 귀가를 서두르는 차량의 헤드라이트 불빛이 검은 아파트 도로 사이로 꼬물거리며 달려오는 게 창을 통해 내려다보였다.

아까 동창회 모임 관계로 좀 늦어질 거라는 전화를 해온 아내는 아마 자정은 되어야 귀가할 모양이었다. 마흔을 넘기면서 아내는 부쩍 이런저런 모임이 잦아졌다. 그동안 생활에 바빠서 억

눌러 두었던 사회성이 되살아났는지 여차하면 계모임이고, 저차하면 동창회였다. 게다가 근래 들어선 자녀유학을 준비하는 학부모 모임에 지극한 관심을 보였다.

앞으로 영어를 못하면 도태되는 사회란 걸 잘 알면서 그래. 아내는 올해면 중학을 마치는 아이를 이왕이면 저 먼 영국이나 캐나다쯤으로 보내고 싶어 했다. 그게 안 되면 하다못해 비용이 싼 필리핀에라도 몇 년 보내야 할 것 같았다.

아휴, 유모회(유학준비 학부모회)에 갔더니 내가 제일 나이가 많은 것 있지. 다들 새파랗게 젊은 미시족들이 아이들 유학문제에는 어찌 그렇게 환한지 깜짝 놀랐다니까. 아무튼 요즘 젊은 엄마들 자식에 대한 열성 하나는 정말 대단해.

그가 보기에 아내 역시 그녀들 못지않았다. 늦게 얻은 외동아들이선지 초등학교 때부터 아이에 대한 관심이 좀 지나치다 싶을 만큼 유별났다. 자모회다 뭐다 해가며 열심히 학교를 들락거렸던 것이다. 이번에도 아내는 아이의 유학이 결정되기도 전에 자신이 먼저 영어학원에 등록하여 회화공부를 시작했다. 유학 간 아이 뒷바라지라도 하려면 영어회화는 좀 해놓아야 되지 않겠어. 아내가 선수치듯 한 말이었다.

당신 외국에 가고 난 뒤에 내가 혼자 외로워서 바람이라도 나면 어쩌려고 그래? 그의 농담어린 말에 아내는 가당찮다는 듯 피식 웃었다. 영철이 양육비하고 내 위자료나 준비해두면 누가 뭐래나? 바람이 나든, 여자를 들이던 알 게 뭐야.

당시 그는 자신을 무시하는 건지, 아이만 있으면 괜찮다는 뜻인지 아니면 당신을 믿으니 농담하지 말라는 건지 아내의 의중을 알 수가 없어서 좀 당혹스러웠다.

남들 하는 만큼은 해야 할 것 아냐.

애들 교육에 너무 극성스러운 것 아니냐는 그의 물음에 아내가 내뱉은 말이었다. 그로선 대체 남들 하는 만큼이란 말이 가진 의미를 정리하기 힘들었다.

누구든 흔히 아무 생각 없이 던지는 말, 남들 하는 만큼은 해야 된다는 것. 사람들이 그게 무슨 의미를 가졌는지 알고나 쓰는지 의심스러웠다. 남들만큼 배우고, 남들만큼 벌고, 남들만큼 살고, 남들만큼 가진다는 게 무슨 뜻인가.

도대체 왜 자기만의 고유한 삶에 남들의 기준을 들이대야 하는지, 그럼 자신의 삶은 가치도 기준도 없이 그저 사돈 장에 갈 때 거름지고 간다는 식으로 남들을 따라하면 괜찮은 것인가. 만약 세상 사람들이 모두 그렇게 다 남들처럼 한다면 그게 어디 삶이야? 그럼 못 사는 놈은 누가 하고 꼴찌는 또 누가 해?

하지만 그의 그런 의아심은 아내의 한마디에 절단이 나고 말았다.

뭘 그리 어렵게 생각해. 그저 좋은 게 좋다는 뜻이야. 모난 돌이 정 맞는다고 이 풍진 세상에 굳이 남들과 달라서 좋을 게 뭐 있겠어. 그저 평안하고 즐겁게 한세상 살다 죽으면 그게 제일이지. 내가 보기엔 당신의 세상을 보는 방식 자체에 문제가 좀 있는 것 같아.

하긴 아내 말마따나 자녀교육도 돈이 있으니까 시킬 수 있었다. 만약 가난하다면 어떻게 자녀교육을 남만치 시킬 것이며, 그 많은 학원에 어찌 다 보낼 수 있을 것인가. 그런 면에서 보면 남만큼 한다는 것은 남들보다 낫다는 뜻이기도 할 것이다.

아파트 현관에 불이 켜지더니 등에 가방을 멘 아이가 들어섰다. 불빛을 등진 탓인지 몹시 지치고 피곤해 보였다. 그가 돌아보자 그냥 가볍게 고개만 까닥하고는 일언반구도 없이 제 방으로 주르르 달려갔다.

– 학원엔 잘 다녀왔어?

그의 물음이 떨어지기도 전에 아이의 방문이 쾅 소리를 내며 닫혔다. 자신의 자유를 빼앗은 어른들에 대한 일종의 항의 같아서 그는 마음이 무거웠다. 늦은 시간까지 아이들을 이런저런 학원이다 학교다 시험이다 해서 일각의 여유도 주지 않고 내모는 것은 분명 어른들의 잘못일 터였다.

대관절 아이들이 무슨 죄가 있는가. 한참 뛰고 놀아야 할 나이에 왜 잠자는 시간을 제외하고는 하루 종일 공부에 시달려야 하는 것인가. 과연 더없이 발전하고 문명화된 사회라면서 왜 보통 사람들의 삶은 더 고단하고 바쁘고 힘들어지는가. 모든 사회적, 과학적 발전은 사실 좀 더 인간답게 행복하고 여유롭게 사는데 그 목적이 있는 것 아닌가.

그는 문득 작년 겨울에 출판사 직원들과 함께 네팔의 안나푸르나 트레킹에 나선 기억을 떠올렸다. 트레킹에 앞서 포카라란 작은 도시에 숙소를 정해야 했다. 곳곳에 붉은 부겐빌레아 꽃과 파파야나무, 바나나나무가 서 있는 동네는 아름답고 조용했다. 집집마다 화초가 자라는 화분과 정원이 있었고, 집들 사이로 난 골목길은 구불구불하고 아기자기했다. 우리네 1970년대를 연상시키는 가난하고 낙후된 동네였다. 비록 전력사정이 나빠서 밤마저 정전이 잦았지만 사람들은 인정스러웠고, 서로에게 밝고 친절했다. 동네아이들이 골목길에서 깔깔거리며 뛰어노는 소리가 밤늦도록 그치지 않았다.

언젠가 신문에 실렸던, 행복지수가 높은 나라가 의외로 방글라데시라는 가난한 나라였다는 사실을 그는 불현듯 떠올렸다. '물질은 행복을 잠식한다'라는 문구가 그의 머리에 떠올랐고, 갑자기 이유 모를 허기가 마음을 흔들고 지나가는 것을 느꼈다. 느닷없이 소주 생각이 간절해졌다.

– 피자 사 먹게 돈 좀 주고 가세요.

외출복을 걸치고 바깥에 나갔다 온다는 말을 하려고 아이의 방문을 열었을 때 아이가 하는 말이었다. 잠잘 시간에? 하지만 배고파요. 전화로 배달시키면 되잖아요. 그는 하는 수없이 지갑을 꺼냈다.

– 오락게임은 하지 마. 할 거면 차라리 일찍 자든지.

아이가 켜놓은 컴퓨터를 보며 그가 노파심에서 한마디 내뱉었다.

아파트 현관을 나왔지만 마땅히 갈 곳이 떠오르지 않았다. 어디로 갈까 궁리하다가 마침 일전에 한 번 가 본 적이 있는 아파트 건너 시장골목 뒤편에 있는 작은 선술집이 생각났다. 인심이 후덕하게 생긴 할머니가 하는 소줏집으로 매운 장어 안주가 일품이었다. 그는 그리로 가기 위해 차도를 건넜다.

낙향

처음으로 기차를 타고 하루 종일 들판과 강을 건너 목적한 역에 내렸을 때는 사위가 어둠으로 덮인 늦은 저녁 무렵이었다. 노리끼리한 갓전등불이 듬성듬성 불을 밝힌, 식민지시대에 지었다는 역 건물은 좀 낡고 어설퍼 보였다. 누추한 몰골을 한 여행객들이 언제 올지 모를 기차를 기다리며 제각각 살림 보통이나 가방을 안은 차림새로 역사 안을 메우고 있었고, 넓고 어두침침한 역사 바깥에는 2월 말경의 싸늘한 밤바람이 그들 가족을 기다리고 있었다. 그게 그날 처음 지방에 내린 소년의 시각에 찍힌 역전 풍경이었다.

부모와 소년을 포함한 다섯 명의 가족들은 우선 급한 대로 역전 부근의 허름한 여인숙을 얻어들기로 했다. 미리 얻어둔 집도 없는데다가 떠나기 전에 역에서 기차 수화물로 부친 솥단지며 그릇, 이불 따위의 세간이 도착하려면 이틀이나 기다려야 했기 때문이었다.

역전을 지나는 도로 양쪽에는 낡고 오래된 한옥들이 낮은 어깨를 맞대며 난립해 있었고, 한옥들 사이의 그 나직하고 구불구불한 골목길 사이에선 입술에 붉은색 루주를 칠한, 야한 양장이나 한복을 입은 여자들이 지나는 행인들을 붙잡고 호객행위를 일삼았다. 더러는 술 취한 손님들과 왁자하니 방으로 들어와서 흘러간 노래를 부르거나 무슨 얘긴가를 속살거리기도 하였다.

소년의 가족은 그중 비교적 골목 바깥쪽에 자리한 소위 적산가옥이라고 불리는 일제 때 지은 허름한 목조건물인 이층짜리 여인숙에 여장을 풀었다. 여장이랬자 옷 몇 가지와 당장 쓰일 물건을 넣은 네 개의 보퉁이가 고작이었다.

좁은 복도 안쪽에 늘어선 방들 중에 구석에 위치한 방으로 들어가자 가족들은 모두 자리를 정할 여력도 없이 함부로 쓰러져 누워서 곤한 잠에 빠져들었다. 거의 열두 시간 넘게 발 디딜 틈도 없이 승객들로 북적대는 좁은 기차간에서 시달리느라 피곤에 지친 것이다.

아침이 되자 여인숙 주변은 이상하게 조용해졌다. 밤늦도록 호객행위를 한 여자들이 사라지고 조용한 적막이 골목을 감돌았다. 그 흔한 아이들도 보이지 않았다. 가끔씩 바지게에 가득 반찬거리로 쓸 푸성귀를 얹은 장사꾼들이 자신이 가져온 야채의 이름을 외치며 골목 사이를 터벅터벅 지나가기도 했다.

보퉁이에 챙겨온 무리떡과 삶은 계란으로 간단하게 요기를 한 다음, 거처할 마땅한 집을 구하러 부친과 형이 나간 사이에 소년과 세 살 터울인 아홉 살짜리 동생은 꼼짝없이 여인숙 안쪽 마당에 갇혀 지내야 했다. 행여 낯선 곳에 나갔다가 길을 잃을까 염려한 어머니의 엄명 때문이었다.

소년과 동생은 서너 평은 됨직한 여인숙 마당에서 물이 나오지 않는 무쇠로 된 녹슨 펌프 손잡이를 저어보거나 좁다란 쪽마루 아래 놓인 여자들의 낡은 고무신을 하나씩 세어보기도 했다. 햇살은 오전에 잠깐 마당에 들었다가 오후에 접어들자 기척에 놀란 새처럼 금세 바깥으로 빠져 달아났다.

새로운 어둠이 내리면서 골목은 다시 제 생명을 찾은 것처럼 오가는 사람들로 한결 활기차고 소란스러워졌다. 낮 동안 어디에 있었는지도 모를 사람들이 수시로 골목 바깥쪽으로, 혹은 골목 안쪽으로 와자지껄 떼를 지어 몰려다녔다. 누군가의 이름을 소리쳐 부르거나 어두운 저쪽 어디선가 여인의 애조 띤 노랫가락이 나지막이 들려오거나, 또드락대는 흥겨운 젓가락 장단과 얼씨구 좋다, 라는 털털한 남자의 추임새가 여인숙 담을 넘어와 줄지어 늘어선 여인숙 방문 앞에서 유혹하듯 풀어지기도 했다.

하지만 그것도 잠시였다. 때늦은 추위 때문인지 점차 사람들의 음성이 잦아들더니 다시 조용한 밤이 찾아왔다. 개들이 어둠이 두려워서 짖어대는 소리만 간헐적으로 들려올 뿐이었다.

― 좀 조용히 불 끄고 잡시다.

저녁에 부친이 역전시장에서 사 온 비지가 섞인 멀건 콩죽과 노릿한 술떡이 소화되어 약간씩 뱃속의 허기가 느껴지는 밤중이었다. 방 안 제일 안쪽에 누워 있던 아버지가 옆방과 면한 벽을 두드리며 말했다.

실상 조금 전부터 얇은 합판 벽 건너에서 악문 이빨 사이로 새어나오는 듯 이상야릇한 여성의 신음과 거칠게 헐떡이는 남자의 숨소리가 한참 동안이나 끊어질 듯 끊어질 듯 이어지고 있었다.

그들 가족이 얻든 방은 큰방 하나를 얇은 베니어합판으로 칸을 내어 두 개의 방으로 나눈 것으로 옆방과 면한 천장 벽에는 담배 두 갑 크기의 작은 사각 구멍이 나 있고, 그 중간에 알전구를 달아서 두 방이 한 전등불을 함께 사용하도록 되어 있었다. 전기를 아끼기 위한 방법이었을 것이다.

소년은 진작부터 옆방에서 남녀의 소군거리는 소리와 함께 부스럭거리는 기척을 들었고, 짐짓 잠든 척하며 그 수상하고 기이한 소리를 귀담아 듣고 있었던 터였다. 그 소리가 무얼 뜻하는지 소년은 어렴풋이나마 알고 있었다. 그의 부모도 가끔씩 어두운 단칸방 잠자리에서 그와 흡사한 소리를 내곤 했으며, 그게 어른들이 아이를 만들기 위해 하는 행위란 것도 대강 짐작하고 있었다. 사실 소년도 더 어렸을 적에는 그게 무슨 의미의 소리인지 잘 몰랐고, 어머니가 밤새 어딘가 아파서 앓는 소리를 내는 줄만 알았던 적도 있었다.

아버지가 두 번째 같은 말을 반복했을 때 옆방에서 나던 신음 소리가 딱 멎었다. 그리고 대신에 건너온 소리는 몹시 크고 우렁찼다.

— 씨발, 재수 읎네. 잠 오마 지(제) 먼저 처자빠져서 자문 될 꺼 아이가.

사투리가 섞인 투박하고 거친 남정네의 말에 아버지는 더 이상 아무 말도 하지 않았다. 옆방 남자도 더 이상 여자와 그 짓을 할 의욕을 잃었는지 커다란 손이 올라오더니 양쪽 벽 사이에 달린 알전구가 달칵 하며 꺼졌다. 순식간에 창문 하나 없는 좁은 방 안에 어둠이 덮쳐왔다. 내쉬는 숨소리까지 손에 잡힐 듯 지극한 어둠이었다.

─ 당신도 참, 그냥 모른 척 자면 될 걸 가지고.

조금 뒤 어머니가 작은 소리로 핀잔주듯 소곤대는 소리가 소년의 귀에 들려왔다. 하긴 소년의 어린 소견에도 어머니의 말이 백번 지당했다. 한소리 했다가 놀란 달팽이 눈처럼 쑥 들어갈 거면 괜히 무어라 할 필요가 어디 있을 건가.

따져보면 이처럼 조악한 여인숙 신세를 져가며 낯선 도시로 내려오게 된 것도 다 아버지의 잘못으로 인해 빚어진 일이었다. 아버지의 난봉만 아니었다면 왜 빚쟁이가 야반도주하듯 오랫동안 정든 도시를 떠나야 했을 것인가.

불과 나흘쯤 전이었다. 저녁상을 물리자마자 식곤증에 몰려 일찍 초저녁잠이 들었던 소년은 문득 잠결에 아버지와 어머니가 다투듯 나누는 얘기를 본의 아니게 엿듣게 되었다. 얇게 실눈을 뜨고 본 방 안에는 알전구가 노랗게 불을 밝히고 있었고, 친구 집에 간다던 형이 아직 돌아오지 않은 걸로 보아 밤이 늦지는 않았던가 보았다.

그럼 어떡할 거야. 그 덩치 큰 놈이 날 잡으면 패 죽인다고 벼르는 판인데.

그러기에 왜 그런 몹쓸 짓을 하고 다녀요.

어머니의 질책에도 아버지는 낮은 한숨만 내쉴 뿐 아무 대꾸도 하지 않았다.

얘기의 대강을 꿰어보면 이랬다. 아버지가 근무하는 회사에 한 여직원이 있었다. 여자고등학교를 마치고 갓 취직한 숫처녀였는데 몹시 싹싹하고 붙임성이 있었다. 상사인 아버지가 친절하게 이것저것 도와주다보니 쉬는 날 함께 근교 공원에 놀러가게 되었고, 어쩌다 처녀의 몸까지 건드리게 되었던 것이다.

처녀는 토박이 양반 집안에 꽤나 세력이 든든했다. 특히 그중에서 처녀의 바로 손위 오빠는 시내에서 이름만 대도 알아주는 주먹꾼이었다. 몇 번 직장에 근무하는 여동생을 찾아왔을 때 본 바로는 덩치가 산처럼 크고 눈이 부리부리했으며 생김새만큼이나 성질이 보통 아니라고 했다. 어느 날 사랑하는 여동생이 아내가 있는데다가 아이까지 셋 달린 직장상사와 사랑노름에 빠져서 매일 눈물로 지새는 것을 알고는 분기탱천, 직장상사를 찾아서 혼찌검을 내주리라 잔뜩 벼르고 있다는 것이다.

다행이 먼저 그 사실을 알아차린 아버지가 직장에 사직서를 던진 것까지는 괜찮았지만, 그 범강장달 같은 사내가 집을 알아내어 찾아오기라도 하는 길에는 한목숨 부지하기 힘들 거라는 얘기였다. 아마 죽지는 않아도 이만저만한 곤욕을 치르지 않을 수 없다는 게 아버지가 처한 실정이었다.

— 차라리 첩을 들이는 게 낫지, 하필이면 여염집 처녀를 건드려서.

우연히 그렇게 되었다고 했잖아.

우연은 무슨 우연이에요. 설사 우연이라 쳐도 나이든 남자가 어린 처녀를 달래어 보내는 게 순리지, 얼싸 좋다 건드려가지곤.

사람이 살다보면 누구나 실수하는 수도 있잖아. 한 번 실수를 가지고 너무 그렇게 닦달하지는 말아.

어쨌든 맞아도 싸요. 우리 고향마을 같았으면 멍석말이를 당해도 한참 당했을 것인데.

아무리 그렇다고 당신은 남편이 엄한 놈에게 맞아죽는 꼴 보아야 속이 시원하겠어.

아버지가 못마땅한 말투로 어머니를 나무랬다. 그러나 말에 힘이 없었다.

그럼 어떡해요.

어머니가 땅이 꺼지게 한숨을 내쉬었다. 전후야 어찌 됐건 남편이 봉변을 당한다는 데 뾰족한 수가 없었던 것이다.

그까짓 사지 멀쩡한 사람이 어딜 가든 못 살겠어. 일단 여기를 뜨고 보자니까.

보기보다 겁이 많은 아버지로선 맞아 죽는 것보단 우선 멀리 도망치고 보자는 심산 같았다.

좋아요. 그 대신 한 가지 약속을 해줘야 해요. 무언가 궁리하며 한참 뜸을 들이던 어머니가 꼭지 따는 야무진 음성이 되어 아버지에게 말했다.

약속은 무슨 약속?

다신 여자와 바람을 피우지 않겠다는 약속. 그 약속을 해주지 않으면 전 죽어도 여길 뜨지 않겠어요.

그래, 약속하지. 내 다시는 여자 같은 거 거들떠보지 않을게.

그걸 어떻게 보증할래요?

보증은 무슨 보증, 아내와 남편 사이에. 꼭 보증하라면 내 약속 할게. 다시 한 번 그러면 내 성을 갈겠어. 정말이야. 당신이 다니는 절의 대웅전 부처님에 대고 맹세할 수도 있어.

알겠어요.

어머니가 어깨를 낮추며 한숨 쉬듯 말했다.

그렇게 해서 급하게 다른 도시로의 이사가 결정되었던 것이다. 가족들은 그 다음 날 바로 부랴부랴 살림살이를 꾸려서 역 소화물계에 가서 부치고, 간단한 보퉁이를 들고 수은등이 푸르게 불을 밝힌 추운 새벽 거리를 걸어서 기차역을 향해 출발했던 것이다.

역전 여인숙에서 사흘을 보낸 뒤 아버지가 소년을 데려간 곳은 걸어서 사십 분 가량 떨어진 도시 변두리였다. 삼월이 며칠 남지 않아선지 날씨는 조금씩 해동의 기운을 보이고 있었다. 하지만 대기는 흐렸고, 간간이 겨울의 날선 기운을 품은 바람이 귓바퀴를 스쳐갔다. 온기를 잃은 태양이 오래된 은화처럼 희멀건 색깔로 허공에 걸려 있었다.

– 저쯤이야.

아버지가 손을 들어 말했다. 검지 끝에는 비스듬히 경사를 이룬 넓은 보리밭과 야산이 보였고, 그 언덕배기에 기대듯 낡고 허름한 판잣집들이 무질서하게 늘어선 광경이 들어왔다. 비탈진 길을 올라서 동네 안으로 접어들자 이마에 닿을 듯 나지막한 슬레이트 처마들이 어설프게 이어졌고, 좁다랗고 구불구불한 골목길 옆으로는 유기물이 부패하는 고약한 냄새를 풍기며 작은 시궁창이 흐르고 있었다.

그건 낯설고 칙칙하면서 뭔지 모를 비애가 느껴지는 그런 풍경이었다. 어제 저녁에 아버지에게서 이제 살 집을 찾아놓았다는 말을 듣기는 했지만 설마 이처럼 더럽고 허름한 변두리 동네인 줄은 상상치도 못했던 것이다.

– 사는 데는 아무 지장 없어. 암.

소년의 씁쓸한 마음을 읽었는지, 아니면 스스로 위안하는 것인지 아버지가 혼잣소리처럼 말했다.

골목을 따라서 동네 안쪽으로 들어가자 난데없는 소란이 들려왔다. 여자의 악다구니 쓰는 소리와 욕설이 번갈아 허공에 솟구쳤다. 뭔가 소동이 벌어진 게 분명했다. 소년과 아버지가 걸음을 빨리 해서 골목을 꺾어들자 나직한 집들 사이로 전봇대가 서 있는 비교적 넓은 공터가 나왔고, 거기서는 한창 두 여인이 머리채를 부여잡고 서로에게 갖은 욕설을 쏟아내며 싸우는 중이었다. 그 주변으로 동네사람들로 보이는 허름한 입성의 주민들이 빙 둘러서서 두 여인의 비장한 결투를 지켜보고 있었다.

싸운 지 얼마 지난 듯 이미 두 여인의 얼굴에는 생채기인지 뭔지 벌겋게 핏기가 올라 있었고, 한 여인의 뜯어진 저고리 사이로 풍만하고 흰 젖가슴 언저리가 슬쩍슬쩍 드러났다. 한 여인은 뚱뚱한 체구의 중년여인이었고 다른 여인은 보다 젊은 여자로 몸매가 좀 호리하면서도 육감적인 편이었다. 하지만 서로 머리를 맞댄 채 머리채를 감아쥐고 다투는 모습은 마치 두 마리의 투우가

뿔을 가지고 싸우는 모습과 닮아 있었다. 힘은 뚱뚱한 여인이 우세해 보였지만 젊은 여자의 독기 또한 만만치 않았다.

– 이 망할 년아. 쌔고(많고) 쌘(많은) 놈아(남자) 중에 해필 붙어 묵을 기 없어서 우리 신랑과 붙어 묵냐. 이 천하에 가랭이를 쩨죽일 년아.

– 이년아. 니년이 평소에 신랑 단속을 잘했으마 내한테 꼬리를 치고 붙었으까. 지 년 잘못은 모르고는 어따 대고 욕질이고. 이 순 무식한 년이.

– 좀 말리지 않으시고.

지켜보던 아버지가 곁에 선 점퍼 차림의 사십대 남자에게 말했다. 남자는 힐끗 아버지를 쳐다보더니 처음 보는 얼굴이라선지 경계의 표정을 드러냈다. 그리고 주제넘게 웬 간섭이냐는 투로 대답도 못내 퉁명스러웠다.

– 말리긴 뭘 말린단 말인교. 냐두소. 실컷 싸워야 분이 풀릴 낀데 그냥 두소 마.

– 그래도…….

아버지가 양미간을 접었다.

– 그냥 내비 두소. 그건 그카고 첨보는 얼굴인데 어서(어디서) 온 기요?

칵, 누런 가래침을 긁어 올려 땅바닥에 뱉고는 고무신 신은 발로 짓뭉개며 남자가 물었다.

– 아, 전 이 동네에 새로 이사 올 사람입니다. 김정목이라고 합니다.

아버지가 쓰고 있던 중절모자를 벗어들며 남자에게 반갑게 손을 내밀었다. 아버지의 싹싹한 태도에 비로소 남자는 아버지가 내민 손을 맞잡아 흔들며 경계어린 표정을 풀었다.

- 그런교? 지는 마일수라 캅니더. 일로(여기로) 이사를 오신다카이 반갑구마는 동네가 좀 누추해서……그치만 우리 긋은(같은) 서민들 살기엔 그럭저럭 하구마.

눈 밑에 팥알 크기의 점이 있는 남자는 동네가 누추한 것이 자기 탓이나 되는 양 왼손으로 뒤통수를 긁적였다.

- 창석이 엄마, 부뜰이 엄마, 이제 고만 좀 하소. 여기 아이들 눈도 있는데 다 큰 어른들이 이게 무슨 창피요.

지켜보다 못한, 머리가 반 너머 쉬고 부드러운 인상을 가진 초로의 남자가 두 여인의 사이로 끼어들며 말렸다. 하지만 싸우는 사람이 여자들이라 감히 어디에 손을 댈지 몰라 어정쩡한 태도였다. 그러나 그 말이 신호이기나 하듯 두 여인이 서로 머리채를 놓고는 못 이긴 채 떨어져 나왔다.

- 두고 보제이. 이년아. 한 번만 더 내 신랑하고 놀았다카마 함 보그라. 내 니년 거시기 털을 몽땅 뽑아놓을 끼니까.

- 실컷 두고 보거레이. 이 순 무식한 년아.

분이 풀리지 않은 듯 서로를 노려보며 욕설을 퍼붓는 여인을 곁에 둘러섰던 다른 여인네들이 각기 팔을 부축하여 제 집으로 데려갔다. 서로 죽일 듯 싸운 것치고는 어쩐지 싱거운 결말이었다. 주위를 에워싸고 있던 사람들의 시선은 그제야 낯선 소년과 아버지에게 와서 멎었다.

– 아아, 김 주사 아닌교. 오늘 오신다 카디(하더니) 마침 오셨네요. 안 그캐도(그래도) 기다리던 참인데…….

동네주민들의 시선을 난감해하던 차에 저편에서 한 남자가 그들 부자에게 다가왔다. 머릿기름을 발라 올백으로 넘긴 머리에 얼굴이 갸름하게 생긴 사십 초반의 남자였다. 쌍꺼풀진 눈에 꽤 유들유들해 보이는 인상이었다.

– 정 반장, 마누라가 싸울 때는 어느 다락에 숨어 있다가 이제야 나오는 거요?

싸움을 말렸던, 머리 반쯤 센 남자가 어딘가 빈정대는 투로 말을 건넸다.

– 아휴, 장 목수님이야말로 그런 말씀 마이소. 시앗싸움엔 부처도 돌아앉는다 카는데 여자 싸움에 남자가 나선다 카머(하면) 체통이 뭐가 됩니꺼?

– 하여간 말 못해 죽은 조상은 없다더니…….

장 목수라 불린 남자가 씁쓰레하게 웃으며 혀를 찼다.

– 저, 반갑습니다. 담배나 한 대씩 나눕시다.

아버지가 선심이나 쓰듯 셔츠에서 담뱃갑을 꺼내어 두 사람에게 내밀었다.

– 지도 담배는 갖꼬 있구마는, 오라, 이거 새로 나왔다는 신탄진 아닙니꺼. 그라마 한 대 얻어 피아볼까요. 요새 파고다는 통 질이 나빠져서…….

정 반장이 헤헤거리며 아버지가 내민 담뱃갑에서 담배를 빼어 물었고, 장 목수 역시 묵묵히 담배 한 가치를 입에 물었다. 아버지가 성냥을 그어 두 사람에게 담뱃불을 붙여주었다.

– 안 그케도 장 목수님을 부를라 캤는데 잘 되었심더.

정 반장이 만족스레 허공에 길게 연기를 내뿜으며 말했다.

– 나를 왜?

– 이분 이사 오실 집을 좀 수리를 해야 하는데, 그걸 장 목수님
이 적당히 알아서 해주시마 안 되겠능교? 김 주사님도 별 의의가
없지예?

– 저야 당연히 그래주시면 고맙지요.

아버지 역시 담배연기를 내뿜으며 고개를 주억거렸다.

정 반장을 앞세우고 장 목수와 아버지, 그리고 소년은 동네 골
목을 따라서 안쪽으로 들어갔다. 소매 끝이 때와 콧물로 반질반
질해진 코흘리개 아이 둘이 무슨 일이 있는가 싶던지 되똥거리며
일행을 따라왔다.

두 번 골목을 꺾은 다음 정 반장이 아랫도리가 시커멓게 녹이
슨, 허름한 함석대문이 비스듬하게 달린 어느 집 앞에서 걸음을
멈추었다. 어제 아버지가 봐놓았다는, 소년 가족이 살 집인 모양
이었다.

– 이게 집은 좀 허름하다 캐도 마당도 넓고 텃밭도 딸려 있어
가꼬 다섯 가족 살기엔 괜찮을 겁니더.

기울어진 함석대문을 들어 옮기다시피 열며 정 반장이 말했다.
하지만 소년으로선 너무 실망스러운 모습이었다. 오랫동안 비어
두었던 듯 거의 폐가나 다름없었다. 두 칸짜리 흙담집은 벽 곳곳
에 구멍이 숭숭 뚫려져 갈비뼈처럼 겨름대가 내보였고, 검은 루

핑을 덮은 지붕 처마저 반쯤 이울어져 있어 어쩐지 젓가락질에 반쯤 살이 발리다 만 고등어를 연상시켰다. 다만 집 안쪽에 비워 둔 넓은 땅이 있는 게 다소 마음에 들었다.

- 이 집 주인 되는 양반은 멀리 촌에 있어나서 없는 거나 마찬가지니 더욱 좋다 아입니꺼. 꼬박꼬박 월세만 부쳐주면 아무 탈도 없을 겁니더.

- 하지만 수리비가 만만찮을 것 같아서 그게 좀 마음에 걸리는군요.

- 그거야 장 목수님이 우찌 알아서 해 주시겠지예. 아니마 우선 급한 대로 부엌과 방 한 칸만 수리하고, 나중 돈이 되는대로 안쪽도 수리해서 쓰마 안 되겠능교. 안 그런교, 장 목수님?

정 반장은 행여 아버지의 마음이 바뀔세라 서두르는 기색이었다.

- 뭐, 되는대로 해봅시다. 헌데 혼자 수리하기엔 좀 그렇고 다른 일꾼들은 없소?

장 목수가 집 전체를 이리저리 가늠해보며 조심스레 말했다.

- 제가 뒷손을 도우면 안 되겠습니까?

아버지의 말에 장 목수가 정색한 눈을 하고 아버지를 살폈다.

- 노가다(노동일)를 해본 사람 같지는 않은데, 정말 뒤모도(보조공)를 해줄 수 있겠소? 그것도 혼자서는 어려울 텐데…….

- 이 아이하고 같이 도우면 되겠지요. 이 아이가 보통 재바르고 힘이 센 게 아닙니다.

자랑이나 하듯 큰소리치는 아버지의 말에 장 목수의 눈이 소년에게로 향했다. 소년은 갑자기 방광이 무거워졌다. 소년은 짐짓 머리를 숙이고 운동화 신은 발끝으로 땅을 후볐다.

— 중학교 삼학년쯤 되어 보이긴 하지만. 나이가 얼마요?

— 그게…….

아버지가 대답할 적당한 말을 찾느라 우물거렸다. 일꾼이랍시고 추천한 마당에 올해 초등학교를 졸업하는 아이라고 밝히긴 곤혹스러웠을 것이다.

— 좋소. 일단 해보기로 합시다. 요즘 겨울철이라서 일이 없으니 염가에 맡는 줄 아시오. 그럼 조금 있다가 나하고 수리에 쓰일 자재나 구하러 건재상에 가기로 합시다. 우선 집수리에 들어갈 자재가 어디 얼마나 필요한지 살펴보고 나서…….

— 그러십시다.

아버지가 고맙다는 표시로 중절모를 벗어들며 가볍게 고개를 숙였다. 정 반장이 싱글거리며 만족하게 웃었다.

장 목수가 잠깐 집을 둘러보겠다며 뒤란으로 돌아간 뒤였다. 문득 집 마당 앞의 구멍 뚫린 블록담 너머로 가르마 탄 여인의 하얀 얼굴이 솟았다.

정 반장을 발견하고 무어라 반갑게 말을 건네려던 여인은 아버지가 눈에 띄자 황황히 담 너머로 머리를 감추었다. 아까 동네 공터에서 싸움질을 벌이던 여인 중에 젊고 몸매가 육감적이던 여인이었다. 정 반장이 짧은 헛기침과 함께 멋쩍은 표정을 지었고, 아버지는 못 본 척 구석이 기울어진 집 처마에 눈길을 주었다.

대문 바깥에 서서 집 안 동정을 지켜보던 코흘리개 하나가 꾀죄죄한 손가락으로 콧구멍을 후비다가 소년의 시선을 받자 멋쩍은 듯 히힝 하고 웃으며 달아났다. 어디선가 이름을 부르며 아이를 찾는 소리가 담을 넘어왔다.

춘삼월

– 무슨 사람들이 남의 살림살이에 그렇게도 관심이 많은지 그냥 얼굴만 마주치면 어디서 왔느냐, 아이가 몇이고 무슨 일을 하다가 이 변두리까지 왔느냐? 심지어 저녁 반찬은 무얼 할 작정이냐 하고 끝없이 물어대니 성가셔서 살이 다 내릴 지경이에요.

아까부터 어머니는 마당에 시멘트를 발라서 네모지게 만들어 놓은 세면대에서 달그락거리며 점심때 먹은 국수그릇을 부시는 중이었다. 하지만 입은 연신 방 안에 목침을 괴고 비스듬히 누워 있는 아버지에게 시시콜콜한 불평불만을 늘어놓기에 바빴다. 마당에 내리는 삼월의 햇살은 갓 타놓은 목화솜처럼 따스했고, 어디선가 종달새 지저귀는 소리가 청명하게 들려왔다.

소년은 새로 수선한 쪽마루에서 큰방 벽에 등을 기댄 채 소설책을 읽고 있던 중이었다. 남향인 쪽마루엔 바람이 없고 햇살이 잘 들어와서 매우 따뜻했다. 소년이 지금 읽고 있는 책은 박계형이란 작가가 지은 《머무르고 싶었던 순간들》이란 애정소설이었다. 동네 어귀의 삼거리 모퉁이에 위치한 대본소(도서대여점)에서 빌려온 것이었다.

어제 오후에는 동명의 작가가 지은 《동짓달 그믐밤》이란 소설을 읽었는데 정말 재미있어서 오늘 아침에 한달음에 달려가서 빌려온 책이었다. 소년은 이런 종류의 애정소설이 재미가 있었지만 어젯밤에 형인 한수는 소년에게 남자가 여자처럼 시시하게 뭐 이따위 연애소설을 읽느냐고, 차라리 무협지라면 모르지만, 하며 퉁을 주었다. 하지만 소년이 좋아하는 것은 사람의 마음이 잔잔하게 그려진 소설이었다. 소년은 그 전에 이미 《제인 에어》나 《여자의 일생》, 《테스》 등의 소설을 감명 깊게 읽었던 것이다.

아버지는 소년이 소설책을 읽는 것을 그다지 좋아하지 않았다. 특히 맏이인 한수가 소설책을 읽는 것이 발각되면 그 즉시 불호령이 떨어졌다. 공부해야 할 학생에게 소설 나부랭이 따위는 시간을 낭비하고 쓸데없이 정신을 어지럽힌다는 게 그 이유였다.

하지만 무슨 까닭인지 소년이 소설책을 읽는 것에는 관대하게 보아 넘기는 편이었다. 그건 아마도 맏이인 한수에게 거는 기대가 큰 때문인 것 같았다. 항상 반에서 수석을 다투는 한수는 장래 집안을 일으킬 판검사 감이었다. 따라서 남들처럼 함부로 처신해서는 안 된다는 게 한수를 향한 아버지의 생각이었다.

— 그야 당신이 서울 말씨를 쓰는데다가 행동거지가 여기 사람 같지 않으니까 궁금해서 그런 거지. 뭐 다른 게 있겠어. 그리고 남의 관심을 받는 게 무어 그리 나빠. 관심을 못 받는 게 오히려 서운한 일이지.

기회를 잡은 아버지가 은근슬쩍 좋은 말로 어머니의 마음을 눙쳤다. 어설픈 자신의 외도만 아니었으면 이런 변두리 동네에서 괜한 마음고생 몸 고생하며 살지 않았을 거라는 미안함에서 더욱 그럴 것이었다.

─관심도 어느 정도죠. 그리고 입만 열면 서울댁, 서울댁, 내가 갓 시집온 색시도 아니고…….

─말투는 좀 투박해도 들에 나가서 직접 뜯어온 달래나 냉이 나물을 가져와 나눠먹자며 선심 쓰는 것 보면 사람들이 참 소박하고 인정 많은 듯 보여.

─그나저나 동네 공중변소는 언제쯤 고친대요. 도무지 신경이 쓰여서 마음 놓고 사용할 수가 있어야지요.

소년이 책에서 눈을 떼고 어머니의 구부린 등을 바라보았다. 귀결에 듣기에도 어머니의 불평이 얼마쯤 이해가 되었다.

동네 뒤쪽 공동수도가 있는 공터에서 조금 떨어진 담벼락 뒤에는 대부분의 주민들이 사용하는 공중변소가 있었다. 대강 콘크리트 블록으로 삼면 담을 치고 함석 슬레이트로 비나 맞지 않도록 허술하게 천장을 덮은, 밤이면 전등불도 없는 네 칸짜리 변소였다.

하지만 주민들이 변소를 함부로 사용한데다가 못된 청소년들이 못이나 쇠젓가락 같은 것으로 담 곳곳에 크고 작은 구멍을 내놓아서 바깥쪽에서 눈을 맞추고 들여다보면 안이 훤히 다 들여다보일 지경이었다. 더욱이 함석을 덧댄 나무 문짝도 낡았고, 안에 걸쇠가 달아나고 없어서 걸핏하면 바깥으로 덜렁 열리기 일쑤였다. 어머니는 그것을 두고 지금 말하고 있는 것이다.

그러나 더 고약한 점은 수백 명은 됨직한 동네 주민 수에 비해 변소 수가 너무 적다는 데 있었다. 그래서 아침 출근시간이면 집

안에 변소가 없어서 공중변소에 볼일을 보러 나온 남녀노소가 길게 장사진을 치고 자신의 차례를 묵묵히 기다려야 했다. 여기에 다급한 설사를 만나기라도 할라치면 사흘 굶은 시어머니처럼 잔뜩 우거지상을 한 채 배를 움켜진 엉거주춤한 자세로 자신의 차례가 오기를 최고의 인내심을 발휘하며 기다려야 하는 실정이었다. 언젠가 한 번은 용변이 급한 사람이 아무리 기다려도 안에서 나올 기색이 없자 빨리 나오라고 소리를 치고, 변소 문을 거듭 두드리고 하다가 끝내 향기롭지 못한 장소에서 한바탕 우습지도 않은 활극이 벌어지기도 했던 것이다.

　－ 정 반장에게 얘기를 해놓았으니까 곧 고치겠지.

　－ 그리고 무슨 동네에 좀도둑이 그렇게 극성이래요. 어제도 뒷집에 도둑이 들어서 밥솥하고 양은냄비하고 수저들까지 홀랑 훔쳐갔다나 봐요. 대체 식구들 밥은 어떻게 해먹으라고 그딴 걸 훔쳐 가는지. 그나저나 우리 집에도 언제 도둑이 들지 알 수 없네요. 원래 좀도둑이란 게 한 번 들기 시작하면 자꾸 든다잖아요. 쥐가 풀 방구리 드나들 듯이 말이에요. 말이 나왔으니 말인데, 우리 이참에 개를 한 마리 사다가 키워보는 게 어때요? 마당도 넓은데…….

　소년은 어머니의 말에 귀가 번쩍 띄었다. 안 그래도 내심 개라도 한 마리 키웠으면 하는 마음이 없지 않았던 것이다. 하지만 아버지의 대답은 소년의 작은 소망을 꺾어놓기에 충분했다.

　－ 그야 좋긴 하지만, 그저께에 장 목수에게 얘기를 들었는데 요즘 들어 개 도둑이 여간 극성이 아니라던 걸. 글쎄 집 안에 있

는 개를 약을 먹여서 훔쳐간다는 거야. 저 건너 동네에도 그렇게 해서 밤새 멀쩡하던 개들이 죄다 없어졌다지 않아.

— 하여간 뭐 하나 안 훔쳐가는 게 없군요. 이 변두리에는.

끌끌 혀를 차며 어머니가 그릇을 소리 내어 헹궜다. 구부리고 있었던 게 허리가 아픈지 몸을 일으킨 어머니가 허리에 양손을 짚고 엉덩이를 빼며 상체를 곧추세웠다.

— 그래, 안 그래도 마침 그 이야기를 하려고 했어. 문수야.

괴고 있던 목침에서 상체를 일으켜 책상다리를 하고 앉은 아버지가 소년을 불렀다. 소년이 보던 책을 엎어두고 무릎걸음으로 방문 앞으로 다가갔다.

— 넌 중학교 진학하는 걸 한 해 미루는 게 어떻겠니?

아버지의 말에 먼저 반응을 보인 것은 어머니였다.

— 아직 어린애를 학교를 쉬게 하다니 그게 무슨 말이에요? 뭐든 배워도 모자랄 판인데.

— 당신은 그냥 듣고만 있어. 지금 우리 집 형편이 완전하지 않잖아. 내 직장도 없고. 그러니까 내 생각에는 문수가 한 해쯤 공부를 쉬었으면 해. 형인 한수가 공부를 썩 잘하잖아. 원래 공부 잘하는 사람 하나만 있으면 집안을 일으킬 수 있는 거야. 문수 너도 공부를 잘하는 편이긴 하지만 집에 쉬면서 이런저런 집안일을 좀 거들어 주면 어떨까 싶어. 이 동네에 도둑이 많다니 한 사람쯤 남아서 빈집도 지켜야 하고…….

소년은 잠자코 있었다. 그렇다고 서운한 감정이 없지는 않았다. 그제만 해도 아버지는 형인 한수의 교복을 맞추어준다며 시

내에 교복을 맞추어준다고 데리고 나가지 않았던가. 그건 불공평
했다. 다 같은 자식이라면서 누구는 자랑스레 교복까지 맞추어
주고, 누구는 집에서 일이나 하라는 건 자신을 무시하는 처사나
다름없었다. 그 무시당했다는 생각이 소년을 서운하게 만들었다.

─ 누군가 한 사람 집안일을 도우려면 문수 너 밖에 더 있니. 그
렇다고 아직 어린 진수에게 시킬 수도 없는 노릇이고. 그러니 노
는 셈치고 네가 집일을 좀 도와주어라.

소년은 일단 좋은 쪽으로 생각하기로 했다. 어차피 초등학교
다닐 때에도 같은 또래들과 놀기에는 자신이 좀 조숙하다는 생각
에 학교생활이 시시하게 여겨졌던 적이 없지 않았다. 어쩌면 차
라리 집에서 노는 게 더 나을 듯도 싶었다. 까짓 공부는 집에서
놀면서 해도 충분히 따라잡을 수 있을 것 같았다.

─ 뭐 꼭 놀라는 뜻은 아니고, 시간 나는 대로 형의 교과서를 넘
겨받아 자습도 하면서, 정히 심심하면 조기 텃밭도 좀 가꾸고 그
럼 좋잖아.

─ 문수야. 어째 서운하진 않겠니?

어머니가 걱정스러운지 눈길을 모으고 소년의 눈치를 살폈다.
소년이 마지못해 고개를 끄덕였다. 자신의 의견이야 어떠하든 간
에 아버지의 명을 거역할 수는 없었다. 문득 콧날이 시큰하게 저
려 와서 소년은 얼른 시선을 다른 곳으로 돌렸다.

─ 그건 그렇고 당신 일자리는 알아보고 있는 거예요?

─ 새벽에 두부 장사를 해보면 어떨까?

아버지가 자신 없는 투로 물었다. 소년은 아버지의 마음을 짐

작할 수 있었다. 잘 모르긴 해도 새벽까지 잠 못 들고 전전반측하다가 나무함지에 잔뜩 김이 오르는 따뜻한 두부를 맨 채 딸랑거리는 맑은 놋쇠 요령소리를 내며 골목길을 지나가는 두부장수를 보며 떠올린 즉흥적인 착상이었음이 분명했다.

– 당신은 평생 장사라곤 해본 적도 없으면서 무슨 장사예요.

– 하긴 그렇지. 아버지가 시무룩하게 머리맡에 놓아둔 담뱃갑을 집어 들었다.

– 아직 여유가 있으니까 너무 서둘지 말고 잘 생각해 보세요. 직업이란 나무와 같아서 한 번 뿌리를 내리면 바꾸기가 힘들다 하잖아요.

– 그건 그래. 당신 말이 옳아.

– 그보다 제가 조금씩이나마 일을 나가보면 어떨까요. 어제 공동수도에서 사귄 아낙이 말하길 여기 근교에 큰 채소밭이 있는데 거기 가서 김이라도 매어주면 얼마간 돈을 준다고 하던데요. 적은 액수라도 없는 살림에 보탬은 될 터인데…….

– 거 무슨 소리야. 여염집 여편네는 그저 집에서 남편이 벌어다주는 돈으로 살림이나 하는 법이야. 여자와 그릇은 바깥으로 내돌리면 깨진다는 옛말도 몰라.

담뱃불을 붙이려고 두 번째 성냥을 그어대던 아버지가 어머니를 향해 얼굴을 돌리고 꾸짖듯 큰 소리로 말했다. 아내를 일터에 내보기엔 남자로서의 알량한 자존심이 허락하지 않았을 것이다.

엄마 역시 아버지의 말이 그리 싫지는 않은지 분칠한 얼굴에 희미하게 미소를 머금었다. 하지만 아무래도 직장 없는 남편을 믿고 살아갈 일이 걱정은 되는지 곧 양미간에 어두운 그늘이 졌다.

– 어디 용한 점쟁이라도 찾아가서 점을 보는 게 어떨까? 어떤 직업을 가지면 좋을지 말이야.

아버지가 새로운 발상이라도 떠올린 사람처럼 말했다. 예전부터 아버지는 남자답지 않게 미신적인 구석이 많았다. 관상쟁이나 무당 점을 잘 믿는다거나, 집 안에 다른 책은 몰라도 책꽂이에 꼭 해몽 책 하나만은 꽂혀 있었다. 꿈이 이상하다거나 잠자리가 뒤숭숭한 날이면 반드시 잠자리에서 일어나 해몽 책으로 해석을 해보곤 했다.

하지만 항시 그렇듯 꿈이란 해석에 따라서 달라지는 법이어서, 아버지의 해석은 늘 유야무야되곤 했다. 그러나 꿈을 좋게 풀이한 날에는 기분이 들떠서 하루를 보내곤 했다. 그런 면에서 해몽 책은 아버지에게 하나의 위안이자 앞날에 대한 믿음을 갖게 하는 복권과 비슷한 역할을 하고 있었다. 아마도 그건 아버지의 심성이 남달리 섬약하다는 증거이기도 할 터였다.

– 점쟁이가 무얼 안다고 애먼 사람 일자리까지 찾아 주겠어요?

– 하긴 그렇지.

정곡을 찌르는 어머니의 말에 아버지는 한층 기운이 빠졌다.

– 어이, 마침 댁에 계셨구만요.

쪽마루에 내리쬐던 해가 마당을 지나 앞집 담으로 옮겨간 시각이었다.

저벅저벅 몇 사람이 무리지어 골목을 걸어오는 발자국 소리가 나더니 함석대문 안으로 모습을 보인 것은 제 딴에 멋을 낸답시고 목에 붉은 명주머플러를 두른 정 반장과, 그들 가족이 여기로 이사 온 뒤 집들이 할 때 술을 마시고 한바탕 노래를 불렀던 오른팔 손목에 번쩍이는 스테인리스 갈고리를 단 초로의 상이용사, 그리고 동네 아래쪽 공터에서 고물상을 한다는 키가 작달막한 최 씨 이렇게 세 사람이었다.

— 여기 어쩐 일들이십니까?

아버지가 마루로 나서며 반갑게 그들을 맞이했다.

— 우짠 일은, 오늘은 경칩인 데다가 날씨도 더없이 화창하고, 와(왜) 지난번에 집들이 할 때 한잔 거하게 얻어 묵은 거 같을라꼬 이렇게 일부러 찾아온 거 아닝교. 별일 없으믄 함께 나가입시더. 요 아래 술집에서 한잔하입시더. 술값이라마 뭐 걱정할 필요는 없꼬……여기 역전용사 강씨가 한잔 산다꼬 카이.

돌아가는 분위기로 보아선 넉살 좋은 정 반장이 술 생각이 나자 집에 있는 사람들을 꼬드겨서 나선 것 같았다.

— 하여간 술꾼들은 이런저런 핑계도 많다니까. 허구 헌 날, 비 오면 비 온다고 한잔, 해지면 해진다고 한잔, 슬프면 슬프다고 한잔, 기쁘면 기쁘다고 한잔, 때 되면 허기진다고 한잔, 아무튼 핑계 없어 술 못 마시는 술꾼은 없다더니. 그나저나 네 아버지가 술을 좀 적당히 마시면 좋겠다만.

어린 개구쟁이들처럼 어깨를 부딪쳐가며 우르르 좁은 골목으로 몰려 나가는 아버지와 동네 남정네들을 바라보며 어머니가 혼잣소리처럼 한 말이었다.

서편에 해가 설핏한 저녁 무렵이 되자 아낙 하나가 소년의 집으로 들어섰다. 옆구리에 작은 연장을 담은 보퉁이와 머리에는 수건을 쓰고 있는 걸 보아 어디 밭일이라도 다녀오는 모양새였다.

– 그냥 태평시리 있는 거 보이 저 아래 건널목 앞 사거리 술집에서 싸움 났다는 말을 못 들었는가 보네. 오다 보니까 여기 아이 아빠도 거기 끼여 있는 것 같던데…….

아낙의 말에 부엌에서 시금치를 다듬던 어머니는 얼른 앞치마를 풀어놓고 종종걸음으로 대문을 나섰다. 소년 역시 보던 책을 덮고 어머니를 따라나섰다. 하루 종일 하늘을 데우던 해가 스러지면서 여운처럼 낙조가 서녘을 붉게 물들이고, 저녁 짓는 연기가 골목 바닥을 따라 흰 뱀처럼 스멀거리며 깔리고 있었다.

철길 건널목 네거리에는 두꺼비상회란 잡화점을 겸한 쌀가게와 인접하여 이모집이란 허름한 목로주점이 있었다. 소년이 도착했을 때 이미 싸움은 주변사람들의 만류로 일단 한풀 진정된 듯 보였다. 하지만 정 반장에게 허리띠를 잡힌 채 상이용사 강씨를 향해 씩씩거리는 고물상 최씨나, 아버지에게 앞을 막힌 채 잔뜩 취기가 돌아 번들거리는 갈고리 의수를 허공에 휘두르며 최씨를 향해 고래고래 소리치는 상이용사 강씨의 얼굴에 피가 묻은 모습이나, 바닥에 깨어져 나뒹구는 소주병으로 보아 한바탕 격전이 벌어진 것은 분명했다.

술집 안에는 그들 외에도 얼핏 몸집이 크고 퉁퉁한 술집 여주인과 부뜰이 엄마라고 불리던 앞집 여자, 그리고 술집 작부인 듯한, 얼굴에 주근깨가 박힌 오통통한 한복 차림의 젊은 여자가 하나 보였다. 짐작하건대 여자와 술집 작부를 데리고 놀다가 말다

틈이 번져 싸움이 일어난 것 같았다.

술집을 에워싸고 구경을 하고 있는 주위 사람들 틈을 뚫고 들어선 소년의 어머니는 술집 문을 들어서기에 앞서 내부 상황부터 살폈다. 남정네들이 벌이는 싸움에 함부로 끼어들 개재가 아니라고 여긴 것 같았다.

– 최가 네놈이 전쟁을 무얼 안다 말이고. 순 고물이나 줏어서 묵고 사는 놈이.

– 흥, 강가 네 놈이사 전쟁에서 공을 세웠다 카지만 그걸 우찌 믿노. 순 거짓말인지. 싸우기 겁이 나끼네 지 손에다 총질을 하고는 그 길로 퇴역한 줄 우찌 아노 그 말이다.

– 저 망할 눔이, 그냥 이걸로 아가리를 확 찢어뿔라.

– 자, 이제 그만합시다. 한동네 사람끼리 술 잘 먹고 이게 무슨 꼴이요.

– 더 싸우려면 나가서 싸우소. 이러다간 멀쩡한 넘의 가게 다 띠디리(때려) 부시겠네.

– 아저씨, 두 분 다 고만 싸우이소.

– 아휴, 고만들 하소 마. 무신 대여섯 살짜리 얼라(어린애)들도 아니고 원, 동네 남우세스러워서.

저마다 한마디씩 떠드는 소리로 탁자가 서너 개뿐인 술집 안은 불난 호떡집을 방불케 했다. 상이용사 강씨를 제지하고 있던 아버지가 문득 술집 앞에 선 어머니를 발견하고는 머리를 끄덕이며 손사래를 쳤다. 나는 괜찮으니 집으로 가 있으라는 무언의 신호였다.

- 가자.

어머니가 소년의 손목을 잡아채듯 하며 결기가 느껴지는 음성으로 말했다. 무언가에 단단히 마음이 토라진 것 같았다. 마침 싸움이 났다는 신고를 받았는지 머리에 정모를 쓰고 허리에 검은 방망이를 찬 순경 둘이 자전거를 타고 철길 건널목 네거리를 건너오는 것이 보였다.

아버지가 돌아온 것은 예상보다 늦은, 밤 열시가 가까운 시각이었다. 오다가 한잔 더 마셨는지 방에 들어설 때 홍시에서 나는 듯한 들척지근한 술 냄새가 진동을 했다.

- 아이유, 밤이 되니 꽤 쌀쌀하네. 봄이 오기는 온 건가.
- 양껏 마시고 오니 속이 시원하겠군요.

벽에 박힌 못에 중절모를 거는 아버지에게 던지는 어머니의 말이 처음부터 심상치 않았다. 모직 반코트까지 벗어서 걸어놓은 아버지는 방 안에 털썩 앉으며 어머니를 바라보았다.

- 무엇 때문에 화가 난 거야?

담배를 찾던 아버지가 재차 자리에서 일어나 코트 주머니를 뒤져서 담배를 꺼내 물었다.

- 몰라서 물어요? 어머니가 머리를 숙이고 돌아앉아 못 쓰는 알전구에 뒤꿈치에 구멍 난 형의 양말을 끼워 깁으며 말했다.
- 말을 안 하는데 어떻게 알아. 손오공처럼 남의 속에 들어가는 재주가 있는 것도 아니고.

화악, 성냥불이 아버지의 코 아래서 환하게 타올랐다. 성냥불은 곧 담배 끝에 발갛게 옮겨갔다. 아버지는 손을 흔들어 성냥불을 껐다.

– 술집에 간다기에 그냥 친구들과 술이나 마시는 줄 알았더니 순 여자들을 끼고 앉아설랑.

– 주점에 작부 있는 거야 미상불 당연한 거 아닌가.

어머니가 토라진 이유를 알았는지 아버지가 실없이 비죽비죽 웃으며 담배연기를 천장에 달린 삼십 촉 알전구를 향해 내뿜었다.

– 그럼 거기 있었던 부뜰이 엄마라는 여자도 술집 작부란 말이에요?

– 부뜰이 엄마? 그 여자가 어때서?

– 몸매도 흐벅지고 눈가가 포르족족한 게 남자 꽤나 밝히게 생겼던데요.

– 흐흠, 그 여자는 정 반장의 이거야. 그 여자를 술집으로 부른 것도 정 반장이야.

아버지가 증명이라도 하듯 새끼손가락을 들어보였다.

– 저도 그 정도는 알고 있어요. 그런데 소문에 듣기로는 그 여자는 이 남자 저 남자 가리지 않고 접근한다던데요. 당신도 혹시 그 여자한테 마음을 빼앗긴 거 아니에요? 혹시 그러기만 해봐. 그냥 있지 않을 테니……

형과 함께 이불을 쓰고 누워 있던 소년은 처음 이 동네에 올 때 싸움을 벌이고 있었던 젊은 여자를 떠올렸다. 그리고 드잡이들 할 때 얼핏 저고리 사이로 내보였던 뽀얀 젖가슴 살을 연상하곤 가슴이 두근거리는 것을 느꼈다. 어머니의 질투가 십분 이해가 되었다. 부뜰이 엄마는 희고 동그란 얼굴에 치마폭에 싸인 둥근 엉덩이를 유난히 좌우로 흔들며 다니던 여자였다. 소년은 이불귀를 끌어당기며 옆으로 돌아누웠다.

— 그런 걱정일랑 저기 마루기둥에다 붙들어 매어 둬. 쓸데없이 여자가 질투만 많아 가지고. 여자가 질투심이 많은 것도 칠거지악의 하나라는 것 몰라.

— 십거지악이 되더라도 질투할 건 해야죠. 그럴 때는 순 고리타분한 도학자 같다니까…….

— 그나저나 오늘 이상한 꼴을 다 봤어.

아버지가 담뱃재를 재떨이에 털며 말했다.

— 그거 구경하느라 늦은 거예요?

어머니의 말투가 완연히 부드러워졌다.

— 아니 글쎄, 아까 술집에 순경이 들이닥쳐서 다들 파출소로 연행되어 갔는데 거기서 갑자기 강씨가 두 손을 번쩍 쳐들며 인민군 만세를 외쳐대는 거야. 얼마나 황당하던지.

— 강씨라면 국군으로 전쟁에 갔다가 부상을 입었다는 저 아래 판잣집 상이용사 아녜요. 그분이 왜 갑자기 인민군 만세를 불렀을까요?

— 그러니 이상한 일이지. 국군 만세라면 몰라도……. 한두 번도 아니고 몇 번씩이나 인민군 만세, 조선인민공화국 만세 하고 소리를 지르는 거야.

— 그래서 어떻게 되었어요? 그런 말하다가는 큰일 나는 세상인데. 안 그래도 간첩이니 빨갱이니 해서 눈에 불을 켜고 잡으러 다니는 세상이잖아요.

－그나마 정 반장이 나서서, 강씨가 국군 출신이고 나라에서 훈장까지 받은 훌륭한 상이용사다, 너무 낮술에 취해서 장난삼아 그런 거니까 용서하라고 싹싹 빌었으니 망정이지, 나중엔 강씨와 다툰 최씨조차 이래선 안 되겠다 싶었던지 좀 봐달라고 순경들 주머니에 몰래 돈까지 찔러주던 걸.

소년은 강씨의 손에 달린 번쩍이는 쇠갈고리를 머릿속에 그려 보았다. 처음엔 좀 끔찍하고 께름칙해 보이긴 했지만 적의 수류탄 파편을 맞아 손목이 날아갔다는 얘기를 듣고 마음이 솔깃했던 것이다. 교과서에서 보던, 적탄을 뚫고 돌격하는 국군의 용맹한 모습이 연상되었던 때문이었다.

－파출소 차석이란 자가 바득바득 반공법 위반혐의로 구속해야 한다는 걸 겨우 설득해서 즉심에 넘기는 걸로 그쳤어. 그나마 다행이지. 아니면 여지없이 사상범으로 몰려서 큰일 치를 뻔 했지.

－아무리 술에 취했어도 할 말, 못할 말이 있지. 이 험한 세상에 말이에요.

－그동안 많이 서운했던가 보아. 자신은 전쟁터에 나가서 부상을 입고 돌아왔는데 주변 사람들은 잘 보아주지 않으니까 그게 몹시 마음에 앙금으로 남아 있었던 것이겠지. 암튼 그 바람에 이렇게 늦어진 거야. 밤도 깊었는데 그만 불 끄고 눕자고. 그래야 아이들도 푹 잘 수 있을 테니. 아 참, 그리고 나 내일부터 일을 나갈 것 같아.

－정말이에요?

딸깍, 전등불이 꺼졌지만 어머니의 음성은 더없이 밝아졌다.

- 어딘데요?

- 술 마시다가 들은 얘긴데, 저기 사기공장 너머 공터에 벽돌공장이 있는데, 봄이 오면서 일을 시작했는가 보아. 당장 사람이 필요하다기에 내일 아침부터 내가 가기로 했어.

- 벽돌공장 말이에요?

어머니의 음성이 다소 시들해졌다.

- 까짓 다른 사람도 하는 일인데 나라고 못할 것 뭐 있겠어. 한 번 해보는 거지.

아버지가 부스럭거리며 자리에 눕는 소리가 났다. 누군가 골목을 쫓기듯 뛰어서 지나가는 발자국 소리가 났고, 가까운 곳에서 개가 숨이 넘어가는 소리로 짖어댔다. 조금 후 누군가 잠꼬대를 중얼대는 소리와 함께 건넛집 뚱뚱한 남자의 우렁찬 코고는 소리가 담을 넘어 방 안으로 들어왔다. 매일 똑같이 반복되는 밤의 협주곡이었다.

다음 날은 일찍부터 집 안이 부산스러웠다. 아버지가 처음으로 일을 나가는데다가 시내의 중학교로 전학한 형 한수 역시 학교로 가는 시내버스를 타려면 일찍부터 서둘러야 했기 때문이었다. 남달리 사교성이 있는 막내 진수 역시 새로운 친구들을 사귀었는지 같은 학교에 다니는 또래 아이들이 담 넘어 부르는 소리가 들리자 책가방도 제대로 챙기는 둥 마는 둥 대문 밖 골목으로 뛰쳐나갔다.

가까운 이웃집에 놀러갔다가 오전 중으로 오겠다는 말을 남기고 어머니마저 사라지자 집 안은 고래 뱃속처럼 텅 비어버린 느낌이었다. 출근시간과 아이들 등교시간이 지나자 동네는 핵폭격이라도 맞은 것처럼 비장한 적막감마저 감돌았다. 오전나절이어선지 그 흔한 엿장수 하나 지나가지 않았다.

새벽부터 온기가 사라져서 썰렁한 방 안보다는 햇살이 드는 바깥이 나을 성싶어 쪽마루에 앉아서 책을 보던 소년은 문득 한 생각이 치밀어서 방 안에 있는 사각 면경을 가지고 나왔다. 아침에 세수를 하고난 뒤에 얼핏 보았지만 코밑의 수염이 눈에 띄게 검고 굵어져 있었던 것이다. 물론 어른이 보기에는 아이들 솜털에 불과할지 모르지만 자신의 수염이 남자처럼 굵어진다는 것에 은근한 자부심마저 느꼈던 것이다.

자세히 들여다보니 역시 코밑 부근에 전보다 굵은 몇 가닥의 털이 솟아나 있었다. 소년은 대견스레 손가락으로 콧수염을 양쪽으로 당겨보았다. 조금만 더 길어지면 언젠가 외국영화에서 본 남자배우의 양쪽으로 꼬여 올라간 수염처럼 멋들어지게 만들 수도 있을 것 같았다. 수염이야말로 남자를 가장 남자답게 만드는 것이라고 소년은 생각하고 있었다.

소년은 잠깐 아버지의 면도칼로 면도를 하면 어떨까 궁리했다. 면도를 하고 나면 수염이 더욱 검고 많아진다는 말을 형에게 들었던 기억이 났다. 그러나 정작 면도칼을 쓰기엔 왠지 겁이 났다. 아버지가 쓰는 면도칼은 일제로, 이발관에서 가죽혁대에 쓱싹 갈아서 쓰는 그런 몹시 예리하고 위험한 것이었기 때문이었다. 턱에 수염이 유난히 많은 아버지 역시 집에서 면도를 할 때면 차고 있던 가죽혁대를 풀어서 벽의 못에다 걸어놓고 면도날을 벼르곤 했던 것이다.

－ 서울내기, 다마내기, 맛 좋은 고래고기.

아직 취학할 나이가 되지 않은 아이 둘이 심심했던지 대문과 문설주 틈으로 눈만 삐죽이 내밀고는 소년을 향해 노래를 불러댔다. 소년의 가족들을 놀려대느라 아이들끼리 지어낸 노래인 성싶었다.

－ 저리 못 가!

소년의 고함에 아이들이 까르르 웃으며 도망쳤다. 가벼운 발자국소리가 골목 끝으로 사라졌다.

－ 좀 드가도(들어가도) 괜찮나?

다시 들려온 느닷없는 소리에 소년은 깜짝 놀라서 얼른 면경을 마루에 내려놓았다. 언제 왔는지 열대여 살쯤 되어 보이는 소년 하나가 반쯤 열린 대문 사이로 들어서고 있었다.

－ 응, 괜찮아.

소년의 대답을 기다렸다는 듯이 낯선 소년은 서둘러 마당으로 들어왔다. 그는 소년이 하던 짓을 보았는지 얼굴에 알 듯 모를 듯한 미소를 머금고 있었다. 보통 키에 쌍꺼풀이 짙은 얼굴은 전체적으로 희면서 통통해서 귀염성이 있어 보였다. 입고 있던 옷도 그다지 누추해 보이지 않았다. 학생 같지도 않았지만 그렇다고 불량 청소년 같지도 않았다.

－ 난 이 동네 사는 박병태라 칸다. 쪼까 심심해서 동네를 돌아다니던 차에 마침 네 모습이 뵈길래 들어온 기다.

병태의 말에 소년이 고개를 끄덕였다. 불의의 방문객을 어떻게 받아들여야 할지 대책이 서지 않았지만 일단 집으로 찾아온 동네 아이를 냉정히 내칠 수는 없는 노릇이었다.

– 난 얼마 전에 이사 온 김문수야. 잘 놀러왔어. 안 그래도 혼자 심심해서 무얼 할까 하던 참이야.

– 니 서울서 왔다메? 니 식구들 이사 온 날 다 봤다 아이가.

병태가 당연하다는 표정을 지었다. 역 수화물에서 찾은 세간을 우마차에 싣고 이사 오던 날 멀찍이서 눈여겨보았던 모양이었다.

– 니 소설책 읽고 있었는가 보네.

병태가 고개를 빼고 마루에 엎어놓은 책을 보더니 말했다.

– 그냥, 심심해서……. 소년이 우물거리며 말했다.

– 심심하다꼬? 그라마 내 좋은 책 있는데 너한테 슬쩍 보이주까?

병태가 그의 표정을 살피며 물었다. 소년은 무슨 말인지 잘 짐작이 가지 않아 병태의 얼굴을 멀거니 바라보았다. 병태가 쑥스러운지 히죽 웃더니 점퍼 안쪽을 뒤져서 수첩 크기의 두 권의 책을 꺼냈다. 책은 얇았고, 컬러로 인쇄된 것이었는데 표지를 보는 순간, 소년은 낯이 뜨거워지는 것을 느꼈다. 그러나 그런 일로 지나치게 놀란 내색을 하면 얼뜨기로 보일 듯하여 슬쩍 어른스레 눙치며 책을 받아들었다.

– 이거, 그런 책이구나.

노란색과 붉은색이 주조인 사진들로 꾸며진 책자의 갈피마다 음란한 포즈를 취한 알몸의 외국여성들로 가득했다. 난생처음 보는 큼직한 유방과 길고 미끈한 다리 사이를 채운 비밀스러운 음모들, 쾌락인지 고통인지 모를 기이한 표정들, 그리고 긴 머리칼에 매혹적인 육체의 곡선은 가히 충격과 경이로움과 신비함 그 자체였다.

찰칵거리며 소년의 기억 속에 새로운 사진들이 정신없이 찍혀 돌아갔다. 그 기억은 그 자체로 평생 지워내기 힘든 것들이었다. 만화경처럼 현란한 그 장면들은 마치 마술의 세계에 직접 들어선 것처럼 황홀하면서도 신비했으며, 부끄러우면서도 애가 탔고, 무서우면서도 친근했다. 또한 기이하면서 유혹적이었고, 불결한 듯 보이면서 어떻게 형용하기 어려운 아름다움이 있었다.

소년은 갑자기 목이 말랐다. 동시에 어딘가 뜨거운 느낌이 다리 사이를 빠르게 흘러갔다. 소년은 자신의 사나운 욕정을 들킬세라 얼른 마루에 엉덩이를 내려놓았다. 처음 만난 아이에게 괜히 볼썽사나운 꼴을 드러낼 순 없었다.

– 니 이런 얄궂은 책 본 적 있긴 있나? 병태가 은근한 어조로 물었다.

– 으응.

소년이 책에 눈길을 떼지 못한 채 대답했다. 거짓말이었다. 예전 5학년 때 친구네 다락방에서 우연히 카메라교본에 실린 여자의 흑백누드사진을 본 적도 있고, 〈선데이서울〉이라는 성인잡지에 실린 수영복을 입은 여자 사진은 본 적이 있지만 지금처럼 컬러로 된 서양여성의 나체를 보는 것은 난생처음이었다. 그것도 유방과 치부가 노골적이고 음란하게 드러난 책은 처음이었다.

– 진짜 카마(말하면) 이건 맛보기용으로 나온 쪼맨한 책이고,

이보다 크고 멋지게 나온 책들도 있다카이. 〈펜트하우스〉나 〈플레이보이〉 같은 거 말이다.

돌연 대단히 어른스럽게 보이는 병태는 그런 방면에는 모르는 게 없는 것 같았다.

– 이런 건 어디서 구했니?

– 다 아는 루트가 있다 아이가. 안 그라마 시내 중앙극장 앞에 가마 이런 책만 전문적으로 파는 사람이 있다카이. 나중에 시간이 되면 같이 가볼 끼가?

말하며 병태는 소년의 손에 들린 포르노 책을 빼앗듯 가져갔다. 소년에게 처음 교제를 트는 뜻에서 맛보기로 보여준 책자여서 오래 보여주면 손해가 난다는 태도였다. 소년은 한참 맛있게 먹던 음식을 빼앗긴 기분으로 병태가 소책자를 점퍼 안주머니에 소중히 간직하는 것을 속수무책으로 바라보았다.

– 오늘은 다른 볼일이 있어 가야 된다 아이가. 그치만 시간 나면 다시 놀러 오꾸마.

병태가 서둘러 대문을 빠져나갈 동안 소년은 아까 본 그림에서 정신을 빼낼 수가 없었다. 짧은 생애에서 가장 강력하고 충격적인 감정이자 느낌이었다. 부끄러움과 낯 뜨거움, 열정과 허탈, 신비감과 욕된 느낌이 마구 뒤엉킨 채 머릿속에서 어지럽게 회오리쳤다. 그 속에는 이제 세상의 성인남녀들을 바라보는 시각이 전혀 달라진 그런 느낌도 없지 않았다. 어렴풋이 짐작하거나 조금씩 귓등으로 들어 알고 있던, 하지만 이제껏 몰랐던 새로운 세상을 엿본 기분이었다.

일하러 간다던 아버지가 집으로 돌아간 온 것은 점심시간을 넘긴 직후였다. 어머니와 함께 감자를 숭숭 썰어 넣어 끓인 수제비를 먹고 있을 때 아버지가 대문을 들어섰다.

씩씩하게 출근할 때와 달리 몹시 풀이 죽은 모습이었다. 축 늘어진 어깨와 양미간을 잔뜩 접은 표정이 마치 큰 실패를 맛보고 고향으로 돌아오는 탕자의 모습을 연상시키는 바가 있었다. 소년은 아버지의 그 모습이 적잖게 측은해 보였다. 그리고 양심 한 구석이 찔리는 것을 느꼈다. 아버지는 돈을 벌기 위해 고생을 하고 있는데 자신은 집에서 음탕한 책을 보았다는 자책감이 들어서였다.

— 다른 건 몰라도 그 벽돌공장 일은 못 하겠어.

— 어땠어요?

— 죽을 맛이었지 뭐. 일도 일이지만 봄볕이 쨍쨍 내리쬐는 노천에서, 끝없이 죽 늘어선 벽돌들을 져다 나르다 보니까 이건 아니라는 판단이 들었어. 이런 밑도 끝도 없는 일을 하염없이 평생 할 거라고 여기니까 갑자기 전신에 힘이 쫙 빠지는 게 더는 못하겠던 걸. 당신도 이것 좀 봐. 손에 물집 잡힌 것 말이야. 쓰라려서 죽을 지경이야.

아버지가 보란 듯이 두 손바닥을 앞으로 내밀었다. 소년은 속으로 아버지의 엄살도 보통은 넘는다는 생각을 했다. 지난번 장 목수와 집을 수리할 때도 아버지는 별로 일을 하지 않았다. 그저 중간에 서서 소년에게 이래라 저래라, 각목을 옮겨라, 루핑을 가져오라, 못을 준비하라 등, 장 목수의 주문을 전달하는 일을 주로 했었다. 그러면서 감독처럼 허리에 손을 짚고 서서 소년에게 좀 더 잘하라고 꾸짖거나 애꿎은 담배만 줄곧 피워댔던 것이다.

─ 잘하셨어요. 그건 당신하고 어울리는 일이 아니에요. 안 그래도 당신이 올 줄 알고 당신 몫의 수제비를 남겨 놓았어요. 퍼지기 전에 어서 드세요.

어머니의 말에 아버지의 얼굴이 구름이 걷히듯 단번에 환하게 피어났다. 홀로 외롭게 적진을 헤매다 우군을 만난 병사의 얼굴 같았다.

그러나 소년은 아까 오전에 병태란 친구가 가져온 책의 기억 속에서 좀처럼 빠져나올 수가 없었다. 그 음란하고 기이한 이국 여성들의 나체는 그날 밤 잠자는 소년의 꿈에도 현실처럼 생생하게 나타났던 것이다.

목수 수업

몇 번의 봄비가 촉촉이 내린 뒤로 대지에 내리는 볕살이 유난히 두터워졌다. 예고 없이 오락가락하는 꽃샘추위 때문에 묵은 겨울옷을 두고 망설이던 사람들도 과감히 봄옷으로 갈아입었다. 곤충이 탈피를 하듯 하루가 다르게 옅고 화려해진 사람들의 옷차림 때문에 봄은 한층 따사롭고 신선한 기운을 안겨주었다.

사월은 항상 새로운 소식들로 가득 찬 듯싶었다. 남쪽 제주도와 진해의 개화 소식이 올라오는가 하면 난수표를 소지한 무장간첩 일당을 일망타진했다는 소식도 들렸다. 대학가에선 연일 데모가 계속되고 있으며, 월남에 파병한 맹호부대가 베트콩과 치열한 접전을 벌였다는 소식도 간헐적으로 들려왔다.

사월이 되면서 소년의 활동영역도 넓어졌다. 소년에겐 병태란 친구 말고도 두세 명의 열대여섯 살 또래의 친구들이 생겨났다. 나중 안 것이지만 변두리 동네에는 소년처럼 집에서 놀고 있거나 학교를 중퇴하고 쉬고 있는 청소년들이 적지 않았다. 소년은 자연스럽게 그런 아이들과 알게 되었고, 나아가 나이가 많은 동네 청년들과도 안면을 트고 지내게 되었던 것이다. 만나는 동네 친구들 중에는 소년보다 두 살, 많게는 다섯 살까지 많았다.

한가롭고 심심하기는 다들 비슷한 처지여서 가끔씩 시간이 맞을 때 어울려서 동네 주변과 보리밭을 비롯한 야산과 버려진 무덤, 도시 동편을 흐르는 강으로 무리지어 쏘다니기도 했다.

또 일요일처럼 넉넉한 시간이 주어질 때는 시내 들어가는 초입에 위치한 칠성시장이라는 큰 재래시장 쪽으로 진출해보기도 했다. 소년으로선 아직 시내구경이나 시장구경을 제대로 해본 적이 별로 없었다. 위쪽에 살 때에는 그저 어머니를 따라서 가까운 소시장에 가 본 게 고작이었다.

그런 소년에게 있어 시장은 실로 구경할 게 많은 장소였다. 시장은 세상의 온갖 종류의 냄새와 온갖 사물들과 사람들이 모여드는, 정말 아무리 봐도 물리지 않는 관심의 보고였다. 특히 그중에서 강철 막대기를 맨 목에 꽂아 구부러트리거나 벌건 복부 위에 커다란 돌멩이를 얹어두고 해머로 내리쳐서 깨뜨리는 괴력을 가진 차력사가 가장 볼만한 거리였다.

또 엉덩이가 새빨간 원숭이를 앞세운 뜨내기 만병통치약장수며 까치살모사와 백사, 흑사와 구렁이, 외국에서 수입해 왔다는 코브라와 몸체가 어른 허벅지보다 굵은 비단구렁이, 머리가 두 개인 쌍두사를 비롯한 각종 현란한 색깔과 기이한 무늬를 지닌 뱀들을 유리어항과 촘촘한 철망 속에 가두어 두고 '정력은 뭐니 뭐니 해도 거시기가 두 개인 배암이 최고여.' '남자는 그것만 잘하면 아침 밥상의 메뉴가 틀리는 법이여'라거나 '애들은 가라, 어른들만 모여라' 하는 뱀장수들의 걸쭉하고 음탕한 수다도 들을 만 했다.

그도 아니면 시장다리 주변의 야바위꾼들이 지나가는 행인을 꼬여서 박보장기를 두거나 검정 주머니에 든 패를 꺼내어 맞추는 사람에게 돈을 곱으로 주거나, 번호가 적힌 원반을 돌리고 거기에 핀을 던져서 맞추는 놀이를 구경하는 재미도 수월찮았다.

그렇게 구경을 하다가 배가 고파지면 시장 부근의 급식소를 찾아갔다. 부추나 배추 따위의 식물이 부패하는 시금털털한 냄새를 풍기는 시장거리의 청과물 상회 뒤편의 한 귀퉁이에는 식민지시대에 면화상인들이 임시창고로 쓰던 지붕이 높다란 함석건물이 있었고, 거기에서 점심시간에 한하여 값싼 급식이 이루어졌다.

일부 부지런한 선교사들이 주한미군들의 구호품인 밀가루를 배급받아 만든 국수를 공짜나 다름없는 저렴한 가격에 나누어주는 곳이었다. 대부분 역전 인근의 가난한 노동자나 날품팔이와 걸인들이 주로 애용했지만 집안 형편이 어려운 소년들도 더러 돈을 아끼기 위해 이용하기도 했다. 소년과 친구들은 시장 구경을 가는 날에는 각자 주머니에 든 작은 용돈을 털어 그곳에서 점심을 해결하기도 했다.

하지만 시장 구경을 갈 수 있는 날은 드물었다. 대개는 집을 지키거나 집안 잡일을 도와야 했기 때문이었다. 양동이로 공동수도의 물을 길어 와서 부엌에 있는 물독에 가득 채워놓는다거나, 연탄불이 꺼지지 않도록 시간에 맞춰 새 연탄으로 갈아주어야 하는 일들이 끊임없이 이어졌다. 집안일이라고 절대 만만히 볼 건 아니었다. 다행히 어느 집안에나 그런 일을 맡는 사람이 있었고, 소년의 집에서는 소년이 담당하기로 무언중 약속이 되어 있었던 것이다.

사월 중순이 다가오도록 소년의 아버지는 일자리를 구하지 못했다. 두어 번 시내에 있는 직업소개소를 다녀왔지만 아버지에게 적당한 일자리는 없는 성싶었다. 객지에 끈 떨어진 연 신세가 된 사람을 데려다 쓸 인심 좋은 직장이 쉬 나타날 리 만무했다.

더욱이 봄철이 되면서 무작정 도시로 가출한 농촌 청소년과 처녀들이 눈에 띄게 늘어났다. 따라서 하찮은 일용직이나 노동일 따위는 그런 젊은 사람들의 차지가 되었고, 나이 마흔을 넘긴 아버지에게 돌아갈 일자리는 좀체 나타나지 않았다. 그때마다 아버지는 오늘만큼은, 오늘만큼은 하고 기대를 걸어보는 눈치였지만 기대는 그저 기대일 뿐으로 늘 무망하게 하루가 저물곤 했다.

그나마 다행스런 일은 어머니가 잠깐씩 찾아가서 일을 거들어주곤 하던, 큰 포목시장에 한복을 납품한다는 영애집의 여주인이 어머니의 날렵하고 정교한 삯바느질 솜씨를 높이 사서 일감을 많이 맡긴다는 점이었다.

처음 아내의 일을 못마땅하게 여기던 아버지도 그쯤 되자 못 본 척 묵인해 주는 입장이 되었고, 이상하게 혼자 바빠진 것은 소년이었다. 평소 어머니의 몫까지 맡아서 해야 할 일이 생겨났던 것이다.

그런 때문인지 그즈음 들어 소년은 심기가 사나울 때가 많았다. 느닷없이 화가 치밀기도 하고, 부모의 작은 편애에도 곧잘 서운함을 느껴서 혼자 벙어리 냉가슴을 앓기도 했다. 또 어떤 때는 세상을 향한 이유 모를 분노가 가슴 한구석에 용암처럼 부글거리며 끓어오르기도 했다. 일반적인 사춘기 증상이었지만 정작 소년만은 그걸 모르고 있었다.

그날 아침에도 그랬다. 소년은 부아가 나서 견딜 수가 없었다. 아침에 소년이 봄에 입을 마땅한 옷이 없다고 하자 어머니는 장롱을 뒤져서 형이 작년에 입던 바지를 내주었던 것이다.

비록 깨끗이 빨아둔 옷이긴 했지만 막상 입어보니 바짓단 아래로 달랑 발목뼈가 드러났다. 소년의 눈에는 팔푼이나 저능아들의 옷차림처럼 바보스러운 꼴로 비쳐졌다.

— 이것 좀 보아요. 이걸 어떻게 입어요?

문지방 앞에서 소년이 어머니에게 항의했다. 마루에 앉아서 영애집에 가져갈 한복 보퉁이를 싸고 있던 어머니가 힐끗 소년이 입은 바지를 쳐다보았다.

— 약간 적긴 하구나. 문수 네가 너무 커진 탓이지. 그래도 입을 만한데 올봄에는 그걸로 적당히 입거라. 내년이 되면 새로 사주마.

어머니가 달래는 투로 말했다. 사실 그 전만까지도 소년은 형이 입던 헌옷을 받아 입는 건 예사스런 일이었다. 하지만 지금은 상황이 달라진 것이다.

실상 소년의 키는 작년, 그러니까 초등학교 6학년 초에 이미 형을 넘어서고 있었다. 작년 가을 무렵에는 아버지의 키와 비슷해졌고, 학교 반 내에서도 두 번째로 키가 큰 학생이 되어 있었다.

한창 키가 클 때는 마치 시루 속의 콩나물이 자라나는 것과 흡사했다. 밤새 관절이 깨어질 듯 아팠으며 종아리에 뻣뻣하니 근육통을 동반한 쥐가 내렸다. 소위 말하는 성장통이었다. 그 때문에 소년은 매일 밤마다 잠을 이루지 못할 정도였다. 그러고 나면 한 달 만에 키가 삼사 센티씩 자라나 있곤 했다.

그 뿐 아니었다. 어느 날부터 양쪽 가슴에 단단한 망울이 잡히면서 찌릿찌릿하게 아프더니 이내 음성마저 쉰 것처럼 굵고 탁하게 변했다. 그의 형인 문수가 중학교에 들어가면서 코밑에 턱수염이 겨우 거무스름하게 자리를 잡으려고 하는 것에 비하면 엄청나게 빠른 사춘기를 맞은 셈이었다. 언젠가 형은 그걸 두고 일종의 돌연변이 증상이라고 놀리듯 말했다.

혹시 서방 몰래 씨도둑질이라도 한 것 아니에요?

작년 가을 어느 날인가 집에 놀러온 이웃집 아낙 중에 볼이 복숭아처럼 붉고 입술이 얄팍하게 생긴 젊은 여인네가 소년의 어른스런 덩치를 눈여겨보고는 소년의 어머니에게 눈가를 얇게 하며 농담처럼 던진 말이었다.

외탁을 해서 그런가 봐요. 쟤 작은 외할아버지가 키가 무척 컸대요. 쟤가 덩치가 큰 건 분명 그 때문일 거예요, 아마.

자칫하면 동네 아낙들에게 괜한 오해를 살까 싶었던지 그의 어머니가 중언부언한 말이었다. 젊은 여인네가 말 지어내어 퍼트리는 데는 일가견이 있는 아낙이었던 것이다. 그 아낙이 퍼트린 터무니없는 소문으로 다른 아낙네 한 사람이 남편과 대판 싸운 적도 있었다고 했다.

소년이 함부로 바지를 벗으며 소리쳤다.

— 그래도 이걸 어떻게 입으라는 거야.

— 하루 종일 집에 있는 아이가 아무렇게나 입고 있으면 어때.

어머니의 그 말에 소년의 화가 머리끝에서 폭발했다. 안 그래도 아침부터 형이 등교하면서 어지럽힌 방을 소년에게 치우라는 통에 잔뜩 부아가 치밀어 있던 판에 옷까지 그렇게 되자 더 이상 견딜 수가 없었다. 중학교도 못 가게 하는 형편에, 동화 속에 나오는 가여운 콩쥐처럼 인간적인 차별을 받고 있다고 생각하자 서운함과 소외감, 나아가 부모에 대한 배신감까지 해일처럼 밀려왔다.

참고 있자 하니까 해도 너무 한다 싶었다. 왜 집에 있으면 아무거나 입고 있어도 된다고 여기는 것일까. 대체 집에는 아무 찾아올 사람도 없다는 것인가. 수돗물을 길러 갈 때는 알몸으로 간다는 건가. 친구를 만나러 나갈 때는 또 무얼 입고 가라는 건가.

씩씩대던 소년은 아주 잠깐 어저께 낮에 담 너머로 고개를 내밀었던 앞집 여자애를 떠올렸다. 쌍꺼풀진 눈에 한쪽에 보조개가 있던 열여섯 살 정도의 여자애였다. 머리를 양쪽으로 땋긴 했지만 여고생으로 보기엔 몸매가 유난히 성숙했고, 낮에 집에 보이는 걸로 보아 학교에 다니는 것 같지는 않았다. 그 전에도 몇 번 골목길에서 먼눈으로 스치듯 보았던 여자애였다. 어제 마당에서 체조를 하다가 우연히 눈길이 마주친 여자애는 놀랍게도 소년에게 환하게 미소를 보이며 명랑한 목소리로 안녕 하고 인사했던 것이다.

─그래도 이딴 건 못 입어.

마루에 나선 소년이 화를 내며 바지를 마당을 향해 내던졌다.

그 순간 소년의 뺨에 불현듯 번쩍 하고 노란 불꽃이 일었다. 얼떨결에 뺨을 감싸며 돌아서자 아버지의 모습이 보였다. 언제 마루에 올라왔는지 노한 얼굴의 아버지가 소년을 노려보며 소리 쳤다.

─ 감히 엄마에게 대들다니, 그게 어디서 배워먹은 버르장머리야.

소년은 아버지를 노려보다 서둘러 방으로 달려 들어갔다. 그리고 소리 나게 미닫이문을 닫았다. 뺨의 고통마다 마음의 상처가 더욱 아팠다. 소년은 방구석에 쭈그리고 앉아 무릎에 머리를 박았다. 울고 싶었지만 울어선 안 된다는 생각에 이를 악물고 참았다.

─ 그렇다고 손찌검을 하면 어떡해요?

마루 쪽에서 어머니가 나직한 음성으로 아버지를 탓하는 소리가 들려왔다.

─ 저런 버릇은 그냥 둬선 안 돼.

─ 하지만…….

어머니의 말끝이 흐려졌다.

문득 마당에서 인기척이 나더니 뜻밖으로 정 반장의 가랑가랑한 음성이 들려왔다.

─ 김 주사, 아침부터 뭣하지만 같이 쪼께 가 봐야 할 데가 있는데…….

상당히 어려워하는 음성이었다.

─ 무슨 일인데 그러십니까?

─ 딴 기 아니라 이미 소식을 들었능가 모르겠심다만, 요 아래 철길 옆에 사는 두 노인네가 불쌍쿠로 어제 연탄가스로 한목에(함께) 세상을 뜬 모양입디더. 전쟁 때 이북에서 넘어온 노인네라 여기 남쪽엔 자식도 아무런 일가붙이도 없는 처지인가 본데,

우째(어떻게) 장례는 치러주야 되겠고, 가차분(가까운) 동네사람이 라도 나서야 될 꺼 같기에……

– 어휴 저런.

어머니의 나직한 탄식이 들렸다.

– 안 되었네요. 그런 일이라면 당연히 이웃사람들이 나서서 도와주어야죠. 이럴 게 아니라 지금 당장 같이 가십시다.

아버지가 씩씩한 음성으로 말했다.

– 저 잠깐만 보시고 가세요.

바깥으로 나가려던 아버지를 어머니가 불러 세웠다.

– 무슨 일이 있어?

돌아온 아버지가 묻는 소리였다.

– 당신 돈 가진 거 별로 없죠? 혹 필요할지 모르니까 조금 가져가 보세요.

– 그래, 알았어.

부스럭대는 소리가 어머니가 지갑에서 돈을 꺼내어 아버지에게 건네는 것 같았다. 이어서 아버지의 둔탁한 발소리가 골목 밖으로 멀어져 갔다.

– 미안하다. 화가 나더라도 저녁이나 먹고 있으렴.

땅거미가 마루 밑을 거쳐서 문지방까지 올라오는 저녁 무렵이었다. 낮에 영애집에 갔다가 좀 이른 시간에 돌아와서 저녁밥상을 차려낸 어머니가 소년에게 말했다. 어린 동생은 밥상머리에 앉으며 슬쩍슬쩍 소년의 눈치를 살폈다. 괜히 끼어들다가 애꿏게 성질난 형에게 얻어터질 수도 있다는 걸 눈치로 감지한 덕분이었다.

― 밥상은 방에 두고 가마. 언제든 배고프거든 밥 먹어라. 난 잠시 아버지가 가 계신 초상집에 들러보고 오도록 할 테니까.

어머니의 말에도 소년은 일언반구 대답도 않고 묵비권을 지켰다. 으르고 달랜다는 말처럼 꼭 자신을 놀리려는 수작 같았던 것이다.

― 형아, 화가 나도 밥은 먹어라. 안 그러면 건강 상한다. 형 밥은 그냥 놔두고 내 밥 반쯤 덜어줄게 먹자. 나중 엄마한테는 작은형 밥 먹었다고 안 할게.

어머니가 나간 뒤 밥숟갈을 들고 형의 눈치를 살피며 어물쩍대던 동생이 말했다. 그럴 때 보면 영악하고도 기특한 동생이었다. 하지만 소년은 배가 고파도 의지를 갖고 참기로 했다. 어린 동생 앞에서 형의 나약하고 사내답지 못한 모습을 보여 줄 순 없었다. 뒤늦게 학교에서 돌아온 형이 이상한 분위기를 감지하고 이것저것 물었지만 소년은 그때도 짧게 응응, 하는 대답을 했을 따름이었다.

그날 밤에 아버지는 돌아오지 않았다. 낮 동안에 사람들이 하얀 살을 다 발라먹은 세상엔 하얀 뼈 같은 어둠이 내리고 이내 뼈는 어둠 속에 묻혀갔다. 그리고 버려진 뼈들이 혼자 달그락거리며 외로운 밤을 맞이했다.

늦은 시간에 돌아온 어머니가 지친 기색으로 밥상을 치우고 윗목에 놓아둔 버들고리를 당겨서 바느질을 시작했다. 한참 지난 뒤에 뒤늦게 생각난 듯 방에 엎드려 소설책을 읽고 있던 소년에게 조용히 말했다.

― 다 이 엄마의 잘못이다. 네 서운한 마음 왜 모르겠니. 네가 좀 이해해 주렴.

그 말에 소년은 자칫 눈물을 쏟을 뻔했다. 어머니의 그 말이 왜 그렇게 감동을 주는지 알 수는 없었지만 마음속에 막혀 있던 탁한 오물이 한꺼번에 씻겨 나가는 기분이었다.

다음 날 오전 해가 중천에 떴을 때야 아버지가 돌아왔다. 꼬박 밤을 새웠는지 초췌한 얼굴이었다. 턱 주변으로 숯검정이라도 칠한 것처럼 수염이 거뭇하게 자라나 있었다. 근교에 있는 시립화장장까지 다녀오는 길이라고 했다.

― 어쩌면 당신은 그처럼 장례를 잘 치러요?

마당 가운데서 묵은 호청 빨래를 하고 있던 어머니가 아버지를 향해 감탄스럽게 말했다.

― 내가 뭘?

마루에서 양말을 벗으며 아버지가 건성으로 반문했다.

― 저도 보긴 했지만, 동네 아낙들 사이에 당신 칭찬이 자자해요. 어쩜 그렇게 얼굴도 모르는 노인네 초상을 그처럼 정성껏 치르는지, 곡을 하는 건 물론이고 염을 하는 것부터 관을 내가는 것까지 너무너무 잘하니까 다들 친자식이나 피붙이처럼 보였다잖아요.

― 초상이란 게 원래 염을 하고 곡을 하고 그런 거지. 그걸 갖고 뭘.

어머니가 양은 세숫대야에 물을 담아다가 마루에 앉은 아버지 발밑에 갖다 주었다.

─ 말은 쉬워도 그렇게 정성으로 할 사람이 잘 있겠어요? 피 한 방울 섞이지 않은 남의 노인네 초상에…….

─ 그 판에 네 부모, 내 부모가 어디 있어. 우리에겐 다 어르신들이지.

─ 전 당신의 그런 태도가 좋아요. 참, 그런데 당신 직업을 그런 방면으로 찾아보는 게 어때요? 가령 장의사를 차린다거나, 아니면 초상집의 궂은일을 해주는 대행업 같은 거 말이에요. 송장 염해주는 것도 하구요.

─ 난 그런 건 못해. 송장이 혀를 물고 꿈에 나타나면 어떡해. 나 무서운 것 싫어하잖아. 아버지가 다리를 흔들어 씻은 발의 물기를 털어내며 말했다.

─ 하긴 당신은 원래 소심하고 간이 작아서 직업으로 그런 일 하려면 못 할 거야. 그건 그렇고 당신, 우리 부모님 돌아가실 때도 그렇게 지극정성으로 해주실 거죠?

─ 당신, 지금 그걸 말이라고 해?

아버지의 음성이 한 옥타브 높아졌다. 소년은 집에 있는 식구는 등한시하면서 남의 집 노인네 초상은 잘도 치러 준다는 생각에 아버지가 좀 이중인격자처럼 여겨졌다.

─ 웬 때늦은 황사가 이처럼 극성인지 원.

아침나절에 젖은 걸레로 큰방 마루를 닦으며 어머니가 툴툴거렸다. 이틀간에 걸친 심한 황사였다. 꼭 세상이 누런 불투명 간유리를 통해 보는 풍경 같았다. 아이어른 할 것 없이 마스크를 쓰고 외출했고, 돌아올 때면 머리며 어깨에 누런 먼지가 잔뜩 묻어 있곤 했다. 그 바람에 조금씩 상춘객으로 붐비기 시작하던 야외나 공원도 사람이 뜸해진 나날이었다.

－이제 서서히 갤 모양이야. 어제보다는 훨씬 줄었는걸.

마루기둥에 면경을 걸어두고 면도를 하던 아버지가 말했다.

－이 먼지가 저 먼 중국을 건너서 날아온다는 게 신기하지 않아요?

－신기하기는. 매년 봄마다 이 황사 때문에 기관지를 앓는 사람이 얼마나 되는데 그래.

아버지와 어머니가 나누는 대화를 들으며 소년은 가져온 돌조각을 미리 파놓은 고랑에 넣고 흙으로 묻었다. 지금 소년이 하는 일은 담벼락 아래 화단을 만드는 일이었다.

화단이랬자 길게 늘어선 담 아래쪽에 얼마간의 간격을 두고 고랑을 판 다음 벽돌조각이나 깨어진 접시나 각진 돌멩이 따위로 화단 경계선을 만들고 그 안에 몇 고랑 밭을 만들면 되는 단순한 작업이었다.

따스한 봄철이 되자 갑자기 우중충한 집을 가꾸고 싶어졌던 것이다. 제일 쉬운 일이 집 안에 꽃을 피우는 일이었다. 꽃씨는 그저께 시장 부근에 볼일이 있어 나갔을 때 인근 꽃가게에서 나팔꽃과 채송화, 그리고 분꽃 씨를 미리 몇 봉투 사두었던 터였다. 며칠 더 있다가 금잔화와 맨드라미, 봉선화 꽃씨도 몇 봉 구해다 심을 참이었다. 사실 넝쿨장미나 모란, 라일락 같은 관목이 좋았지만 그건 묘목 값도 비싼데다가 심어도 그 해에 꽃을 보기가 쉽지 않아서 나중 여유가 있을 때 하기로 작정하고 포기한 것이다.

– 집에 있으니 좋기는 하오?

굵직한 음성과 함께 마당에 들어선 사람은 집을 수리해준 장목수였다. 둥글둥글한 사람 좋은 미소를 머금은 장 목수의 방문에 아버지는 얼른 하던 면도를 마치고 세숫대야의 물로 비누거품이 묻은 얼굴을 씻었다. 그동안 장 목수는 자기 집처럼 태평스레 마루에서 한 다리를 꼬고 앉아 아버지가 세면을 하는 등짝을 지켜보았다.

– 바쁘실 텐데 저희 집엔 어쩐 일로다……?

타월로 얼굴을 문지르며 장 목수 앞으로 다가간 아버지가 물었다.

– 방으로 좀 드시지요. 어머니가 말했지만 장 목수는 간단히 고개를 가로저었다.

– 김 주사, 나하고 일 좀 해보겠소?

모종삽으로 땅을 고르던 소년이 쳐다보자 아버지의 놀라서 눈이 둥그레진 모습이 시야에 들어왔다.

– 그러니까 저보고 장 목수님 뒤모도 일을 해보라는 말씀이십니까?

– 아직 한창인 남정네가 집 안에서 매일 잘난 처자와 빈둥거리며 노는 걸 보니까 배알이 꼴려서 하는 말이오. 어떻소? 해 보겠소? 비록 보수는 많이 못 쳐주지만 하다보면 목수기술도 배울수 있고, 또 몇 년 지나면 독립해서 할 수도 있는 일인데……괜

찮겠소?

장 목수가 얼굴에 빙글거리는 미소를 띠고 말했다.

– 저이처럼 일을 못하는 사람도 감히 할 수가 있을까요?

중간에 어머니가 걱정 반, 기쁨 반의 낯빛으로 끼어들었다.

– 못하는 거야 가르치면 되는 거고, 전에 내가 데리고 있던 사람이 마침 가족을 따라서 미국으로 이민을 간다는 바람에 자리가 난 거요.

그렇게 언급은 했지만 다른 사람보다 아버지에게 일을 주고 싶어서 찾아온 게 분명했다. 아니고서는 그 전에 집수리를 할 때 진즉에 아버지가 막일에는 손이 선 사람이란 걸 모를 리 없는 장 목수가 굳이 아버지를 찾아올 까닭이 없는 것이다.

– 고맙습니다. 당연히 가야지요. 내일부터 나가겠습니다.

– 봄이 되어선지 슬슬 여기저기서 주문이 들어오기 시작하는구려. 작업복이나 준비해서 내일 우리 집으로 오면 될 게요.

마루에서 몸을 일으키며 장 목수가 말했다.

– 어이구, 우리 김 장사. 화단을 만드는 모양이네. 꽃을 가꾸는 건 마음을 가꾸는 일이라고 했는데, 착한 일 하고 있네.

그는 꾸벅 인사를 하는 소년을 보고 경례나 하듯 손을 흔들어주었다. 김 장사란 말은 지난번 집수리를 할 때 소년의 힘이 센 것을 보고 칭찬삼아 하는 말이었다.

– 소문에 지난번 돌아가신 하씨 노인네 장례식에서 김 주사가 일을 아주 열심히 했다고 들었소. 난 잠시 외지로 나가 있는 통에 가보지 못했지만…….

퉁퉁한 몸을 흔들며 함석대문을 나서던 장 목수가 지나가는 소리처럼 흘린 말이었다.

– 장 목수님 고향이 어디인 줄 아세요?

– 그건 왜?

어머니의 물음에 아버지가 의아해 하는 눈길로 반문했다.

– 말투를 들어보면 사투리가 없지 않아요. 여기 사람들은 대개 사투리가 강한데…….

– 당신 말을 듣고 보니 그러네. 어찌 경기도 말투 같기도 하고, 그냥 표준말 같기도 하고 잘 모르겠어.

– 아무튼 사람이 참 점잖아 보여요. 예전엔 무슨 일을 했는지 모르지만, 나중 취직 턱으로 초대해서 한잔 내셔야겠어요.

– 그야 물론이지. 사람이 은혜를 갚을 줄 모르면 사람 구실을 한다고 할 수 있나. 그나저나 오늘은 저기 천변에 있는 큰 시장에나 가볼까. 작업복을 사려면 거기 가야 되지 않겠어.

– 그러세요. 그 참에 나도 좀 데려가시던지.

걸레 빤 대야의 물을 마당에 넓게 뿌리며 어머니가 말했다.

아버지가 장 목수를 따라서 일을 다닌 지 나흘 지난 어느 날이었다.

– 오늘 선생님이 가정방문을 온다는데, 내가 미리 가서 내일 오시라고 해야겠지?

큰방 문턱을 딛고 선 동생이 자문자답하며 어머니의 눈치를 살폈다.

– 그래라. 집안이 이 모양인데 어떻게 선생님을 맞이하겠니?
그리고 찬바람 들어오니까 방문 좀 닫아 주렴.

입을 비쭉이던 동생이 씽하니 대문 밖으로 달려 나갔다. 마침
어머니 심부름으로 사거리까지 나가서 처방약을 사 온 소년을 본
어머니가 어서 들어오라는 손짓을 보냈다. 방 안에 누운 아버지
의 이마에는 새로운 물수건이 얹혀 있었다.

그제 저녁에 일을 마치고 돌아오면서 몸이 으슬으슬하니 춥다
고 하던 아버지는 그예 몸살이 나서 앓아눕고 말았다. 힘든 노동
일이라곤 해보지 않은데다가 공사판 일이라는 게 비바람 피할 곳
없는 한데서 하는 일이라 감기까지 겹친 모양 같았다.

– 약사에게 내가 말한 증상을 그대로 말하고 지어왔니?

– 하루에 세 번, 식후 삼십 분 지나서 먹으면 된데요.

소년은 약국에서 사 온 약을 봉투째 내밀었다. 어머니가 약 봉투
에서 처방약을 꺼내는 한편으로 머리맡의 물그릇을 찾아들었다.

– 여보, 약이나 먹고 누워 있어요.

어머니의 재촉에 아버지가 반쯤 상체만 일으키더니 약과 물을
사약이라도 받는 듯 미간을 찡그리며 먹고는 다시 자리에 쓰러지
듯 누웠다. 입에서 끙 하는, 늙은 짐승이 내는 듯한 신음이 흘러
나왔다.

– 이런 줄 알았으면 젊었을 적에 미리 다른 기술이라도 배워놓
을 걸.

– 배워놓으면 뭘 해요. 처녀와 바람피우다가 다 때려치울 일
가지고.

어머니의 말끝이 가파르게 높아졌다. 일한다고 나갔던 남편이 사흘도 채 일을 못하고 몸살이 나서 누운 게 마음 아픈 터에 지난 번 난봉으로 이 지경까지 오게 된 것을 떠올리자 속까지 상했던 가 보았다. 돌연 어머니가 벌떡 자리에서 일어나더니 날선 치맛바람을 날리며 바깥으로 나갔다.

소년이 조금 열린 미닫이 방문 틈으로 내다보니 어머니가 마루에 앉아서 저고리 고름으로 눈물을 찍어내는 게 보였다. 소년이 방을 나가서 어머니를 위로하려는 심산으로 어깨에 손을 얹자, 어머니가 뒤로 손을 뻗어 소년의 손을 살며시 잡아 쥐었다.

– 너도 네 아버지처럼 저런 모습 안 보이려거든 집에서 놀지만 말고 공부 좀 하렴.

괜히 머쓱해진 건 소년이었다.

장 목수가 신문지로 둘둘 싼 쇠고기를 손에 들고 집으로 찾아온 건 아버지가 앓아누운 지 닷새가 지난 뒤였다. 이틀간 왠지 썰렁하던 날씨가 마지막 반전이나 하듯 여름날처럼 화창해진 오전 나절이었다.

들고 온 고기를 마루에다 내려놓은 장 목수가 반쯤 열린 방문 안으로 담요 위에 책상다리로 앉은 아버지를 들여다보곤 허허거리고 웃었다. 얼굴을 보아하니 이제 몸살이 엔간히 나은 모양이라고 장 목수가 말했다.

– 저 사람이 껍데기는 멀쩡해도 속은 물러 빠져서, 조금만 일해도 저 모양이지 뭐예요.

대접할 차를 끓인다며 부엌으로 들어간 어머니가 한 말이었다.

– 그러게 처음에 제가 보기에도 어찌 좀 부실해 보입디다.

장 목수가 싱글거리며 농을 받았다.

– 그래도 여자하고 술한테만큼은 잘도 장골 노릇을 하는 걸요.

어머니가 박자를 맞추었다.

– 어이, 당신까지 그러면 어떡해. 사람 반편 취급하는 것도 아니고.

아버지가 방 안에서 뚱한 소리를 내놓았다.

– 그럼 당신은 당신 자신이 반편인 줄 아직 몰랐다는 말이에요? 자신을 모르는 게 그게 더 반편이네요. 마루에 차를 내어오며 던지는 어머니의 반격이 꽤나 날카로웠다. 아버지가 건강을 찾은 게 마음이 놓였는지 자못 유쾌한 표정이었다.

– 허허, 부인하고 사랑싸움은 그만하고 이제 움직일 만하면 일하러 나갑시다. 김 주사가 없으니 심심해서 원.

– 일은 못해도 말은 곧잘 하나 보지요?

– 그건 몰라도 눈치 하나는 빠른 편이었소. 특히 담배 피고 싶을 때는 어찌 그리 잘 아는지.

말을 하던 장 목수가 무슨 생각에선지 혼자 너털웃음을 터뜨렸다. 방 안에 앉아 있던 아버지 역시 멋쩍은 웃음을 허허거리며 웃었다.

소년은 화단을 기웃거리며 일전에 뿌려둔 꽃씨의 떡잎이 나왔나 살펴보았다. 뭔가 연녹색으로 돋아난 것이 있어 유심히 살펴보았지만 싹을 내민 건 잡초의 길쭉한 잎이었다. 양은그릇이나 깨어진 솥, 단지를 때우라며 외는 소리가 골목 밖에서 한가롭게 들려왔다. 등판에 내리쬐는 햇볕이 제법 따갑게 느껴졌다. 희망차고 평화로운 사월의 마지막 주였다.

오월의 노래

오후의 살 오른 햇살이 공동수도의 꼭지에 부딪쳐 하얗게 빛났다. 은빛 수도꼭지에서는 작은 물방울이 천천히 한 방울씩 떨어져 내렸다. 본격적으로 수돗물이 나오려면 아직 한 시간은 기다려야 했다. 하지만 미리 줄서서 기다리지 않으면 비단뱀처럼 길게 늘어선 양철통이며 양동이, 바케츠, 물통들의 순서가 언제 바뀔지 몰랐다.

설령 가져온 물통을 줄 세워 놓더라도 물이 나올 때 주인이 기다리고 있지 않으면 물통을 얼른 대열 뒤쪽으로 돌려놓곤 했기에 남들 앞서 물을 받으려면 미리 통을 가져다 놓고 기다리는 게 상책이었다. 봄이 깊어가면서 수도 사정이 조금씩 나빠졌다. 그것은 시내 쪽의 물 사용량이 늘어나면서 자연 가압장에서 먼 거리에 있는 변두리 동네까지 올 물이 부족해졌기 때문이었다.

소년은 공동수도 옆의, 아이들의 조악한 낙서로 얼룩진 담벼락에 등을 기대고 집에서 가져온 만화책을 건성으로 뒤적거렸다. 〈소년중앙〉에서 나온 만화잡지로 '타이거 마스크'와 '우주소년 아톰'이 그런대로 재미있었다. 동생이 보던 만화책이었는데 심심소일로 가지고 나온 것이었다.

─ 그 여자애 이름이 왜 부뜰이야?

책장을 넘기며 소년이 물었다. 저녁때가 다 되어 가는지 시나브로 주변이 황금색을 띠어가고 있었다. 담벼락 아래는 이름 모를 잡풀들이 제법 무릎 길이로 자라나 있었다.

학교 규정상 아직 하복으로 갈아입지 못한 검은 교복 차림의 중고생들이 철 지난 까마귀 같은 추레한 모습으로 간간히 골목을 끼고 돌아 집으로 향했다. 더워진 날씨 탓인지 어떤 학생들은 아예 동복 상의를 벗어서 책가방 사이에 끼고 다녔다. 반팔을 입은 모습은 그 자체로 산뜻해 보였다.

─ 부뜰이가 우짜는데 그카노?

병태가 힐끗 집에서 가져온 물통을 꼬리에 붙여 놓는 작은 계집아이를 바라보며 물었다. 좀 못난 계집아이는 왠지 못난이 인형 중의 세 번째 여자인형과 닮은꼴이었다.

─ 이름이 이상하잖아. 부들도 아니고, 부득도 아니고 부뜰이라는 게.

─ 그기사 당연히 부뜰어(붙들어)!라 캐서 이름이 부뜰이가 된 기제. 나도 들은 얘긴데 부뜰이 엄마가 젊었을 적에 어린 얼라를 둘씩이나 잃었다 카데. 그래서 얼라를 잃지 말라꼬 이름을 부뜰이라꼬 지었는 기라.

바닥에 물지게를 눕히고 그 위에 타고 앉은 병태가 기다리기 지루한지 길게 기지개를 켜며 대답했다. 둘 다 물을 길러 왔다가 우연히 만나서 이런저런 얘기를 나누던 중에 우연히 앞집 여자애가 누군지 아느냐는 소년의 질문에 병태가 아항, 부뜰이 가시나, 라고 대답했던 것이다.

－헌데 부뜰이 고 가시나, 보기보다 앙큼한 구석이 있는 것 같다 카이.

손마디를 딱딱 소리 내어 꺾으며 병태가 말했다. 그 말에 소년은 문득 마음 한구석이 찔렸다. 병태의 말이 백번 맞았다, 분명 그녀는 앙큼한 계집애였다.

솔직히 털어놓자면 며칠 전까지만 해도 소년은 은근히 그녀에게 마음을 두고 있었던 것이다. 어쩌면 그녀를 사랑할 수도 있을 것 같았다. 찐빵처럼 통통한 얼굴에 비록 예쁘다고 할 수는 없어도, 또 그녀의 어머니가 좀 음탕해 보이기는 해도 마릴린 먼로를 연상시키는 그녀의 글래머 비슷한 몸매와 담 너머로 소년에게 보내는 풋사과처럼 상긋한 웃음이 꽤나 마음에 들었다.

물론 사랑에는 고뇌도 따르는 법이어서 그녀로 인한 걱정도 새롭게 생겨났다. 만약 나중에 소년이 나이가 들어서 그녀와 결혼을 하려고 들면 과연 부모님이 허락해줄까 하는 게 염려스러웠던 것이다. 소년의 아버지야 부뜰이 엄마와 술자리에서 자주 어우러지는 사이니까 괜찮을 성싶지만 어머니는 절대 허락을 해주지 않을 것 같았다. 동네가 다 아는 음란한 여자를 절대 문수 장모로 받아들일 수는 없다고 할 게 눈에 선했다.

하지만 그 고민도 어제부로 말끔히 정리된 셈이었다. 소년이 부뜰이를 향한 마음을 접기로 굳게 다짐해야 할 일이 일어났던 것이다.

그제 오전 무렵이었다. 마치 이스트를 넣은 밀가루 반죽처럼 햇살이 조금씩 부풀어 오르기 시작하는 마당에서 초등학교 때 배운 몸 풀기 국민체조를 하고 있으려니 가르마 탄 검은 머리 하나가 낡은 블록담 너머로 불쑥 솟아올랐다. 턱까지 얼굴을 내민 것은 부뜰이라는 앞집 여자애였다.

주위를 경계하듯 살핀 그녀는 양손을 동그랗게 모아 입에 가져다 댄 뒤 지금 혼자니? 하고 속삭이듯 작은 음성으로 물어왔던 것이다.

당연히 집에는 소년 혼자였다. 아버지는 장 목수를 따라갔고, 어머니는 영애집이라는 한복을 만드는 집으로 나갔고, 형과 동생은 학교에 가고 없었다.

의당 혼자 있다는 사실을 알고 있을 그녀가 왜 혼자니 라고 묻는가 라는 것에 생각이 미치자 갑자기 가슴이 두근거리기 시작했다. 아무도 없는 대낮에 그녀와 단둘이 있다는 사실이 단번에 머릿속에 크게 부각되었던 것이다. 그녀가 곧 집으로 찾아올 것만 같은 예감이 들었다. 만약 찾아온다면 그때는 어떻게 해야 할지 마땅히 생각해놓은 바가 없었다. 그렇다고 어머니처럼 차를 끓여서 내올 수도, 아버지처럼 술이나 한잔하자고 말할 수도 없는 노릇이었다. 또 그녀가 사귀자고 말하면 어떤 응답을 해줘야 할 지 대책이 서지 않았다.

내심 이런저런 궁리로 머리가 복잡해져 있는데 그녀가 소년에게 가까이 오라는 손짓을 보냈다. 담 아래 만들어둔 화단을 망칠까 조심하며 다가가자 그녀가 한 번 살짝 웃더니 물었다.

– 너희 형 중 3이지?

그 질문을 받자 소년은 처음부터 뭔가 잘못되어 가고 있다는 생각을 품었다. 아니나 다를까 얘기는 처음부터 엉뚱하게 흘러갔다.

– 네 형 공부 잘하제? 시내 어느 중학교 다니노? 우연히 네 형을 보았는데 커크 더글라스와 많이 닮은 것 같드라. 니, 커크 더글라스 나오는 〈대탈옥〉이라 카는 영화 봤나? 난 거기 나오는 커크 더글라스가 너무너무 멋있더라.

아직 영화 속에 취한 듯 이런저런 말을 마구 쏟아내는 여자애를 멍하니 바라보며 소년은 더럭 미운 감정이 치솟는 걸 느꼈다. 누굴 엿 먹이려는 수작인가? 그러니까 교복 입은 형의 모습을 보고 반해서 동생인 나를 이용하자는 수작이지. 모르긴 해도 벌써 형에게 몇 번 눈웃음을 쳤을지도 모른다는 불순한 의심까지 치밀었다. 그 의심 끝에서 역겨움과 혐오감이 뱀처럼 꼬리를 물고 올라왔다.

소년의 시시각각 변하는 표정을 보았는지 돌연 부뜰이의 말이 딱 멎었다. 그녀는 자신의 무엇이 잘못되었는지 잠깐 생각하는 눈치더니 뭔가 짚이는 게 있는지 화제를 부드럽게 바꾸었다.

– 니 아까 운동하는 거 쬐께 보았는데 진짜 멋지더라. 계속해서 거 뭐라 카더라, 그래, 맞다. 미스터 코리아 카는 거 나가보는 기 어떠켔노?

소년의 반응이 없자 부뜰이는 다시 소년을 꼬드겼다. 자신에게 동생이 없어서 그런데 소년이 남동생을 하면 어떠느니, 자신은 이미 소년을 동생처럼 여기고 있다느니 하는 말들을 달콤하게 늘어놓았다.

– 난 누나 필요 없어. 생각해 볼게.

소년이 잘라 말하고 벽을 등지고 돌아섰다. 머쓱해하는 부뜰이의 표정이 시야 가장자리에 들어왔지만 애써 무시하기로 소년은 마음먹었다. 아울러 만에 하나, 형과 부뜰이가 서로 좋아하는 사이가 되어 부모님에게 결혼을 허락받으려 한다면 누구보다 먼저 자신이 앞장서서 반대하리라는 마음의 결정을 내려두었다. 아무 남자한테나 눈길을 주는 정조관념이 헤픈 여자를 집안에 들일 수는 없었다. 그게 비록 형의 여자라 하더라도.

– 뭣 때문에 앙큼하다고 하니?

어쩐지 병태도 자신처럼 부뜰이 계집애에게 퇴짜를 맞았을지도 모른다고 소년은 생각했다. 하지만 그런 내색은 않고 관심이 별로 없다는 투로 물었다. 하긴 그녀가 앙큼한 건 사실이었다. 소년하고 그런 일이 있었음에도 어제 우연히 골목에서 마주쳤을 때 전혀 모르는 사람처럼 굴지 않았던가. 꼬리가 아홉 달린 구미호처럼.

어제 해질녘 해서 동네 아래쪽의 두꺼비상회란 잡화점에서 봉지쌀을 사들고 돌아오던 중 동네 초입에서 부뜰이 모녀와 마주치게 되었다. 함께 어디론가 외출하는 중인지 분으로 한껏 화장을 한 부뜰이 엄마가 앞장서고, 그 뒤를 외출복을 입은 부뜰이 계집애가 따라오고 있었다. 앞뒷집 아는 처지라 소년이 먼저 고개를 숙여 인사하자 걸음을 멈춘 부뜰이 엄마가 소년의 얼굴을 관심 있게 바라보았다.

－제 아버지를 닮아서 순진하게 생겼네.

말하던 부뜰이 엄마가 붉은 루주가 발린 입술 사이로 예사롭지 않은 웃음을 흘렸다. 비록 나쁜 의미인 것 같지는 않았지만 자신의 아버지를 순진하다고 한 부뜰이 엄마의 말이 마음에 걸렸다. 어쩌면 아버지와 어떤 모종의 관계를 가지지는 않았는지 더럭 의구심이 들었다. 어머니 말대로 여자라고 하면 정신을 잃는 아버지가 부뜰이 엄마에게 홀릴 수도 있었다. 그런 면에서 부뜰이 엄마는 남자를 홀리는데 천성적인 재주가 있는 여자였고, 그 딸 또한 남자를 유혹하는 유전적인 성품을 타고났을지 모를 일이었다. 아무튼 소년의 그런 마음을 전혀 모르는 사람처럼 부뜰이는 어머니 뒤에 숨어서 실실 웃기만 했다.

－글쎄, 얼매 전에 저쪽 강변공원에 놀러 갔다가 거기서 부뜰이 가시나가 다른 사내와 걷는 것을 봤다 아이가. 그기 누군지나 아나? 저 아랫동네에서 탁구장인가 뭔가 하는 종만이라는 청년인데, 내사 모르긴 해도 그 남자 애인인 것처럼 보였다 카이.

－뭐 꼭 함께 있다고 해서 애인이라고 할 수 있나. 그냥 만나는 사일 수도 있잖아.

소년이 심드렁하게 말했다. 따져보면 소문은 엉터리가 많은 게 분명했다. 만약 부뜰이가 형에게 관심을 가지고 있다는 것을 병태가 안다면 남자와 공원에 있다는 것만으로 쉽게 연애를 한다는 의심을 품지는 않았을 것이다. 그렇다고 부뜰이 편을 들어 그녀가 형을 마음에 두고 있다고 밝히고 싶지는 않았다. 괜한 소문을 내어 좋을 건 없었다. 또 아직 형이 부뜰이를 어떻게 생각하고 있

는지 모르고 있는 상황에서는 더욱 그랬다

　─ 그 가시나, 사실 우리 누나의 초등학교 후배 아이가. 예전에
는 잠깐씩 누나를 만난다며 우리 집에 놀러 와쌓고 했는데 요즘
통 안 오는 거 보믄 남자와 연애하는 기 확실하다 카이.

　믿기지 않았지만 병태가 그렇게 확정짓는 말을 듣고 보니 그런
것 같기도 했다. 소년은 여자란 알 수 없는 존재라고 생각하며 만
화책을 덮었다.

　─ 지금 네 누나는 뭐해?

　병태 형이 외항선 마도로스라는 얘기는 들은 적이 있었지만 누
나에 관한 소식은 전혀 들은 바가 없었다. 정철이라는 다른 아이
에게 들었지만 병태의 부친이 폐병인가 뭔가로 죽은 뒤에 모친은
세 자식을 두고 다른 남자와 달아났다는 것이다. 그래서 병태 형
이 가장노릇을 하며, 선원일을 해서 벌어온 돈으로 살고 있다고
했다.

　─ 시내에서 차장하고 있다 아이가.

　병태가 시내에서 본 깡패처럼 이빨 사이로 침을 찍 내뱉으며
말했다.

　─ 차장?

　소년도 몇 번 본 바가 있었다. 버스 앞문이나 뒷문에 매달려서
차비를 받고 사람들을 차안으로 들입다 밀어넣고는 오라잇! 하
며 버스 문짝을 탕탕 두드리는 파랑 제복에 모자 쓴 처녀를 차장
이라고 불렀다. 버스가 콩나물시루처럼 승객들로 가득 찼을 때는
거의 문짝에 매달리다시피 가는 모습은 좀 위험하고 힘들어 보였

다. 듣기엔 별이 총총한 새벽부터 통금이 가까운 늦은 밤까지 하루 열여덟 시간을 꼬박 일해야 한다고 했다.

– 그래, 근데 이제 곧 다른 데로 옮긴다 카드라. 뭐 고속버스 차장 모집에 응모했다 카든가 뭐라든가. 누나는 중학교를 졸업했기 땜에 고속버스 차장이 되기 쉬울 끼다. 거기는 중졸 이상 자격이라야 된다 카이.

스스로 하는 위안인지 소년에게 하는 변명인지 모를 말이었다.

얘기를 나누는 도중에 갑자기 얼굴이 익은 동네 꼬맹이들 몇몇이 서둘러 동네 동쪽으로 달려갔다. 동쪽에는 공터가 있고, 그 뒤로 야산과 무덤, 그리고 교외와 유원지를 싸고도는 큰 강이 흐르고 있었다.

– 무슨 일이고?

병태가 지나가는 초등학교 사오 학년쯤의 아이에게 물었다.

– 큰일 났심더. 저쪽 언덕 너머 공동묘지 있는데서 동네 아들이 무얼 주어가 놀다가 그게 터지는 바람에 크게 다치 갖고 다들 병원으로 실리 갔다꼬 캅디더. 전쟁 때 쓰던 불발탄이 터졌다 카는데 함 가볼라꼬예.

– 다친 아이들은 누고?

– 지도 잘 모르겠심더. 얼핏 듣기로는 저쪽 동네 사는 광표라 카는 아이하고 삼원이 동생 오원이하고 또 몇몇 아가 더 있었다 카는데 지는 잘 모릅니더. 고마(이만) 가볼랍니더.

말도 마치기 전에 아이는 부리나케 사고가 난 쪽으로 달려갔다. 삼원이 동생 오원이라면 동생에게서 한 번 들은 이름이었다.

혹시 하는 생각이 들었지만 설마 동생이 그 현장에 끼여 있었으리라곤 믿고 싶지 않았다. 또 사고현장으로 달려가 보곤 싶지만 마침 수돗물이 나오는 시간이었다. 수도꼭지에서 조금씩 물이 나오기 시작하고 있었다.

물 세 양동이를 퍼다 나르고 나자 종일 허기에 지친 얼굴을 한 어둠이 골목마다 몰려들기 시작하고 있었다. 물독을 채운 소년은 아랫도리가 젖은 바지를 갈아입은 새도 없이 골목 바깥으로 달려나갔다.

조금 전에 본 부엌 아궁이에서는 연탄불이 검은 낯짝으로 시무룩이 꺼져가는 중이었지만 그걸 피우고 할 마음의 여유가 없었다. 해가 지도록 집으로 돌아오지 않는 동생이 걱정되어 그냥 있을 수가 없었던 것이다. 아까 다친 아이 중에 오원이라는 이름을 들어서는 소년의 동생도 거기 함께 있었을 가능성도 없지 않았다

낮 동안 동네아이들이 모여서 구슬치기나 자치기, 깡통차기, 앙감질로 하는 비석치기, 또는 돼지오줌보에 바람을 넣어 축구를 하곤 했던 동네 옆 공터는 어둠이 똬리를 틀고 앉아 있었다. 축구 골대로 쓰이던 돌덩이 몇 개만이 쓸쓸하게 공터를 지키고 있을 따름이었다.

소년은 공터를 둘러보며 어디로 갈까 망설였다. 언덕 너머 사고현장으로 간들 아직까지 동생이 거기 있을 리 만무했다. 그렇다고 병원으로 찾아가기엔 시내 어느 병원인지, 또 동생이 거기 확실히 있는지도 알 수 없었다. 소년은 우선 동생과 자주 어울리던 같은 반 아이 집을 찾아가 보기로 했다.

하지만 거기도 동생은 없었다. 동생과 반의 짝꿍이란 녀석은 동생과 딱지치기를 하다가 뚱한 얼굴로 오늘은 헤어져 먼저 갔다는 얘기만 두서없이 반복했다.

점차 어둠이 깊어지면서 그에 비례하여 걱정과 근심이 밀물처럼 차오르기 시작했다. 어머니가 집에 오기 전에 동생의 소식을 알아놔야 했다. 집에 있으면서 동생이 다친 것도 몰랐다면 나중 부모님에게 크게 혼이 날 건 불을 보듯 뻔했다.

소년은 동생이 잘 가는 만화방에도 가 보았다. 하지만 거기에도 없었다. 다음에는 대머리 사진사가 운영하는 동네 아래쪽 사진관을 찾아가 보았다. 사진관 계집애가 동생과 한 반으로, 지난번에 함께 어울려 노는 걸 본 적이 있기 때문이었지만 거기에도 동생의 모습은 찾을 수 없었다.

엉뚱하게 소년이 동생을 만난 것은 바로 동네 앞 골목에서였다.

– 너 그동안 어디에 있었니?

소년이 화가 나서 물었다. 그동안 애타 하며 동생을 찾아서 온 동네를 뒤지고 다닌 것에 비하면 동생은 너무 멀쩡하고 대체 무슨 일이 있었냐는 식의 한가하고 태평스런 낯짝이었다. 얼마나 재미있게 놀았던지 입 주변이 땟자국으로 거무스름했다.

– 그냥 아는 친구 집에서 놀았어. 집에 왔더니 깜깜하고 아무도 없기에 형 찾아서 나오는 길이야.

– 이 자식이, 해가 지면 집에부터 들어와야 할 거 아냐.

치미는 분기를 참지 못한 소년이 발을 들어 동생의 정강이를 냅다 걷어찼다. 불시에 공격을 당한 동생이 새된 비명을 내지르며 두 손으로 정강이를 부여잡았다. 그리곤 곧장 울음을 터뜨렸다.

— 집은 비워두고 어딜 그렇게 다녀? 연탄불은 깜깜하게 꺼트려놓고.

대문을 들어서자 언제 왔는지 어머니가 저녁 준비를 위해 앞치마를 두르며 소년을 책망했다. 이어서 울음을 찔끔대며 소매로 눈물을 닦는 동생의 모습을 본 어머니의 눈길이 소년에게로 향했다.

— 잘한다. 집에서 기껏 하는 일이 동생을 울리는 일이니? 동생하고는 왜 싸웠어?

소년은 잠자코 방으로 들어왔다. 할 말이 없었다. 무어라 변명을 대기도 귀찮았다.

— 하여간 미리 딸이라도 하나 낳아둘 것을. 다들 아들, 아들 노래지만 사내자식들이라곤 아무리 있어도 어미한텐 하나도 쓸모가 없어.

부엌에서 석유곤로에 불을 붙이던 어머니가 소년이 들으라는 듯 투덜거렸다.

— 문수야. 그렇게 방에 들어가 있지 말고 나와서 연탄불 좀 피워 봐.

어머니의 재촉에 소년은 하는 수없이 방을 나왔다. 화덕에 연탄불 피우는 일 하나 만큼은 자신이 있었다.

— 그나저나 네 아버지는 왜 이렇게 안 들어오니. 장 목수와 어디 가서 한잔하고 있는 건 아닌지 몰라. 술을 너무 마시면 다음 날 아침에 피곤해 할 텐데······.

주문받은 한복 저고리에 동정을 달던 어머니가 힐끗 벽에 걸린 시계를 올려보곤 한 말이었다. 아버지의 귀가를 기다리다 세 식구만 늦은 저녁을 먹고 상을 치운 한참 뒤였다. 하지만 말은 그렇게 했지만 그다지 걱정하는 기색은 아니었다. 요 근래 들어 바뀐 어머니의 태도 중의 하나였다.

아버지가 장 목수와 함께 일을 나가고부터 어머니가 아버지를 대하는 태도가 눈에 띄게 많이 달라져 있었다. 예전처럼 술을 마시고 들어오는 것을 못마땅하게 여기는 눈치도 줄었고, 남편을 대하는 태도 역시 전에 없이 살뜰하고 자상스러웠다.

굳이 따지자면 먼저 변한 것은 아버지 쪽이라고 할 수 있었다. 일을 하면서 아버지는 전에 없이 활달해졌고 단순해졌다고 할 정도로 매사에 담백하고 또 유쾌해진 듯 보였다.

아버지는 일을 통해 노동의 즐거움을 찾은 사람 같았다. 일을 마치고 석양빛을 어깨에 받으며 대문을 들어서는 아버지는 전쟁에 승리하고 돌아오는 개선장군처럼 의젓하고 늠름한 모습이었다. 특히 술이 한잔 거나해진 다음에 손에 새끼줄에 달린 고등어나 갈치가 들려져 있는 날에는 더욱 그랬다. 어쩌면 아주 오랜 옛날 광활한 산야를 쏘다니며 활을 쏘고 창을 날려서 목적한 야생 동물을 잡아 어깨에 메고 작은 동굴에서 기다리는 아내와 자식을 찾아드는 원시인 남자의 모습을 연상케 하는 부분도 있었다. 품삯이라고 장 목수가 주는 노란봉투를 들고 들어오는 날에는 더욱 의기양양하게 노동에 대한 자부심을 들어냈다.

— 역시 몸으로 하는 일이 최고야. 분명 땀 흘린 보람이란 게 있

긴 있어. 특히 일을 마치고 집으로 돌아오다가 대폿집에 들러서 한잔 쫙 하는 거야말로 노동자만의 낙이자 노동자만의 기쁨이지.

아버지는 자신이 세상 모든 노동자들의 대변인이라도 된 양 노동의 기쁨과 보람에 대한 찬사를 줄줄이 늘어놓았다.

— 그 뿐인 줄 알아? 노동을 하는 동안엔 이런저런 잡생각도 안 나서 좋고, 또 일하다보면 육체적 건강에도 썩 좋은 것 같아. 물론 너무 힘겹도록 하지 않는다는 전제하에 말이야. 노동하는 사람들의 마음이 순한 건 바로 그런 육체와 정신의 합일 때문인지도 몰라.

난생처음 노동의 기쁨과 보람, 노동의 신성함을 깨달은 사람처럼 구는 아버지를 보면서 소년은 내심 등줄기에 벌레가 기어든 것처럼 간지러움을 느꼈다. 뭔가 한마디 해주어야 할 것 같지만 그랬다간 자칫 잘 타는 불에다 찬물을 끼얹는 노릇이 될 것 같아서 그냥 입을 다물고 지켜보는 수밖에 없었다.

소년의 기억에 의하면 사실 일 년쯤 전만 해도 아버지는 노동의 귀천에 대한 나름의 엄격한 잣대가 있었다. 소년과 소년의 형에게 공부에 힘써야 하는 이유를 설명하며 다음과 같이 말했던 것이다.

세상에서 제일 천한 직업은 바로 몸과 시간 자체를 파는 직업이지. 예컨대 창녀처럼 몸을 판다거나 시장의 지게꾼처럼 발품을 판다거나 항구의 쿨리처럼 육체적 힘을 파는 게 그런 것이지. 이런 사람들은 자신의 몸뚱이를 밑천으로 삼아 생계를 이어가는 것이기 때문에 가장 비천한 직업이라고 할 수 있지. 그렇게 몸뚱이를 팔고 나면 나중 뭐가 남겠어. 늙음과 병들거나 망가진 몸 밖에. 그러니 하등직업이라고 할 수밖에 없는 것이지.

그다음이 뭐냐, 바로 기술을 파는 것이지. 가령 목수나 미장이 등의 건축 기술자와 공장 기술자들, 그리고 장사꾼들. 장사꾼들이 왜 기술자로 분류되느냐 하면 장사꾼들도 장사기술을 가지고 먹고사는 거니까 일종의 기술자로 보아줄 수 있는 거지.

그리고 농사꾼이나 어업을 하는 사람들은 이 두 가지가 복합된 형태의 직업이랄 수 있지. 농사를 짓는 것에도 약간의 기술이 필요한데다가 거기에다 토지나 어선 따위의 자본이 들어가야 하니까 그런 셈이지.

그럼 이광수나 심훈 같은 소설가는 어떤 부류에 속하나요?

당시 이광수의 《꿈》과 《사랑》, 그리고 심훈의 《상록수》란 소설을 재미있게 읽었던 소년은 문득 그게 알고 싶어졌다.

시인이나 소설가는 뭐랄까, 직업상 재주나 머리를 파는 사람 측에 들기는 하지만, 좀 어중간 해. 기술자도 아니고 그렇다고 몸을 파는 사람도 아닌 셈이지. 암튼 소설가 같은 건 겉으로 보기엔 지식층이고 그럴 싸 해보이지만 실상은 밥 굶기 딱 좋은 직업이야. 문수 넌 그런 건 할 생각하지도 마.

계속해서 기술자 위가 바로 머리에 든 지식을 파는 사람들이야. 말하자면 대기업직원이나 공무원과 같은 중간관리자들, 군인과 경찰들, 사무직 종사자들이야. 하지만 직업 중에서도 제일 좋은 직업은 바로 법률을 팔아먹는 사람들이지. 변호사나 판검사, 세무사 등등, 여기에 의사도 슬쩍 넣어주기도 해. 의사들은 법률

가는 아니지만 사람의 생명을 좌지우지하는 중요한 직업이기 때문에 그런 거지.

그랬던 아버지가 무슨 영문인지 직업 순위에서 제일 낮은 노동을 하면서 노동 예찬론을 펴고 있다는 사실이 소년은 잘 이해하기 어려웠다. 아이들 말대로 상황에 따라 색상을 달리하는, 그림책에서 우연히 본 카멜레온 같은 변절자가 아닌가 싶었다.

그런데 이상한 것은 어머니였다. 소년이 보기에 아버지야 자신이 힘들게 다섯 가족을 먹여 살리는 일이니까 의당 노동의 가치와 보람을 느낄 수 있겠지만 어머니의 변화는 약간 의아한 구석이 없지 않았다.

아버지가 일을 나가면서 아버지를 향한 어머니의 친절과 봉사는 전에 없이 극진해졌다. 아버지가 퇴근해 들어오면 제일 먼저 발 씻는 물을 떠다 바치고, 먼지를 좀 덮어썼다거나 날씨가 덥다는 말 한마디면 냉큼 아버지에게 목물을 하라는 주문을 하고, 거기다가 물을 끼얹고 등을 밀어주는 시녀 노릇을 자청하고 나섰다.

또 밤이 되면 어깨가 결리지는 않느냐 하며 몸 곳곳을 마사지해주기도 하고, 일 하느라 손이 거칠어졌다며 어머니가 아껴 쓰던 콜드크림을 손등에 발라주는 등의 교태어린 행동도 마다하지 않았다. 비록 아버지가 힘든 노동을 한다고는 하지만 다른 노동자집안 여자가 다 그렇게 해주지는 않을 것이다. 또 만일 그렇다고 쳐도 위쪽에 살 때는 아버지가 돈을 벌어다 주지 않은 것도 아닌데 그냥 있다가 왜 하필 요즘 들어 그런 수선을 떨어대는지 도통 알 수 없는 일이었다. 어머니가 보기엔 노동판에서 힘들여 벌어온 돈이라 이거겠지만, 아무튼 동네아이들 말로 '눈꼴 시러버 못 봐줄' 형편이었다.

더 가관인 것은 어머니에게서 칙사보다 더한 대접을 받는 아버지의 태도였다. 당연히 그쯤의 대접은 받아야 마땅하다는 자세며, 그걸 하나의 권리로 여기고 있는 자의 거들먹거림이 여실하게 드러났다. 여하간 아버지는 노동을 통해 예전과는 전혀 다른, 새로운 삶의 즐거움을 느끼고 있는 건 분명해 보였다.

소년이 분석하기에 솔직히 아버지가 만족해하는 부분 중의 하나는 바로 노동판의 뜬금없는 휴일에 있는 것 같았다. 비가 온다거나 바람이 심하게 분다거나 하는 일기불순한 날을 제외하고도 일거리가 떨어졌다든지, 공사과정상 다음 단계로 넘어가기 전에 잠시 일손을 중단해야 한다든지 해서 두서없이 쉬는 날이 적지 않았던 것이다. 아버지가 몹시 마음에 들어 하는 건 이런 부분이 분명하다고 소년은 나름의 결론을 내렸던 것이다.

얼마 전인가 공휴일에 소년이 집에서 쉬고 있는 형에게 왜 여기 사람들이 노동일을 '노가다'라고 부르는 거냐고 묻자 한참 궁리하던 형이 다음과 같은 대답을 내놓았다. 그건 두 가지로 추측해볼 수 있는데 첫째 노가다는 '노(no) 가드'로 즉 신이 아니다 라는 영어의 의미로, 신이 아니니 일을 해야 한다는 뜻이고, 둘째는 노(no)가다, 일본말로 '가다'는 폼을 뜻함으로 함부로 일하는, 폼이 안 나는 직업이다, 라는 뜻이라고 제멋대로 해석해냈던 것이다.

어쨌건 아버지는 장 목수를 따라다니는 동안 집안의 가장으로

써 또 노동의 신성함과 보람을 만끽하는 사람으로 기분 좋은 나날을 보내는 것으로 보였다. 형으로 말미암아 일어난 작은 분란을 제외하고는.

그날은 토요일이었다. 평소보다 일찍 학교에서 돌아온 형은 소년에게 어딜 좀 따라가자고 했다. 형이 소년을 데려간 곳은 시내로 가는 천변 다리 옆에 있는 악기점이었다.

점포에 들어간 형은 점포 벽을 따라서 줄지어 걸려 있는 기타 중에서 하나를 골라서 시험 삼아 쳐보았다. 줄을 고르는 솜씨나 로망스를 가볍게 연주하는 솜씨로 보아서 하루 이틀 기타를 만져본 게 아닌 것 같았다. 모르긴 해도 친구 집 같은 곳에 가서 자주 기타 연습을 해본 것 같았다.

학생이 기타를 좀 볼 줄 아는가 보네. 좋은 기타를 골랐어. 세고비아야. 중고니까 싸게 해주지. 양 눈썹 끝이 아래로 쳐진 삼십 대의 악기점 주인이 말했다.

아버지께서 화내시지 않을까?

그냥 취미로 하는 건데 어때. 공부하다가 머리도 식힐 겸해서 말이야.

소년의 우려에 줄을 조율하던 형이 간단하게 대답했다.

돈은 있어? 꽤나 비쌀 텐데.

그동안 용돈을 모아놓은 게 좀 있어.

형이 바지 앞주머니에서 꼬깃꼬깃 접힌 지폐를 꺼내어 통기타 값을 지불하는 동안 소년은 아무래도 불안한 기분에 사로잡혔다. 형은 지금 중 3이었다. 한창 공부에만 집중할 시기였다.

불길한 예감은 잘도 적중했다. 아홉 시경이었다. 방 안에서 공부하던 형이 쉬는 겸해서 마루에 나와 기타를 연습하고 있을 때, 때마침 아버지가 대문을 들어섰다. 한잔 마셨는지 약간 취기가 오른 얼굴이었다. 기타를 놓고 일어서는 형의 모습을 보는 아버지의 표정이 순식간에 싸늘하게 변했다.

너 딴따라로 나가고 싶니?

아버지가 형에게 처음 던진 말이었다.

아니, 그저 취미로……

당황한 형이 말을 더듬거리며 변명을 늘어놓았다.

이리 가져와.

마지못해 형이 내미는 기타를 받아든 아버지가 기타의 목 부분을 잡은 채 반 바퀴 몸을 돌려서 사정없이 마루기둥에 후려쳤다. 텅 하는 기막힌 소리를 내며 새로 산 기타는 하루도 채 안 되어 목 아랫부분이 부러진 채 마당 가장자리로 날아갔다.

딴따라로 나갈 것 아니면 이런 기타 따위나 다른 악기도 절대 만지지 마라. 정 하고 싶으면 좋은 대학에 들어간 뒤에 얘기하면 내가 직접 사 주마. 알았어?

아버지가 그토록 순식간에 형이 사 온 기타를 박살낼 줄은 전혀 예상치도 못한 일이었다. 돌변한 아버지의 태도에 일순간에 집안 분위기가 차갑게 얼어붙었다. 그것은 충격이자 공포였다. 예고되지 않은 상황은 그 자체로 불안과 공포를 야기하는가 보았다. 더욱이 그것이 집안의 전권을 쥔 가장의 행위일 경우엔 더욱 그랬다.

나가서 한잔 더 하고 올게.

기타를 부순 아버지는 놀라서 방문 밖을 내다보는 어머니와 소년, 잔뜩 기가 꺾인 형을 뒤에 두고 곧장 돌아서서 대문 밖으로 나갔다. 그날 그렇게 나간 아버지는 밤이 이슥해서야 술이 취해서 집으로 돌아왔던 것이다.

– 오늘따라 네 아버지가 많이 늦어지는구나.

아버지가 취해서 올지 모른다며 골목까지 마중 나갔던 어머니가 대문을 들어서면서 던진 말이었다. 하지만 말이 끝나기 무섭게 저벅거리는 발소리와 함께 아버지가 대문을 들어섰다. 예전과 같은 노동자의 활발함도, 거나한 술기운도 없이 그저 맥이 빠져 허정대는 낭패한 모습이었다.

– 무슨 일이예요, 여보?

어머니가 아버지의 팔을 잡으며 물었다. 아버지가 들고 있던 도시락을 내밀었다. 어머니가 도시락을 받는 동안 아버지는 힘없이 마루에 엉덩이를 내려놓았다. 아픈 사람처럼 낯빛이 썩 좋지 않았다.

장 목수가 현장 삼층에서 떨어져서 심하게 다쳤어.

충격 때문인지 아버지가 탁하게 갈라진 음성으로 띄엄띄엄 말했다. 어머니가 얼른 부엌에서 바가지에 물을 떠와서 아버지에게 내밀었다.

– 어제 아침에 꿈자리가 사납더니만 결국 이런 사고가…….

냉수로 목을 축인 아버지가 탄식처럼 말했다. 어제 아침 자리에서 일어난 아버지는 자리에서 해몽 책부터 찾았고, 재물이 들어오는 꿈이라도 꾸었냐는 어머니의 물음에 큰 소가 나타나서 자신을 뿔로 받는 꿈을 꾸었다는 얘기를 했는데, 지금 와서 아버지는 어제의 그 꿈이 사고를 예고했다고 믿는 것 같았다.

　아버지의 말에 따르면 건설현장 삼층 난간에서 콘크리트를 부을 거푸집을 꾸미던 장 목수가 아래층에 버텨놓은 비계가 일순에 허물어지면서 함께 아래로 추락했다는 것이다. 불운하게 일층 바닥에는 정리되지 않은 목재더미가 쌓여 있었고, 그 위에서 떨어져서 심하게 허리를 다쳤다는 것이다. 의식을 잃고 쓰러진 것을 리어카에 싣고서 병원 응급실로 옮겼지만 상황이 생각보다 심각하다는 얘기였다. 조금 전까지도 의식을 못 찾고 있는 것을 보고 있다가 병원 직원들이 등을 떠밀어 내보내는 바람에 집으로 돌아왔다고 했다.

푸른 보리밭

유월 중순을 넘어서면서 날씨는 어느 사이엔가 노골적으로 더워졌다. 수은주가 삼십 도를 오르내리는 게 여름 날씨나 진배없었다. 개가 그늘을 찾아드는 한낮이면 합판으로 만든 사각 통을 맨 아이스케이크 장사가 골목길을 돌아다녔고, 손에 가죽가방을 든 채권장수 역시 국채나 채권을 산다며 이곳저곳을 외치고 다녔다.

때 이른 더위가 찾아오자 하동들은 기다렸다는 듯 강변 물놀이에 정신을 빼앗겼다. 동생 진수 역시 학교를 파하면 곧장 책가방을 방에 던져두고 동네 친구들과 멀리 시 동편의 강을 찾아가서 물놀이를 하다가 해가 설핏해질 무렵이 되어서야 허기와 피곤에 지친 추레한 몰골로 돌아오곤 했다.

동네 뒷골목을 벗어나자 서편 하늘에 감빛 석양이 떨어지고 있었다. 작은 새들이 재재거리며 어디론가 몰려갔다.

— 정말 그걸 보여주는 거야?

소년이 자못 긴장하여 물었다. 아무래도 믿기지 않는 일이었다.

— 진짜다 카이. 니는 와 그키(그렇게) 내 말을 못 믿노? 직접 가 보마 될 꺼 아이가.

지금 소년과 병태는 동네 뒤쪽과 이어진 보리밭을 찾아가는 길이었다. 동네 끝부분에는 나지막한 야산으로 이어지는 널따란 구릉지가 펼쳐져 있었고, 그곳에는 어른 무릎 높이보다 웃자란 푸른 보리가 한창이었다. 보리밭 주인은 멀리 시내에 사는 사람으로 가끔씩 와서 보리밭을 돌아볼 뿐이었다.

수만 평은 넘을 듯 넓게 경사진 보리밭 중간에는 언제부터 있었는지 모를 낡고 허름한 담배 건조장이 있었다. 이층 높이의 건조장은 오래도록 쓰지 않고 비워둔 탓에 아래쪽 흙벽에는 비바람으로 작은 구멍이 숭숭 났고, 안에는 오래된 건초들이 수북이 쌓여 있었다.

– 여직 시간이 이른 것 같으끼네, 조기 숨어서 기다리제이.

앞서 보리밭 길로 들어서던 병태가 말했다. 소년은 고개를 끄덕였다. 소년은 오늘 있을 일로 잔뜩 기대가 되었고, 대체 남녀가 관계를 갖는 장면은 어떤 모습일까 하는 괴상망측한 상상이 머리를 가득 메우고 있었다.

낮 동안의 뜨거웠던 더위는 저녁이 밀려오면서 부드러운 기운으로 바뀌었다. 적당한 습도와 적당하게 따스하고 부드러운 바람은 사람을 기분 좋게 만드는 힘이 있었다.

보리–밭 사이 길로 걸어가면 뉘– 부르는 소리 있어
발을 멈춘다. 옛 생각이 외로워 휘파람 부우–울면
고운 노래–귓가에 들려온다. 돌아보면 아무도
보이지 않고 저녁놀 빈 하늘만 눈에 차누나

보랏빛 자운영 꽃이 피어난 보리밭 두렁에 걸터앉은 병태가 기분이 좋은지 박자도 잘 맞지 않은 노래를 흥얼거렸다. 요즘 시중에 유행하는 노래로 소년도 잘 알고 있었다.

소년 역시 낮 동안 집에만 있다가 바깥으로 나오니 무척 기분이 상쾌했다. 서편을 붉게 물들이며 떨어지는 낙조와 뺨을 스치며 지나가는 부드러운 바람결, 그리고 바람결에 따라서 여인네의 머릿결처럼 열을 지어 흔들리는 아직은 여물지 않은 푸른 보리 이삭들. 그 모든 자연의 풍경들이 주는 고즈넉한 평화스러움이 마음을 순수한 희열에 젖게 했다. 어디선가 수천만의 푸른 이삭들이 내지르는 순결하고 아름다운 함성이 귓결에 들려오는 듯했다.

소년은 가슴을 부풀려 유월의 대기 속을 흘러가는 푸른 기운을 폐부 가득 들이마셨다. 조금 후에 일어날 일에 대한 기대도 없지 않았지만 우선은 푸르른 대지와 싱그러운 바람, 그리고 느릿하게 해가 저무는 목가적인 저녁 풍경이 아주 마음에 들었다.

– 저기 바람이 보이나?

보리이삭이 일렁이는 정경을 지켜보던 병태가 손을 들어 말했다.

– 응.

– 딴 데는 몰라도 보리밭에 있으마 바람이 우째 움직이는지 다보인다 아이가.

– 그건 그래.

소년이 고개를 끄덕여 동의를 표했다. 바람이 보인다는 표현이 마음에 들었다.

– 그런데 보리밭에서 사람 간 빼 먹는다는 이야기 들어봤니?

인적 하나 없이 넓고 푸르게 펼쳐진 보리밭을 바라보다가 언뜻 얼마 전에 동생에게 들었던 말을 떠올린 소년이 병태에게 물었다.

– 뜬금없이 그기 무신 말이고?

– 보리밭 근처에 가면 사람 잡아서 간만 빼 먹는 문둥이가 있다고 하던데?

– 아항, 그거 말이가.

보리줄기를 잡아 뽑아서 앞니로 잘근잘근 씹던 병태가 힝 하고 가소롭다는 듯 코웃음을 쳤다.

– 그기사 인심 좋은 경상도에 문디가 많이 모이다 보이 그 카는 기고, 진짜로 카마(말하면) 남자들이 보리밭 근처를 지나가던 여자를 강제로 끌고 들어가서 치마를 들치고 덮치는 기(것이) 어린 아이들이 보기에는 사람 간을 빼 묵는 것 같아 보이끼네 그 카는 거 아니가.

– 그렇구나. 그런데 넌 어째 그런 것까지 다 알고 있니?

듣고 보니 그럴 싸 했다. 세상에 모르는 게 없는 것 같은 병태가 갑자기 존경스럽게 여겨진 소년이 말했다.

– 아이다. 내도 다 시구리 왕한테 듣고 배운 거 아니가.

동네에 사는 시구리 왕이라는 청년은 소년도 몇 번 본 적이 있었다. 병태의 소개로 그의 판잣집을 찾아갔던 것이다. 중학교를 졸업한 뒤 시내 요정에 나가는 두 살 터울의 누나한테 얹혀사는 스무 살 청년으로 장발을 한 갸름한 얼굴에 호리호리하니 키가 큰 편이었다. 검은 눈빛이 음침하다고 할까 우울하달까 그런 느낌을 주는 청년이었다.

자주는 아니지만 청년은 자신의 좁은 판잣집에 동네 청소년들을 모아놓고 여자 얘기를 하는 모양이었다. 소년도 한가한 시간을 틈 타 병태 뒤를 따라서 딱 한 번 찾아간 적이 있었다.

— 남녀가 사랑이니 뭐니 입으론 사탕발림 같은 소리를 해싸도 결국은 호르몬이라 카는 거 때문에 그 짓을 하는 기라. 그기 떨어지뿌마 아무것도 아인 기라. 또 남자는 뭐니 뭐니 해싸도 기술이 좋고 물건이 커야 하는 기라. 여자들은 그 기라믄 사족을 못 쓰거든. 어떤 남자들은 근육이 울퉁불퉁 좋으마 여자들이 좋아할 끼라 여기지만 그건 지 생각이고 착각인 기라. 여자는 오직 남자의 부드러움과 그 물건 때문에 좋아하는 기라.

그날도 엉겁결에 따라가서 엿듣긴 했지만 무슨 뜻인지 잘 알수도 없었을 뿐더러 공연히 낯이 뜨거워 더 이상 듣고 있을 수가 없었다. 그래서 더는 그 집에 놀러가지 않았던 것이다. 시구리 왕이란 이상한 별명도 실은 그래서 붙여진 것이라는 게 병태의 설명이었다. 경상도 사투리로 '시구리'나 혹은 '빠구리'는 남녀의 성교를 뜻하는 은어라는 걸 안 건 한참 뒤였다.

오늘 소년과 병태가 동네 인근 보리밭을 찾아온 것도 시구리 왕이 담배 건조장으로 쓰이던 창고에서 여자와 관계를 하는 장면을 보여주겠다고 장담한 때문이었다.

— 그 시구리 왕이란 청년은 정말 잘하니?

— 글쎄, 말은 많이 들었지만도 본 적은 없다 아이가. 그래서 오늘 꼭 실력을 보이준다 카길래 니한테 후딱 연락한 거 아이가. 이

자 시간 다 돼 간다. 조금만 기다리먼 나타날 끼다.

– 벌써 어두워지려는 걸.

소년이 저무는 하늘가에 눈길을 주었다. 황적색이던 서편 하늘 언저리는 이제 조금씩 자홍색을 띠어가고 있었다.

– 틀림없이 올 끼다. 그건 그렇고 니, 딸딸이(자위)는 치고 있나?

예상치도 못했던 질문에 소년은 적지 않게 당황스러웠다. 한다고 대답하기엔 부끄러웠고, 묻는 의도 또한 알 수가 없었다. 사실 소년은 초등학교 5학년 무렵에 처음 자위란 걸 알았다. 누구한테 배운 게 아니었다. 그냥 방 안에서 혼자 이불을 덮고 누워 만화책을 뒤적이며 한 손으로는 장난삼아 그걸 만지고 있었는데 어느 순간 돌연 번개를 맞은 듯 쩌릿한 쾌감이 허리 중심을 가로질렀던 것이다. 그게 자위의 시작이었다.

– 내는 그걸 하루에 두 번씩 한다 아이가.

병태가 자랑스럽게 말했다. 언젠가 어머니가 '이 동네 애들은 이상하게 너무 되바라진 것 같지 않아요? 지나가는 여자들을 쳐다보는 눈빛들도 어쩐지 엉큼하게 보이고' 라고 아버지에게 했던 말이 소년의 뇌리에 불쑥 떠올랐다.

– 그거 자주 하면 몸에 안 좋다고 책에 나와 있었어.

걱정스러운 표정을 짓는 소년의 얼굴을 보며 병태가 입을 비죽거렸다.

– 니는 그 말을 참말로 믿나? 그 기사 다 어른들이 청소년들 공부만 하고 그거 모하구로(못하게끔) 지어낸 소리 아이가. 그 카

고 니 내 꿈이 뭔지나 아나?

갑자기 중요한 음모라도 꾸미듯 목소리를 낮춘 병태가 소년의 귀에 악마처럼 속삭였다.

— 집을 하렘처럼 짓고 사는 기 내 소원 아이가. 문수 니는 하렘이 뭔지나 아나?

처음 듣는 말이었다. 소년은 고개를 가로저었다.

— 그럴 줄 알았다 카이. 하렘이라 카는 거는 말이다. 저택을 성처럼 크고 으리으리하게 지어놓고 안에는 예쁘고 늘씬한 젊은 여자들만 가득 모아둔 집을 하렘이라 칸다 아이가. 미국의 부호들이나 저 아랍의 왕들이나 부족장들은 다 그런 데서 지낸다 아이가.

병태의 말대로 머릿속에 그림을 그려봤지만 잘 상상이 되지 않았다. 병태는 삼천 궁녀를 거느린 의자왕이라도 되고 싶은 것일까. 여자를 그렇게 많이 모아두고 무엇을 한단 말인가. 그 많은 젊은 여자들을 데리고 살려면 돈은 또 얼마나 많아야 할 것인가. 좀 이해하긴 어렵지만 암튼 어른들 말에 꿈은 클수록 좋다고 했느니 그리 나쁠 건 없어 보였다.

— 저기 온다.

소년의 말에 병태가 수색을 나온 첨병처럼 몸을 낮추고 앞쪽을 바라보았다.

멀리 보리밭 사이로 한 남자가 긴 생머리 여자의 손을 잡고 담배 건조장 쪽으로 가고 있는 게 시야에 잡혔다. 멀어서 뚜렷하진 않았지만 여자는 꽤나 멋있어 보였다. 하지만 스물도 채 안된 여자 같았다.

- 소리 내지 말그라.

건조장을 향해 다가가며 병태가 주의를 주었다. 까끌까끌한 보리이삭이 볼이며 손을 스쳤다. 보리밭 고랑에는 약간씩 어둠이 밀려들고 있었다. 진한 풀 냄새가 후각에 닿았다.

무릎걸음으로 조심조심 건조장에 도착한 소년과 병태는 구멍 난 벽을 찾았고, 쓸 만한 구멍에다가 눈을 바짝 갖다 댔다. 이미 건조장 내부는 바깥보다 어둠이 더욱 짙어져 있었다. 다행히 높다란 곳에 뚫어진 서편 창을 통해 들어온 누런 저녁 빛살이 내부를 희미하게 비추고 있었다.

건초 위에 서로를 마주하고 비스듬히 누운 두 사람이 입을 맞추는 게 구멍을 통해 보였다. 소년은 소리가 날세라 극도로 조심하며 입안의 침을 삼켰다. 조금 후 시구리 왕의 손이 무릎을 덮은 여자의 검정치마 속으로 들어갔다. 치맛자락이 들쳐지면서 여자의 겨울 무처럼 하얀 허벅지가 드러났다. 곁에서 구멍을 통해 보고 있던 병태의 높아진 숨소리가 잡힐 듯 들려왔다.

- 이거, 이카지(이렇게 하지) 말그레이.

시구리 왕이 다리 사이에 넣은 손을 어떻게 했는지 돌연 여자의 음성이 높아졌다.

- 괜찮다 카이. 좀 가만히 있어보그라.

- 뭐가 괜찮노? 내사 싫다 안 카나.

여자가 몸을 일으켜 앉는 게 보였다.

- 좀 기다려 보그라.

- 야가 뭐시라 카노. 내한테 이 짓 할라꼬 어제부터 여게 오자

캤나?

　- 그기 아이고(아니고)…….

시구리 왕의 우물쭈물하는 뒤통수가 구멍으로 보였다.

　- 이 머스마, 생긴 것보다 진짜 엉큼하데이. 놔라. 난 갈 끼다.

돌연 여자가 벌떡 몸을 일으키더니 건조장 좁은 문을 뛰쳐나왔다. 그리고 치마를 펄럭이며 오던 길로 달려갔다. 뭔가 단단히 토라진 것 같았다.

여자가 한참이나 멀어진 뒤에 노란색 남방에 붙은 검불을 떼어내며 건조장을 나온 시구리 왕이 바깥에 서 있던 소년과 병태를 보고는 멋쩍은 듯 히죽 웃었다. 그리고 자신에게 하는 약속처럼 말했다.

　- 저 가시나, 아직 뜸이 덜 들어서 그런 기다. 낸중(나중)에 다시 보여 주꾸마.

시구리 왕이 먼저 보리밭을 걸어간 뒤 소년과 병태는 천천히 동네가 있는 방향으로 걸음을 옮겼다.

　- 문수, 니도 좀 아쉽제?

병태가 물었다.

　-으응.

소년은 건성으로 대답했다. 병태 말대로 좋은 구경거리를 놓쳤다는 아쉬움도 적지 않았지만 왠지 모를 안도감이 마음 한구석에 밀려드는 걸 느꼈던 것이다. 그건 못되고 짓궂은 아이들 손아귀에 잡혔던 예쁜 새가 용케 달아난 것을 볼 때와 유사한 감정이었다.

보리밭 건너로 보이는, 저녁 어스름에 잠겨드는 나지막한 동네가 무척 멀면서 아름답게 눈에 들어오는 순간이었다. 보리밭 고랑 사이로 푸른 유월의 바람이 지나갔다.

– 여보, 우리 이참에 저쪽에 방 한두 칸 달아내는 게 어떨까요? 당신도 쉬고 있고, 또 현재 한수 공부방도 필요하잖아요.

납품할 한복을 일찍 영애집에 갖다 주고 들어온 어머니가 방에 목침을 베고 누워서 해몽 책을 뒤적이는 아버지를 향해 건넨 말이었다. 저녁 여섯 시였지만 해가 노루꼬리보다 길어져서 바깥은 대낮처럼 환했다. 동네아이들이 골목에서 뛰어노는 소리가 손에 잡힐 듯 들려왔다.

아버지는 어머니의 말에 벌떡 몸을 일으켜 앉았다. 방구석에 등을 기대고 앉아서 대본소에서 빌려온, 일본작가가 지은 《대망》이란 역사대하소설을 읽던 소년도 책을 덮고 어머니를 바라보았다. 공부방을 들인다는 말에 귀가 번쩍 띄었던 것이다.

– 안 그래도 나도 오늘 그런 생각을 하고 있던 중이야. 어찌 당신 생각이 나하고 그렇게 같아?

– 그러니 부부라고 하는 거겠죠, 달리 부부라고 하나요.

영애집에서 곧장 시장을 들러온 어머니가 장보자기에 담긴 도라지며 연근, 가지 등속을 꺼내며 빙긋 미소를 머금었다.

– 헌데 방을 들이는 건 괜찮지만 돈이 없는데 어쩐다?

어깨가 온통 드러난 흰색 모시 러닝 차림의 아버지가 궁색한 표정을 지으며 쥘부채를 주워 얼굴에 대고 펄럭펄럭 부쳐댔다.

벌써 보름 넘게 아무 일없이 집에서 빈둥거리며 놀고 있던 아버지로선 그게 제일 마음에 걸렸을 것이다.

안 그래도 형인 한수의 공부방이 필요한 시점이었다. 가뜩이나 고입시험 준비로 예민한 중3인데다가 학교를 마치고 돌아와선 다섯 식구가 바글대는 단칸방 구석에 달랑 앉은뱅이책상 하나 놓고 공부하기엔 여러 모로 부족한 점이 많았다. 더욱이 사람 체온이 그리운 겨울철이라면 모를까, 요즘처럼 더워진 육칠월 날씨에 식구들이 모두 집토끼처럼 한방에서 복닥거리며 지낼 수는 없었다.

— 그건 제가 어떻게 변통해 볼게요. 당장 필요한 자재 값하고 집일할 기술자 노임 정도만 구하고 나머지는 당신이 하면 되지 않겠어요? 당신도 약간 경험이 있으니 일을 돕고, 필요하면 문수도 도우라고 할게요.

— 그래, 그거 좋은 생각이야. 나도 다른 건 몰라도 방 하나 들이는 일쯤이야 쉽게 할 수 있어. 그동안 장 목수 밑에서 배운 게 얼만데 말이야.

아버지가 자신을 하고 나섰지만 소년은 도통 신뢰감을 가질 수 없었다. 장 목수 아래서 일한 날이랬자 다 합쳐 봐야 두 달도 채 안 되는 시간이었다. 그 시간에 기술을 배워 봐야 얼마나 배웠을 것이며, 또 아버지처럼 일손이 둔하고 무른 사람이 대체 무엇을 할 수 있을지 보지 않아도 적잖이 걱정부터 앞섰다.

— 그럼요. 한수가 무척 좋아할 거예요. 요즘 내놓고 말은 안 해도 공부방 하나 있었으면 하는 눈치던데…….

— 암, 학생은 공부방이 있어야 정신집중을 할 수가 있지. 또 문

수도 그 방을 쓰면 좋을 테고 말이야.

아버지는 아무래도 그동안 제법 머리가 굵은 자식들과 함께 단칸방에서 지내기는 여러 모로 신경이 쓰였을 것이다. 어쩌다가 오전에 어머니와 함께 집에 있을 때 소년에게 멀리 시내에 있는 우체국에서 별 필요도 없을 우표를 사 오라는 심부름을 내보내거나 아니면 친구들에게 놀다오라는 당부 아닌 당부를 했던 건 다 그만한 이유가 있었던 것이다. 하긴 그런 상황이 오면 소년이 먼저 친구 집에 갔다 오겠다며 한 시간 이상씩 자리를 비워주기는 했다. 소년도 그만 눈치는 진작부터 있었다.

－ 그런데 제 생각엔 한수 공부방을 만드는 김에 방을 하나 더 들여서 다른 사람에게 세를 놓으면 어떨까 싶어요?

－ 셋방을 놓는다는 말이야?

아버지가 바닥에 손을 짚고 방문턱으로 다가앉으며 물었다.

－ 예. 이왕 하는 김에 한 칸 더 만들어 열 달 사글세를 놓으면 자재비의 반 정도는 뺄 수 있잖아요. 그리고 그다음부터는 계속해서 세가 남을 거구요.

－ 그래, 왜 내가 여태 그 생각을 못했지? 참 그런데 수도시설도 없고 변소도 없는 방에 누가 세를 들어오기나 할까?

－ 걱정 마세요. 우리도 그런 집엘 세 들어 왔잖아요. 그리고 말이 나와서 하는 말이지만 공사하는 김에 저쪽 텃밭 구석에 변소를 하나 만들면 어때요? 농촌에서처럼 구덩이를 파고 독이나 단지 같은 것을 하나 묻고, 간단하게 사방 벽만 가리면 되는 일인데 그게 뭐 그리 어렵겠어요. 문은 간단히 거적이나 가마니 같은 걸

로 달고요. 그렇게만 해도 저쪽 공중변소보다는 훨씬 낫겠어요.

어머니의 간결하면서 설득력 있는 말에 아버지는 연신 고개를 끄덕여 동의를 표했다. 소년은 역시 아버지보다는 어머니가 생활력 면에서 한 수 위라는 사실을 인정하지 않을 수 없었다.

— 이럴 때 장 목수가 있었으면 참 좋았을 텐데 말이야.

담뱃불을 붙여 물던 아버지가 불쑥 아쉬운 소리를 늘어놓았다. 이틀 전에 장 목수를 위문하려고 병원을 다녀온 뒤라서 장 목수에 대한 생각이 더 간절해진 건지도 몰랐다.

지난번 공사장 사고로 다친 장 목수는 그 길로 계속 병원신세를 져야 했다. 괜찮을 거다. 암, 괜찮아야지, 하는 아버지의 간절한 소망과는 상관없이 쉽게 병석을 떨치고 일어나지 못했다.

아버지의 말에 의하면 장 목수는 두 번의 큰 수술 끝에 겨우 몸을 움직일 수 있게는 되었지만 완전한 보행은 할 수 없는 장애인으로 평생을 살아가야 했다. 목수 일도 더 이상 할 수가 없어진 건 물론이었다.

그 일로 제일 고통을 겪은 건 장 목수와 그의 가족들이겠지만 아버지와 어머니의 충격과 상심 또한 적지 않았다. 그 불운한 사고만 없었더라면 아버지는 그럭저럭 괜찮은 목수로 살아갈 수도 있었을 것이다. 아니 그런 먼 미래는 접어두더라도 당면한 문제는 아버지를 받아줄 다른 직장이 없다는 점에 있었다.

그렇다고 다른 목수 아래서 일할 자리를 찾는 건 어려웠다. 마음이 너그러운 장 목수 밑에서 이제 겨우 공사판이 무엇인지 정도를 알게 된 서툰 아버지를 보조목수로 받아줄 사람은 만무했다. 결국 아버지로선 목수의 꿈을 접고 다른 일자리를 찾아야 하는 서너 달 전의 백수 신세로 되돌아오게 된 것이다.

이틀 뒤에 증축공사가 시작되었다. 비록 일은 잘 못하지만 일단 일을 시작할 때면 누구보다 신명을 내는 사람은 역시 아버지였다.

일을 부탁한 미장공이 채 집에 도착하기도 전인 아침 일찍부터 아버지는 장 목수 아래 일할 때 입던 작업복을 꺼내 입고 마당을 시계추처럼 오가며 어떻게 멋진 방을 꾸밀까 구상에 구상을 거듭하는 모습이었다. 그 유명한 샌프란시스코의 금문교 다리를 설계하고 공사한 책임자도 아버지처럼 진지한 얼굴을 하긴 힘들었을 것이다.

표정 뿐 아니라 행색도 제법 그럴싸했다. 누가 큰 사찰이나 궁궐을 짓는 대목수라고 해도 손색이 없을 만큼 목수의 전형적인 본보기를 보여주었다. 한쪽 귓바퀴에다가 잘 깎은 연필 한 자루를 꽂고 다른 쪽 귓바퀴에다가는 담배 한 개비를 예비실탄처럼 꽂아 두었다. 그리고 작업복 뒷주머니에는 접이식으로 된 노란 나무 자를 쑤셔 넣고, 옆구리에는 일반 목수들이 차는, 못이나 망치 따위를 넣는 두꺼운 캔버스 천으로 된 연장통을 서부의 총잡이처럼 차고 있었다. 나무 자와 연장통은 아버지가 장 목수 일을 할 적에 돈을 주고 장만한 것이었다.

— 여름엔 더워서 아침 일찍 일을 시작해야 하는데 왜 미장이 이 양반은 아직 안 오는 거야?

대문간을 벌써 세 번째 나갔다 들어오며 아버지가 낮게 중얼거렸다. 그런 아버지를 어머니는 귀엽고 사랑스런 아이의 재롱을 지켜보는 듯한 눈길로 바라보았다.

– 어이쿠, 많이 기다렸심니꺼? 집이 쪼까 멀다보이.

기다린 지 한참 지나서야 얼굴이 검고 넙데데한 미장공이 커다란 연장통을 어깨에 메고 들어오며 말했다.

일은 예상한대로 진행되었다. 소년은 주로 재료준비와 자잘한 심부름, 그리고 필요한 자재를 제때에 일하는 미장공에게 날라다 주는 일을 맡아 했다. 아버지는 주로 미장공 옆에 붙어서 이렇게 하면 좋지 않을까, 저렇게 하는 게 낫지 않을까 등등의 간섭인지 아니면 일을 돕는 사람인지 애매한 일들을 하며 시간을 보냈다.

심지가 굳고 마음이 넓어 보이는 미장공도 반풍수의 지나친 간섭에 비위가 상했는지 하던 일을 멈추고 아버지의 얼굴을 똑바로 바라보았다. 세놓을 방의 부엌 아궁이를 만들던 중이었다. 아버지가 의아해 하자 미장공이 툭 말을 던졌다.

– 주인양반, 명색 목수라 카는데 대체 집 짓는 데서 얼마나 일했심니꺼?

무슨 대답을 해야 할지 아버지는 미장공의 낯빛만 살폈다.

– 가만 보이까네 순 거짓말 같아서 하는 말입니더.

– 그게 무슨 말입니까?

– 아까부터 계속 이러쿵저러쿵 말이 많심니다만 하나도 맞는 것도 읎고, 지금도 글치(그렇지) 않심니꺼. 부엌 아궁이를 높게 하면 경사가 없어져서 구들이 불기를 빨아들이지 못하는 기는 누구

나 다 아는 긴데 그거를 모르고 자꾸만 딴소리를 함께 하는 말 아임니꺼. 집임자 원하는 대로 해줄 수는 있심더마는 지는 책임 못 짐니더. 알아서 하이소.

멈췄던 일을 계속하는 미장공의 뒤편에서 아버지는 머쓱한 표정을 감추지 못했다. 소년이 보기에 올 것이 왔다는 생각도 없지 않았다. 아까부터 일에 대해 이런저런 간섭이 지나치게 많았던 것이다. 나중에 미장공은 기어코 다시 한 번 더 쓴소리를 늘어놓고야 말았다.

— 그카고(그리고) 일은 저 아드님인가 하고 지하고 둘이 알아서 할 테잉께 저기 가서 쉬는 기 도와주는 기라 생각하고 마 저리 가기시소(계십시오).

일은 시작이 있으면 끝이 있게 마련이었다. 일을 할 때는 힘들고 어수선했지만 막상 사흘간에 걸친 작업이 끝나자 아담한 공부방 하나에 세놓을 방 한 칸, 거기에 딸린 간이부엌 한 칸, 그리고 마당 한구석에 버젓하니 가족들만 사용할 작은 변소까지 생겨난 광경을 보니 소년은 그동안 애쓴 보람을 느꼈다.

밤늦게 학교에서 돌아온 형 역시 반가워하긴 마찬가지였다. 작은 방 벽에 자신의 증명사진과 함께 어디서 구했는지 모를 '카트린느 드뇌브'란 콧대 높은 서양 여배우의 흑백사진을 턱하니 붙여 놓았다. 이게 자신의 방이라는, 일종의 영역표시와 같은 것이었다.

셋방을 놓는 일은 소년이 맡기로 했다. 소년은 쓰다 남은 공책을 뜯어내어 몇 장의 광고전단을 만들었다. 사글세, 방 한 칸과 부엌, 수도는 없음 하고 솔직하게 적어두었다. 이어 그 전단을 동네 초입의 방범등이 달린 전봇대에서부터 골목의 벽, 집 건너 편과 함석대문에까지 눈높이에 맞춰 가져간 밥풀로 잘 붙여 두었 다. 전화와 같은 연락 방도가 없는 까닭에 찾아오기 쉽도록 전단 아래쪽에 화살표로 방향을 표시해두었음은 물론이었다.

소년의 바람 같으면 자기 또래의 예쁜 여학생이 세를 들어왔으 면 싶었지만 한편으로 마음에 걸리는 부분도 없지 않았다. 만일 그리 되면 자신의 일거수일투족이 모두 여학생의 눈에 띨 테고 그건 소년에게 무척이나 신경 쓰이는 일이 될 터였다.

그렇다고 못 생기고 성질 나쁜 남학생이 들어오는 것도 걱정되 기는 마찬가지였다. 여하튼 전혀 다른 가족이 한집에서 한 마당 을 공유하며 함께 산다는 건 이런저런 부딪힘과 마찰이 있을 것 이고, 언쟁이 생길 수도 있었다. 그러나 반대로 예전보다 재미난 일이 생겨날 수도 있었다.

소년의 기대와 다르게 셋방을 얻으러 찾아온 사람은 어머니 연 배와 비슷한 삼십 후반의, 어딘가 새치름하고 차가운 느낌을 주 는 여인이었다. 햇살이 무척이나 따가운 정오 무렵이었다.

조금 전 누군가 대문간을 오가는 기척에 소년이 마루로 나가보 니 열린 대문 앞에 한복 차림에 알록달록한 꽃무늬가 날염된 흰 양산을 쓴 한 여인이 집 안을 기웃거리고 있었다. 마침 아버지와 어머니 모두 오전에 볼일이 있다며 나가고 집에는 소년 혼자서 책을 읽고 있었다.

- 요기가 세를 놓는다는 집이 맞아?

여자는 사투리도 표준어도 아닌 억양이 이상하게 높은 말투로 소년에게 물었다. 맞는다는 대답에 여인은 마지못한 걸음새로 마당에 들어섰다.

내리쬐는 햇볕이 무척 곤혹스러운 듯 양산을 접을 생각도 없이 여인은 집과 처마와 마루와 마당의 세면대 따위를 무슨 상품이나 고르듯 요모조모 살피고 다녔다. 어쩐지 첫눈에도 집에서 살림이나 하는 여자 같지는 않았다. 소년은 이런 여자라면 그냥 갔으면 좋겠다는 생각을 품었다.

- 세놓을 방은 저 방이에요.

여인은 부엌 아궁이 앞에 서서 목을 빼고 방 안을 기웃하게 들여다보았다. 새로 도배한 방이라 벽지냄새인지 풀냄새인지 밥이 쉰 듯한 냄새가 소년의 코에까지 흘러나왔다.

- 새 방이라 괜찮긴 한데 방이 좀 좁네. 세가 얼마라고 그랬지?

불만스러운 표정이었지만 소년이 사글세 액수를 말하자 약간 누그러지는 기색이었다.

- 알았어. 부모가 계신 저녁에 다시 찾아오지. 그동안 다른 사람에게 세를 놓지는 마.

소년에게 명령이나 하듯 말한 여인은 양산을 받쳐 들고 분홍색조의 한복 치맛자락을 살랑거리며 대문을 나섰다. 그게 선이엄마였다.

선이누나

나중 알게 되었지만 그녀의 이름은 배윤선이었다. 그러나 그녀의 엄마는 그녀를 그냥 선이로 불렀다. 병적일 만큼 새하얀 얼굴에 어깨를 덮는 치렁한 생머리를 한 그녀는 항상 가슴에 한두 권의 책을 껴안고 다녔다. 단정한 옷맵시에 하얀 운동화를 신은 그녀의 모습은 누가 봐도 영락없는 여대생이거나 혹은 교생 실습을 나가는 여선생쯤으로 여길 터였다.

─ 그래, 그거 잘됐네. 나중에 책이나 빌려보면 되겠네.

새로 달아낸 방에 여대생이 세 들어 왔다는 소년의 얘기에 공부방 벽에 걸린 쪽거울을 보며 콧구멍에 비죽하니 나오던 코털을 가위로 손보던 형 한수가 말했다.

하지만 민망하게도 이사 온 지 채 사흘도 지나지 않아 그녀가 여대생이 아니란 사실이 밝혀졌다. 그것도 다름 아닌 그녀 어머니의 입을 통해서였다. 이른 아침에 집을 나서는 그녀를 향해 그녀의 어머니가 주문처럼 외쳤던 것이다.

─ 선이야. 공장에 잘 다녀오너라.

그 뒤로도 그녀가 집을 나설 때면 그녀의 어머니는 구관조처럼 뾰족한 음성으로 똑같은 말을 내뱉곤 했다. 아무튼 그런 말을 들을 때의 그녀는 무언가 잘못을 저지른 아이처럼 부끄러운 기색이 었었고 들릴락 말락 한 대답을 남기곤 달아나듯 함석대문을 벗어나곤 했다.

또한 그녀가 매일처럼 가슴에 껴안고 다니던 그 두툼한 톨스토이 책도 실은 직장에서 먹을 점심 '벤또(도시락)'라는 사실을 안 것은 이사 온 지 얼마쯤 지난 뒤였다. 실제 그것은 책이 아니라 양은 도시락에 마분지로 된 장정 겉장을 씌운 것에 불과했다.

사실 그즈음 직장에 다니는 대부분의 사람들은 각자 점심 도시락을 지참해야 했다. 직장이랬자 작은 가내공장이나 막노동이 대부분이었던 터라 사람들은 그런 하찮은 직장에 나간다는 걸 몹시 부끄럽게 여기는 분위기였다. 특히 젊고 자존심 강한 사람들은 더욱 그랬을 것이다.

그런 이유로 젊은 직장 여성들 사이에는 점심 도시락을 보자기나 신문지, 또는 헌 밀가루 포대와 시멘트 포장지를 뜯어 만든 황지에 싸는 대신에 책으로 위장된 도시락을 들고 다니는 게 유행이었다. 또 시장에는 그럴 듯한 문학책이나 철학책으로 포장된 도시락을 전문적으로 파는 가게까지 있었다.

아무튼 소년은 세든 선이누나가 말로만 듣던 여대생이 아니라 동네아이들이 말하는 속칭 '공순이'라는 사실을 알았을 때 일말의 실망감과 함께 배신감마저 느껴야 했다.

그러나 돌이켜 생각하면 그녀의 잘못은 하나도 없었다. 선이누나 스스로 여대생이라고 거짓말을 한 것도 아니고, 단지 남들 학

교 다닐 나이에 도시락 들고 방직공장에 나간다는 걸 내심 부끄
럽게 여겼을 따름이었다.

소년은 그녀의 심정을 얼마간 이해할 듯도 했다. 그녀야말로
한창 외모에 신경 쓰고, 스쳐가는 이성의 눈길에도 예민하게 반
응하는, 한창 유행하는 노래 가사에도 나오는 '수줍은 열아홉 살'
순정의 아가씨였던 셈이었다.

시간이 지나면서 소년은 외려 선이누나가 여대생이 아니라는
게 더 좋을 수도 있다고 여겼다. 공연히 잘난 척하는 여대생보다
친해지기 쉬울 것도 같았다. 무엇보다 그녀 자체가 여대생 이상
으로 해맑고 순수해 보여서 그게 마음에 들었다.

그녀는 출근은 빨랐고 퇴근은 늦었다. 정확히 아침 일곱 시면
셋방을 나섰고, 밤이 이슥해진 열 시가 넘어서야 집으로 돌아왔
다. 가끔씩 퇴근할 때 보게 되는 그녀는 몹시 지친 모습이었다.
아마 매일 거듭되는 잔업 때문이 분명했다. 그녀의 얼굴이 유난
히 창백한 것도 온종일 햇빛을 보지 못하는 탓인지도 몰랐다. 하
지만 다음 날 아침 집을 나서는 그녀의 모습은 다소 야위기는 했
지만 밝고 건강해 보였다.

― 처녀가 참 용하기도 하지. 어쩌면 저렇게 늦게까지 일하고도
한 번 아프다거나 짜증내는 시늉을 하는 걸 본 적이 없으니……

언제인가, 한결같이 새벽처럼 집을 나서는 그녀를 보며 어머니
가 안타까움과 부러움이 섞인 음성으로 말했다. 아마 저만한 딸
이 하나 있었으면 힘든 가사를 약간이나마 덜 수 있을 거라는 터
무니없는 생각을 한 게 틀림없었다. 잠에서 깨어 손등으로 눈을

부비며 세면장으로 나가는 소년의 등을 향해 어머니는 이렇게 말했던 것이다.

– 문수, 쟤라도 여식으로 태어났으면 얼마나 좋아.

부지런한 선이누나와 달리 그녀의 엄마는 동네 아낙들이 뒷전에 수군대는 말로 '호강에 똥 받친 여자'였다. 좀 호리한 체격이긴 해도 별다른 지병이 있을 것 같지 않은 그 여자는 조석으로 달랑 두 식구 밥을 짓는 것 외에는 아무 하는 일없이 빈둥거리며 지냈다.

동네의 그만 나이의 여인네들이 대부분 새벽처럼 도시락을 싸들고 공장으로, 근교의 논밭으로 일하러 가는 시간에도 그 여자는 혼자 셋방에 퍼질고 앉아서 화투 패를 떼며 소일했다. 그리고 오후가 되어서야 뽀얗게 분을 바른 얼굴로 공단 한복에 꽃무늬가 현란한 양산을 비껴들고 어디론가 외출을 나갔다가 해가 진 다음에야 치마폭에 밤바람을 품고 집으로 돌아오곤 했다. 그럴 때의 여자의 얼굴은 발그레한, 어쩐지 수상쩍은 홍조를 띠고 있었다.

– 못할 말로 왕년에 어디 기생집 술상머리에라도 나앉았던 게 아닐까요. 아니면 종갓집 소박데기였던가.

어느 날 낮인가, 밥상머리에서 어머니가 못마땅하다는 투로 아버지에게 던진 말이었다. 그즈음 어머니는 아버지만 보면 이유 없이 헤픈 웃음을 보이는 선이엄마가 마음에 거슬렸던가 보았다.

소년 역시 그 여자가 못마땅하기는 매한가지였다. 왠지 그 여자가 어린 아이를 꾀어다가 키워서 돈을 벌어오는 꼭두각시로 만든다는 민담 속의 교활하고 못된 구미호로 보였고, 선이누나 혼자 열심히 일을 나가는 것도 몽땅 여자의 앙큼한 수작으로만 여겨졌던 것이다.

아무튼 그녀가 이사 온 뒤로 소년은 일찍 잠자리에서 일어나게 되었다. 공기마저 싸한 아침, 긴 머리를 휘날리며 종아리가 드러나는 치마에 눈이 부시도록 하얀 운동화를 신고 집을 나서는 선이누나의 모습을 보는 일은 소년에게 커다란 즐거움과 기쁨, 그리고 황홀한 감동마저 안겨 주었다. 이를테면 누나와 다름없는 그녀에게 연정을 품게 된 셈이었다.

부산스런 소년의 기상 덕분에 엉뚱하게 곤혹을 치른 사람은 다름 아닌 형 한수였다. 야간자습이다 뭐다 해서 늦게 학교에서 돌아오는 탓에 늘 잠이 부족했던 것이다.

— 한수야. 중학교 다닌다는 놈이 동생에게 본은 못 보이고 아침마다 이불속에서 미적거리냐. 썩 일어나지 못해! 일찍 일어난 새가 모이도 먼저 먹는다는 얘기도 못 들었어.

아버지가 형의 이부자리를 걷어 젖히며 하는 말이었다. 그 일로 형은 소년에게 도끼눈을 부라렸다.

— 문수, 네가 셋방아가씨 좋아하는 건 알지만 이 착하고 존경스런 형까지 괴롭혀서야 쓰겠나. 나이도 어린 게 벌써부터 연애 감정은 알아가지고…….

형 한수는 평소 아침잠이 많던 동생이 왜 이른 아침부터 부산을 떠는지 미루어 짐작을 했던 것이다. 소년은 형이 늦게 일어난 탓에 들은 꾸중을 갖고 왜 자신에게 화풀이하느냐고 생떼를 썼지만 그건 순전히 속마음을 들킨 것을 감추기 위한 어깃장에 불과했다.

출퇴근 시간을 제외하고 그녀를 볼 수 있는 건 한 달에 두 번 정도였다. 그건 주야간 교대근무가 이루어지는 날로, 일요일 아침까지 보충근무를 마치고 돌아온 날이었다. 그런 날이면 그녀는 아침 식사도 거른 채 해가 중천에 오도록 죽은 듯 잠만 잤다. 그녀의 어머니도 아침부터 어디론가 외출을 나갔다. 그녀가 방에서 나오는 것은 거의 정오가 넘어서였다.

그녀가 쉬는 날이면 소년은 병태를 비롯한 동네 친구들의 부름도 마다하고 집 안에서 맴돌았다. 그녀를 보는 게 공터에서 자치기를 하거나 축구를 하는 것보다 훨씬 좋았기 때문이었다.

오후가 되면 그녀는 마당 중앙의 세면장에서 빨래를 하곤 했는데 방문만 살짝 열어놓으면 공부방에 앉아서도 그녀의 옆모습이 고스란히 눈에 들어왔다. 소년은 책을 읽은 척 엎드려서 그녀가 빨래하는 모습을 몰래 지켜보곤 했다.

따가운 유월 햇살 아래 빨래하는 그녀의 모습은 설명하기 힘든 이상야릇한 감흥을 불러일으켰다. 눈이 부시도록 환한 미백의 햇살과 양은대야에 반사되어 그녀의 얼굴에 그려지는 어룽어룽한 물무늬, 그리고 오금을 따라 당겨진 치맛자락의 윤곽을 따라 보이는 팽팽하고 은유적인 엉덩이의 곡선과 치마 아래로 드러난 하얀 종아리……

그런 모습을 가만히 보고 있을라치면 이유모를 현기증과 함께 뜨거운 열기가 몸 어딘가를 꿰뚫으며 줄달음치는 느낌이 치밀곤 했다. 소년의 숨은 시선을 아는지 모르는지 그녀는 오후의 햇살

속에서 묵묵히 빨래를 마쳤고, 그러면 소년의 이상스런 흥분도 서서히 식어 내렸다. 그녀는 허리를 펴고 가벼운 한숨을 내쉬고 는 잘 씻은 운동화를 허공에 몇 번 뿌린 다음 볕바른 담장 위에나 나지막한 부엌 슬레이트지붕 처마 위에 가지런히 널어 말렸다.

소년이 보기에 이상하게도 그녀는 항상 하얀 운동화만 신고 다녔다. 소위 'BBS 비비에스'라고 부르는, 신발창을 따라 파란 선이 들어간 하얀 농구화였다. 또래의 다른 처녀들이 모두 구두나 하이힐을 신고 다닐 때에도 그녀는 언제나 하얀 운동화만 신었다.

– 어쩜 처녀가 저렇게 깔끔한지 몰라. 저 운동화 신고 다니는 것 좀 봐. 항상 깨끗한 게 흙 한 점 없으니.

어느 날 어머니가 출근하는 그녀를 보며 감탄 섞어 한 말이었다. 그리고 그 비밀은 곧 밝혀졌다. 어느 날 오후에 소년이 무심코 공부방 방문을 열었을 때 그녀가 마루에 앉아 있었던 것이다. 소년을 기다렸던 눈치였다.

– 저, 뭣 좀 부탁해도 돼?

약간 어색한 투로 그녀가 말을 건네 왔다. 그녀의 용건은 간단했다. 방 안에 빨래를 널려고 하는데, 벽에 못을 박을 마땅한 연장도 없고 할 줄도 몰라서 부탁을 하려고 왔던 것이다.

소년은 곧 마루 밑 연장통에서 못과 망치를 찾아들고 그녀의 방으로 따라 들어갔다. 처음 들어가 보는 여자만의 방이었다. 소년의 가슴이 두근거렸다. 입구에서부터 물씬 여자의 냄새가 풍겼다. 분 냄새며 화장품 냄새, 여성들 특유의 살내음 같은 게 맡아졌다.

방 안은 예상보다 단출했다. 방 한쪽에 반신거울과 서랍이 달린 허름한 포마이카 화장대와 그 옆에 지퍼로 여닫게 된 작은 조립식 옷장이 놓여 있었다. 거기에 식탁으로 쓰였을 작은 소반이 방구석을 차지하고 있을 따름이었다.

소년이 못을 박을 동안 그녀는 뒤에서 지켜보았다. 작업이 끝나자 그녀는 몹시 고마워했고, 배윤선이라고 자신의 이름을 밝힌 다음 소년의 이름이 문수가 맞느냐고 물었다. 그리고 앞으로 친하게 지내자며 손을 내밀었다. 그녀의 손은 얼굴보다 따스하고 부드러웠다.

그 뒤로 가끔씩 그녀의 방에 놀러갈 기회가 주어졌다. 그렇게 해서 그녀가 매일 하얀 운동화를 신을 수 있는 비밀을 알게 되었다. 그녀가 가진 운동화는 도합 세 켤레였다. 가장 오래되고 닳아서 발목을 따라 실밥이 야들야들하게 드러난 것과 어느 정도 신은 것, 그리고 산 지 얼마 되지 않은 것 이렇게 세 켤레였다. 하지만 그 세 켤레 모두 하얗고 깨끗하다는 점에서는 하등 다를 바 없었다.

그녀의 운동화가 그처럼 깨끗할 수 있었던 것은 그녀의 운동화를 향한 남다른 부지런함 덕분이었다. 그녀는 매일처럼 운동화를 빨아 신었다. 늦은 시간에도 부엌의 전등불 아래 운동화를 씻는 모습을 볼 수 있었다. 비가 오는 날에도 예외는 아니었다. 그녀는 잘 씻은 운동화를 연탄 부뚜막에 비스듬히 세워서 말리곤 했다.

소년의 생각에 그것은 그녀의 어떤 남다른 자존심이나 자부심, 또는 비록 공장엘 나가는 처지이지만 자신과 타인을 구분 짓는 어떤 마음의 경계점 같아 보였다. 아무튼 그녀의 갸름한 종아리와 그 아래의 하얀 운동화는, 나풀거리는 긴 생머리와 더불어 그녀의 가장 아름다운 부분이기도 했다.

　본격적인 여름 더위가 시작되면서 아버지는 조금씩 더 조바심을 내는 눈치였다. 장 목수가 다친 이후로 일없이 빈둥거린 날수가 어언 한 달을 넘어서고 있었던 것이다.

　먼저 가장으로서 가족들 보기에 미안한 것도 그렇지만 주변 사람들 눈치도 살피지 않을 수 없는 노릇이었다. 비록 동네에서 정해놓은 직장 없이 놀고 있는 사람이 몇몇 있긴 했지만 그들은 가끔씩이나마 이런저런 막노동판 같은 곳에 나가서 일을 하는 편이었다.

　거기 비하면 아버지는 동네 아낙네의 말을 옮기자면 '그만한 인물에, 사지도 머얼쩡하고, 먹물도 묵을 만큼 묵었다 카는' 그야말로 한량이나 다름없는 사람이 '주야장천 긴긴 날 집구석에 처박혀 팽팽 놀고' 있었던 것이다. 게다가 집 안에는 또 한 사람의 멀쩡한 여성실업자, 즉 선이엄마가 있는 탓에 한 지붕 아래 멀쩡한 어른 남녀에 제법 큰 소년까지 놀고 있는 셈이어서 주위 시선을 더욱 의식하지 않을 수 없었을 터였다.

　소년 역시 아버지가 집에 있는 게 그다지 마음에 편치 않았다. 별다른 잔소리 없이 그저 구멍가게로 담배심부름 정도나 시키는 아버지긴 하지만 긴긴 여름철 왼 종일 부자가 한집에서 함께 지낸다는 자체가 신경 쓰이는 노릇이 아닐 수 없었다.

그런 까닭에 그즈음 소년은 자주 집을 비우고 바깥으로 나왔다. 낮에 집에 사람이 없는 것도 아닌 터에 굳이 집구석에 처박혀 있을 필요가 없었던 것이다. 그렇게 나와서 병태의 집엘 찾아가 보거나 대본소에 가서 만화를 보고 오기도 했고, 또 동네 뒤쪽의 보리밭으로 나가서 혼자 시원한 바람을 쐬다가 돌아오곤 했다.

하지만 얼마 전부터 아버지는 직장을 찾아보겠다며 오전에 외출을 시작했다. 비록 점심시간을 넘길 즈음이면 대체로 집으로 돌아오긴 했지만 그래도 소년에겐 그게 보기가 좋았다.

그렇게 열흘쯤 바깥으로 바람처럼 나다니던 아버지가 어느 날 전에 없이 쾌활한 표정을 하고 집으로 돌아왔다. 예상보다 이른 귀가였다. 다른 날 같으면 저녁시간이 가까워서야 돌아오던 아버지였다.

그때 소년은 집 안쪽의 칠십 평 남짓한 텃밭에 있었다. 오월부터 계속된 가뭄으로 늦봄에 텃밭에다 파종해둔 상추며 쑥갓이 시들시들한 것을 본 소년이 못 쓰는 허드렛물통의 물을 바가지로 퍼 와서 뿌리던 중이었다.

아버지가 대문을 들어서는 것을 본 소년은 내심 깜짝 놀랐다. 자칫 아버지가 조금 일찍 돌아오기라도 했더라면 심한 꾸지람은 물론 크게 혼쭐이 날 뻔했던 것이다.

사실은 밭에 물을 뿌리기 조금 전에 소년은 잠망경을 들고 몰래 앞집 담을 넘겨다보고 있었던 것이다. 잠망경은 소년이 초등학교 교과서에서 본 것을 기억해내어 손수 제작한 것으로 상하로 뽑고 넣을 수 있는 두 개의 사각 마분지 통과 작은 거울이 두 개

장치된 아주 간단한 것이었다.

바다도 멀고 잠수함도 없는 터에 소년이 마분지 잠망경을 만든 이유는 오직 하나였다. 머리를 내밀지 않고 숨어서 담장 너머를 훔쳐보기엔 잠망경처럼 용이한 기구가 따로 없었던 것이다. 도둑도 아닌 소년이 벌건 대낮에 앞집 담 너머를 몰래 엿보게 된 것은 불과 일주일쯤 전이었다.

그림자가 제일 작아지는 더운 한낮이었다. 집에서 책을 보고 있을 때 어디서 여자의 음성이 짤막하게 들려왔다. 작았지만 비명처럼 높은 음성이어서 잘 들렸던 것이다.

— 아잇, 차가워!

이어 시멘트 바닥에 물이 쏟아지는 소리가 철벅하고 났다. 소년은 금세 그게 무슨 소린가를 알아차렸다. 낮 더위 때문에 어느 여자가 찬물로 목욕을 하고 있는 것이다. 차가움에 놀라서 내지르는 탄성이 잇달아 귀를 간지럽게 했다. 물소리도 거듭해서 났다. 못내 궁금함을 참지 못한 소년은 마루를 내려와 소리 없이 담으로 다가갔고, 까치발을 하고는 담 너머를 살폈다. 다행히 세든 방의 선이엄마는 오전 중에는 방문 바깥으로 나오지 않아서 방해받을 염려는 없었다.

소년의 시야에 들어온 것은 담장과 앞집 사이의 이 미터 가량의 좁은 공간이었고, 그 공간에 그대로 드러난 것은 하얀 알몸뚱이었다. 도자기처럼 부드럽게 융기되고 풍만하게 굴곡진 하얀 육체의 곡선미. 그리고 그 위에 담 사이로 쏟아지는 투명한 햇살과 물방울과 함께 빛을 튀겨내어 부옇게 흐려 보이는 뽀얀 살결은 그 자체로 비밀이고 놀라움이었다. 소년은 숨이 멎을 것 같은 감정을 맛보며 농익은 여체의 은밀한 자태를 지켜보았다.

반쯤 등을 돌리고 앉은 여자는 머리를 타월로 말아 올리고 있어 잘은 모르지만 부뜰이 엄마가 맞는 성싶었다. 더운 날씨를 참지 못한 부뜰이 엄마가 비교적 사람들이 없는 오전을 틈 타 앞집과 뒷집 사이의 숨겨진 공간에서 냉수욕을 하고 있는 것이다. 앞집에는 마중물을 넣고 젓기만 하면 찬물이 나오는 펌프가 있었다.

소년은 삼십 후반은 넘었을 부뜰이 엄마가 그처럼 희고 풍만한 육체를 가지고 있다고는 전혀 상상하지 못했다. 하긴 소년으로선 난생처음 여자의 벗은 몸매를, 그것도 환한 대낮에 처음 보는 터여서 그게 아름답다거나 혹은 다른 여자와 비교할 바는 아니었다. 하지만 낯선 여체가 주는 농염하고 은밀스러운 느낌 때문인지 소년은 좀체 눈을 뗄 수가 없었다.

두어 번 더 등에 물을 끼얹은 부뜰이 엄마는 손으로 대강 몸의 물을 턴 뒤 머리에 쓴 타월로 젖가슴을 감싸고는 곧장 뒷문을 열고 방 안으로 모습을 감추었다.

그 이틀 뒤에 소년은 다시 그런 광경을 목격할 수 있었다. 처음 볼 때보다 충격이 덜해선지 마음속에 아지 못할 불안이 생겨났다. 행여 목욕하는 걸 구경하다가 부뜰이 엄마에게 들키기라도 하는 날엔 너무 위험하고, 또 앞집 뒷집 사이에 그런 망신이 있을까 싶었다. 그래서 궁리 끝에 생각해낸 것이 잠망경이었던 것이다. 그건 정말 소년의 생각에도 대단한 발상이었다. 나중에 병태에게도 이 비법을 알려줄까 싶었을 정도였던 것이다.

– 문수야. 너 혹시 여기로 이사 와서 냉차장사 본 적이 있냐?

난데없는 물음에 소년은 아버지가 무슨 의도로 그런 질문을 하는지 눈치를 살폈다. 아버지 표정이 밝은 게 그나마 다행스럽게 여겨졌다. 어디선가 매미가 목청을 돋우며 소란하게 울었다.

– 냉차가 뭐예요?

혹시 내심을 들키지는 않았을까 소년은 부러 뚱딴지같은 말을 던졌다.

– 시원한 얼음물이 들어 있는 냉차 말이야, 냉차.

– 여기선 본 적 없어요. 저 위에서는 한두 번 봤던 기억이 나요.

– 그래. 네 말이 맞다.

아버지가 기쁜 얼굴로 맞장구를 쳤다. 소년은 아버지가 무슨 꿍꿍이에 그처럼 환한 표정을 짓는지 짐작이 가지 않았다. 하지만 저녁이 되었을 때 아버지는 그 진의를 여실히 드러냈다.

포고할 시간을 학수고대하고 있었던 듯 아버지는 어머니가 저녁 준비를 위해 부엌에 들어가자 미닫이 방문을 활짝 열어둔 채 곧장 용건을 꺼냈다. 어머니가 푸성귀를 무치려고 간장과 식초, 약간의 고춧가루를 뿌리고, 그 위에 노란 참기름을 한 방울 떨어뜨려서 버무리고 있을 때였다.

소년은 마루에 걸터앉아서 아령을 들고 팔운동을 하고 있었다. 아령은 형이 운동부족이라며 체육용품점에서 구해온 것이었다. 형은 요즘 부쩍 몸매에도 신경을 쓰는 눈치였다.

남자는 자고로 어깨가 넓고 팔뚝이 굵어야 여자들에게 인기가 있는 거야.

형의 말은 언젠가 시구리 왕이 여자들이 좋아하는 것은 남자의 우람한 근육이 아니라 부드러운 태도란 것과 많이 달랐다. 누구 이야기가 옳은 건지 소년으로선 알 도리가 없었다. 어쨌건 남자가 어깨가 넓고 근육이 멋져 보여서 나쁠 건 하등 없었다. 그래서 아무 때나 아령을 들고 심심소일로 운동을 하곤 했던 것이다.

— 여보, 나 장사를 한 번 해볼까 해.

아버지의 말에 어머니는 아예 고개도 들지 않았다.

— 지난번에도 장사 얘기를 하셨잖아요. 그런데 또 웬 장사를…… 평생 장사라곤 해본 적도 없으면서.

어머니의 그 뒷말은 이미 하나마나였다.

— 어머, 좀 싱거운가? 숨이 죽으면 좀 짜지려나.

양재기에 담아 무친 겉절이 반찬을 입에 넣고 간을 보며 어머니가 혼잣말을 중얼거렸다.

어머니의 시큰둥한 반응에 아버지는 좀 애가 타는 모습이었다. 엉덩이를 움직여서 상체를 부엌 쪽으로 좀 더 가깝게 옮겨 앉았다. 손에 든 부채도 더 빠르게 펄럭거렸다.

— 이번엔 좀 다른 거야. 어젯밤 꿈자리가 괜찮더니만 새롭고 특이한 발상이 떠올랐어.

엉뚱한 꿈자리 얘기까지 동원하는 걸로 보아 작정은 단단히 한 모양 같았다.

— 새로운 발상 말씀이에요?

아무래도 아버지의 결의가 심상하지 않다는 걸 느낀 어머니가 말끝을 올리며 물었다.

– 그래, 새롭고 특이한 발상, 하지만 이곳에서의 이야기지.

– 그게 뭔데요, 대체?

결국 어머니가 내처 물었다. 궁금함을 참지 못해선지 아님 일단 아버지의 이야기를 들어주는 게 옳다고 여긴 것인지는 어머니만 알고 있을 것이다.

– 곧 한여름이지 않아. 더운 여름철에 사람들이 제일 많이 찾는 게 무엇이겠어?

– 그야 선풍기나 부채, 아니면 시원한 다리 밑 같은 곳 아닐까요?

– 그런 거 말고 먹을 것 말이야.

– 그야 얼음을 둥둥 띄운 시원한 수박화채나 육수를 넣어먹는 평양냉면 같은 거겠죠.

– 그와 비슷한 거야.

안달이 난 아버지가 하던 부채질을 멈추고 어머니의 눈을 뚫어지게 쳐다보았다. 그렇게 하면 자신의 뛰어난 발상이 어머니에게 투입되기라도 하듯.

– 대체 그게 뭘까요?

애타하는 아버지의 생각을 빨리 읽어주지 못한 것에 미안함을 느낀 어머니가 곤혹스러운 눈빛으로 고개를 갸우뚱거렸다.

– 냉차 말이야. 냉차.

결국 참다못한 아버지가 먼저 해답을 내놓았다.

– 냉차장사를 하시게요?

어머니가 눈이 동그래서 놀랍다는 투로 물었다. 아버지가 설마 냉차장사를 하겠다고 나서리라곤 상상도 못했던 게 분명했다.

- 그래. 바로 그 냉차장사. 한여름에 잘되는 장사는 우산장사하고 냉차장사밖에 더 있겠어? 그런데 올해처럼 비도 오지 않는 염천의 날씨에는 시원한 냉차장사가 최고지. 암.

- 그런데 그 발상은 어떻게 하신 거예요?

장사치곤 선택이 좀 엉뚱하다 싶었던지 어머니가 의심과 우려가 반반 뒤섞인 눈길로 아버지와 소년을 번갈아 살폈다. 혹시 장사 선택에 소년이 모종의 단서를 준 건 아닌지 의심하는 눈치 같기도 했다.

- 오늘 거리를 돌아다니다보니 무척 목이 마른 거야. 그런데 막상 시원한 물 한잔 얻어먹을 곳이 없잖아. 그때 계시나 받듯 홀연히 그 발상이 떠올랐지. 왜 예전에 우리가 살던 곳의 시장 부근에는 냉차장사가 꽤 많았지 않아. 그런데 여기서는 그게 잘 눈에 띄지 않는 거야. 그래서 냉차장사가 어떨까 하고 곰곰 검토해보니까 정말 장사치곤 여러 모로 성공할 가능성이 많은 거야. 우선 냉차장사가 우리처럼 자본이 적은 사람이 쉽게 손을 댈 수 있는 장사라는 게 그 첫째고, 둘째로는 장사에 소비되는 물품의 재고 비용이나 손실위험이 거의 따르지 않는다는 점에 있어. 듣기 나쁘게 말하자면 냉차장사라는 게 소위 봉이 김선달이 했다는 대동강 물장사와 같은 식이라 이거지. 하루 장사 밑천으로 드는 자금이랬자 기껏 얼음 한 조각하고 수박 한 통에 감미료, 그리고 수돗물인데 그 비용이랬자 얼마나 되겠어. 그러니까 냉차장사야말로 땅 짚고 헤엄치기, 냉수 주고 현찰 받기라 이 말씀이야.

소년이 듣기에 그럴싸하긴 했다. 무엇보다 장사에 대한 열정으로 빛나는 아버지의 단호한 눈빛과 태도 때문에 더 믿음이 갔다.

― 그래도 장사라는 게 생각처럼 쉽기야 하겠어요? 당신이 행인들 많은 거리에서 냉차수레를 끈다는 사실도 좀 그렇고…….

어머니가 좀 수심에 잠긴 얼굴을 하며 반론을 제기했다. 남편의 희망찬 의견에 수긍은 하지만 아무래도 썩 믿음이 가는 건 아닌가 보았다.

― 그게 무슨 상관이야. 돈 버는 일에 귀천이 어디 있어. 옛 속담에도 개처럼 벌어서 정승처럼 쓴다고 했지 않아. 이러쿵저러쿵 해도 돈을 모으는 건 역시 장사가 최고야. 하루 벌어서 하루 쓰는 노동자를 해서야 언제 큰 자산을 모우겠어. 그리고 돈은 누가 가져다주길 기다려선 안 돼. 돈은 흐르는 물이나 물고기와 같다고 어느 유명한 억만장자가 말했어. 돈이 흐르는 여울에 미리 가서 진을 치고 기다려야 돈을 버는 거지, 물도 없는 곳에서 백날 기다려야 돈이 모이진 않는 법이거든.

아버지 장사의 변은 다소 엉뚱하고 장황스럽긴 했지만 나름대로 일리는 있어 보였다. 문제는 그런 의견을 내어놓는 아버지 자신의 신뢰성에 있었다. 두어 달 전만 해도 노동현장에서 땀을 흘리는 보람이 어떻고 하면서 노동 예찬론을 펼치던 아버지가 이제는 장사의 당위성과 성공 가능성을 주장하고 나서니 과연 어떤 게 확실한 이론인지 알 수가 없었다. 소년은 아버지가 그때 스스로 한 말을 현재 기억이나 하고 있는지 그게 가장 의심스러웠다.

― 당신, 정말 할 수 있겠어요?

― 그럼, 자신 있어. 자신이 있으니까 하는 말이지.

아버지가 부채를 접어 당연하다는 듯 자신의 가슴을 툭툭 쳤다.

─ 그럼 어렵지만 돈은 당신이 필요하시는 것만큼 구해드릴게요. 아무리 자본이 적은 장사라 해도 얼마는 들 거 아니에요.

─ 그야 그렇지.

마지막 사업 승인도장을 찍은 사람처럼 아버지가 긴장이 풀어진 밝은 얼굴로 말했다.

어머니의 허락을 받아낸 아버지는 곧 냉차장사를 하기 위한 준비 작업에 착수했다. 소년이 보기에 평소 다소 게으른 편이던 아버지는 장사를 계기로 마치 딴사람으로 변신이나 한 것처럼 바지런해졌다. 눈빛은 새로운 궁리와 일에 대한 열정으로 가득 찼고, 동작은 가벼우면서도 힘차 보였다.

거의 이틀간에 걸쳐서 장사에 대한 세심한 고려와 검토를 거듭하던 아버지는 냉차를 싣고 다닐 리어카를 어떻게 제작해야 하는지 이곳저곳을 다니며 경험을 가진 사람들에게 두루 자문을 구했다. 그런 다음 시장과 가까운 곳의 함석집을 찾아가서 리어카에 장착할 수 있으며 시원한 냉차의 냉기를 오래 보존할 수 있는 이중 냉장박스 제작까지 의뢰해두었음은 물론이었다.

드디어 아버지가 장사에 쓰일 리어카를 끌고 집으로 돌아온 것은 어머니에게 얘기를 꺼낸 뒤 정확히 나흘 뒤였다.

그날 아침 일찍부터 집을 나갔던 아버지가 점심시간을 훌쩍 넘겨서 냉차리어카를 끌고 집으로 돌아왔던 것이다. 리어카를 끌고 오느라 더웠는지 하얀 모시셔츠의 등짝과 겨드랑이가 땀으로 거떻게 얼룩져 있었다.

소년은 끼니를 걸러서 허기가 진 아버지에게 어머니가 방 안에 미리 차려둔 점심밥상을 내어놓았고, 마침 학교에서 돌아와 숙제를 하고 있던 동생은 냉차리어카를 보자 신기한지 맨발로 마당으로 내려가서 마치 새로운 동물이나 살피듯 요모조모 뜯어보았다.

서부극의 역마차처럼 등장한 냉차리어카는 앞집 담장 아래 의젓하게 세워졌다. 냉차를 담을 냉장박스와 더불어 안이 투명하게 보이는 전시용 유리통이며 차일을 칠 네 개의 나무기둥, 그리고 번쩍이는 새 함석으로 뒤덮인 미끈한 상판과 씻은 유리컵을 꽂아 놓을 막대 등 아버지의 치밀한 구상 아래 제작된 냉차리어카는 보기만 해도 그럴 듯했다.

점심상을 물린 아버지는 리어카 내부를 뒤져서 페인트를 칠할 통과 붓 따위의 도구들을 끄집어냈다. 시장에서 미리 구입해온 거였다. 아버지는 시너와 페인트를 적당한 비율로 섞더니 페인트 칠을 시작했다.

하얀색의 바탕칠이 끝나자 마르기를 기다렸던 아버지는 다시 그 위에 꼼꼼하게 그림을 그리기 시작했다. 언제 배웠는지 그림 솜씨가 소년이 보기에도 제법 괜찮다 싶었다. 흰 바탕에 푸른 글 씨로 한자로 '氷(빙)'자를 쓰고, 칼로 자른 새빨갛게 잘 익은 수박 그림을 그려두고, 그 옆에 푸른 열대의 야자수에 계란처럼 둥근 야자열매까지 몇 개 그려 넣고 나니 정말이지 보기만 해도 그럴 듯했다. 음료수의 차고 시원한 느낌이 절로 풍겨날 정도였다.

– 어떠냐? 시원한 냉차가 먹고 싶지?

몸을 일으킨 아버지가 손등으로 이마의 땀을 훔치며 소년에게 물었다. 아버지 스스로도 몹시 흡족한 표정이었다.

― 아, 목말라. 언제쯤 마실 수 있어요?

곁에 서 있던 동생이 갈증을 못 이긴 듯 목을 움켜잡는 시늉을 하며 물었다.

― 이제 장사 나가기 전에 먼저 시음회를 할 거야. 그때까지 조금만 더 기다려라.

소년이 멀리 동네 아래 철길 네거리까지 가서 사 온 사각얼음과 커다란 수박, 물을 넣고 냉차를 만들었을 때는 대지를 달구었던 해가 시무룩해진 저녁 무렵이었다.

아버지는 냉차 시음 행사에 동네 이웃들을 부르려고 했지만 곧 어머니의 제지로 무산되었다. 장사 개시를 공짜로 해서는 절대 안 된다는 게 어머니의 이론이었다. 그건 일종의 장사의 불문율과 같은 거라고 했다. 그보다 먼저 냉차 맛을 잘 내는 게 더 중요하며, 가족끼리 엄격하게 시음 평을 하기로 했던 것이다.

엄마의 걱정대로 냉차 맛을 내는 건 그리 간단하지 않았다. 얼음이 적으면 맛이 들쩍지근했고, 수박 건더기가 많으면 시원한 맛이 덜했다. 또 인공감미료를 적게 타면 달싹한 맛이 나지 않았고, 너무 많이 타면 달다 못해 씁쓸한 맛이 났다. 게다가 보기에도 좋도록 적당한 양의 붉은 색소까지 첨가해야 했다.

그날 소년과 가족은 냉장박스에 든 냉차를 거의 반 가까이나 마셔댔다. 그런 끝에야 학교에서 늦어진 형을 제외한 가족 전원 일치로 좋다는 사인이 떨어졌다. 소년과 동생이 밤새 변소에 들락거린 건 맛을 보느라 차가운 냉차를 너무 많이 마신 탓이었다.

초복을 하루 앞둔 날 아버지는 본격적인 냉차장사에 나섰다. 장사가 시작되는 오전 무렵에 아버지의 장사 개시를 축하하며 동네사람들 몇몇이 5원짜리 지폐를 내고 냉차를 사 먹었다.

그들은 시원한 냉차 맛에 다들 칭찬을 아끼지 않았다. 이에 만족한 아버지는 그들에게 반 잔 이상의 냉차를 덤으로 주는 걸 잊지 않았다. 그렇게 아버지는 용기백배하여 난생처음 장사를 한답시고 여름 거리로 나섰던 것이다.

그날은 동네 뒤편의 보리밭 수확을 끝마치는 날이기도 했다. 저녁이 올 때까지 모습을 보이지 않던 동생 진수가 낑낑대며 대문에 들어섰다. 벗어 손에 든 상의에는 보리이삭이 가득 들어차 있었다. 학교에서 돌아오던 길에 추수가 끝난 다음 바닥에 떨어져 버려진 보리이삭을 주워왔다고 했다.

– 진수는 성품이 부지런해서 나중 뭘 해도 굶고 살지는 않을 거야.

이튿날 진수가 주워온 보리이삭을 시장 입구 떡집에 가져가서 미숫가루를 만들어온 어머니가 말했다. 마침 그날은 소년의 생일날이기도 했다. 소년은 집으로 찾아온 병태에게 생일선물로 책을 한 권 선물 받았다.

–《동굴초》도 있고《춘희》도 있지만 이기 제일 재미있다 카이.

병태가 품에서 꺼내준 것은 16절지 크기의 시험지에 등사로 인쇄된 조악한 책자였는데, 제목은 괴상하게도 〈꿀단지〉였다. 소년이 보기엔 이해하기 힘들 만큼 야한 책이었다.

목마의 꿈

웬 비가 이렇게 쏟아지는지 모르겠다. 하늘에 구멍이 뚫린 것도 아닌데.

미닫이 방문을 활짝 열어놓고 재단한 한복을 시침질하던 어머니가 비가 내리는 마당을 일별하곤 던진 말이었다.

정말이지 비는 그칠 줄 모르고 내렸다. 일주일 가까이 내리던 비가 중복인 그저께 오후에 약간 그치는가 싶더니 늦은 밤부터 재차 시작되어 연이틀째 종일 내리고 있었다.

그 바람에 방 안은 온통 눅눅한 습기로 가득 찼다. 방 뒤편 구석에서는 검푸른 곰팡이가 벽지를 타고 기어올랐다. 어디선가 나던, 오래된 행주가 썩어가는 퀴퀴한 냄새도 이미 익숙해진 상태였다. 연탄불을 피워서 방을 말리려고 해도 부엌 아궁이에 물이 스며드는 바람에 연탄불 피우기도 포기한 상태였다.

– 어, 저기 물 넘치겠다.

방학을 한 덕에 아침부터 하릴없이 방 안에 배를 깔고 엎드려 만화책을 보던 동생이 윗목에 받쳐둔 양은그릇에 천장에서 샌 빗물이 반 넘어 찬 것을 보고 말했다.

– 그런 소리 말고 좀 버리고 와.

– 형은 꼭 나만 시키고 그래.

소년의 짜증에 동생이 미간을 접으며 볼멘소리를 투덜거렸다, 하지만 부스스 일어나서 양은그릇을 들어 마루 끝에 서서 마당을 향해 훌쩍 비웠다. 마당에도 온통 빗물이 흥건했다. 나중 빨래나 허드렛물로 쓸 낙숫물을 받기 위해 처마 아래마다 내다놓은 장독이며 각각의 단지, 양은냄비, 양동이 등에는 빗물이 가득 고여 바깥으로 훌쩍훌쩍 흘러넘치고 있었다.

처음엔 괜찮았지만 궂은비가 연일 계속되면서 집 안 여기저기에도 조금씩 비가 새기 시작했다. 처음엔 대수롭잖게 못 쓰는 분유통을 갖다 대는 정도였지만 점차 새는 곳이 늘어나면서 대접이며 공기, 양재기 따위가 방 안 곳곳을 차지하기 시작했다.

방 안이 빗물 그릇들로 가득 차면서 행동이 조심스러워졌다. 자칫하면 방바닥에 물을 쏟기 십상인 까닭이었다. 안 그래도 어제 오후엔 평소 덜렁대던 동생이 방 안에서 물이 반 넘게 담긴 양은대야를 밟아서 엎지르는 바람에 걸레로 바닥의 물을 닦아내느라 한바탕 소동을 벌였던 것이다.

비가 내리는 동안 방 안이고 바깥이고 온 세상은 소리로 가득 찬 것 같았다. 통통, 톡톡, 툭툭, 주룩주룩, 죽죽, 쏴아아. 이런 비가 내는 소리들로 세상은 알게 모르게 분주하고 소란스러웠다. 빗방울의 오케스트라였다.

그저 이렇게 비가 올 때는 집에서 빈대떡이나 부쳐서 술 한잔 먹는 게 상팔자지.

어제 오후에 아버지가 바깥을 내다보며 독백처럼 한 말이었다.

어제 오후에도 아버지와 소년은 그릇을 피해 방 안에서 몸을 옹색하게 옹크린 채 비가 내리는 바깥을 음울하게 바라보고 있었다. 어머니가 잠깐 외출한 다음이었다. 소년이 보기에 아버지에겐 비가 원망스러울 것도 같았지만 표정을 보아서는 과히 그런 것 같지는 않았다. 그저 무심하고 태평스런 눈길이었다. 소년은 아버지의 그런 태평스러움이 부럽기도 했지만 한편으로 소처럼 미련스럽게 여겨지기도 했다.

막걸리 사다 드릴까요?

놔둬. 그냥 생각이 그렇다는 말이지.

소년의 물음에 아버지가 씩 웃으며 말했었다.

– 이렇게 비가 오는데 너희 아버지는 대관절 어딜 가서 뭘 하시는 건지.

소년과 마찬가지로 때마침 어머니도 아버지 생각을 하고 있었던지 낮은 음성으로 중얼거렸다. 소년은 문득 한 생각에 앞집 담 아래 세워둔 냉차리어카를 쳐다보았다.

비가 와서인지 냉차리어카는 유난히 초라하고 썰렁해 보였다. 비 오는 날과 냉차리어카는 전혀 어울리지 않은 소도구였다. 비에 맞지 않도록 비닐을 씌운 리어카는 언제고 자신을 불러줄 주인을 기다리는 말처럼 바퀴 한쪽을 쇠사슬에 묶인 채 빗속에서 묵묵히 정적을 지키고 있었다.

지루한 여름장마는 아버지가 냉차장사를 시작한 지 딱 사흘 뒤에 시작되었다. 시청 청소부로 있는 건넛집 뚱뚱한 남자인 곽씨 말을 빌자면 '냉차장사하기엔 지지리 운 때가 안 맞는' 시기였던 셈이었다. 그리고 그 사흘 동안에도 벌이는 신통찮았다. 더운 낮에 이십여 잔쯤 팔긴 했지만 소년에 보기에도 장사 수지를 맞추긴 어려워 보였다. 왜냐 하면 오전에 장사를 나갈 때 냉장박스에 넣은 수박냉차가 저녁에 장사를 마치고 집으로 돌아올 때 거의 비슷한 양으로 미적지근해진 채 남아 있었기 때문이었다. 넣을 때 목침 두세 개 만했던 얼음도 거의 녹아서 주먹 만해져 있곤 했다.

아직 본격적으로 더위가 오지 않아서 그래.

많이 팔지 못했냐는 어머니의 물음에 아버지의 대답은 단순하고 간결했다. 하긴 더 이상 할 말도 없을 터였다. 행인들이 냉차를 사 먹지 않는 건 덥지 않거나 목이 마르지 않아서인 건 분명한 사실이었다. 그러나 그마저도 사흘 만에 끝이 난 셈이었다. 삼일 천하의 김옥균처럼 한여름 더위도 사흘 만에 끝이 나고 우기에 접어든 것이다.

벌써 장마철이 다가온 거 아니에요?

이러다가 곧 개이겠지. 설마 여름 내내 비가 오기야 하겠어.

처음 엿새 동안 굳은비가 계속되었을 때 걱정하던 어머니에게 아버지가 장담처럼 한 말이었다. 그러나 어머니의 기우는 곧 현실성을 띠고 다가왔다. 칠월 중순께 시작된 비는 어언 보름 넘게 계속되고 있었다. 그동안 학생들은 방학을 했고, 직장인의 반짝 휴가철도 지나가고 있었다. 기대할 것은 달랑 남은 팔구월 늦더위였다.

– 나가서 놀고 올게요.

동생이 빌려온 만화를 다 보았는지 마루에서 장화를 내어 신었다.

– 옷 젖으면 이제 갈아입을 옷도 없다. 비 맞지 말고 다녀라.

찢어진 비닐우산을 찾아 쓰는 동생의 등 뒤에다 어머니가 소리 쳤다.

아버지가 돌아온 것은 동생이 나가고 한 시간 남짓 지나서였 다. 안색을 보아선 술을 마신 것 같지는 않았다. 그러나 오전에 집을 나설 때보다 터무니없이 쾌활해진 모습이었다.

– 생각난 김에 장 목수를 보고 왔어.

소년이 내어주는 타월로 젖은 어깨며 머리에 묻은 물기를 닦아 내며 아버지가 뚜벅 말했다. 뜻밖이었다. 무슨 생각에선지 어머니 역시 하던 일감 바구니를 한쪽으로 밀쳐두고 자리에서 일어났다.

– 문수야. 주전자 갖고 가서 막걸리 한 되 받아 오너라. 난 네 아버지 술안주 좀 만들게.

계속된 장마로 골목이고 마당이고 모두 질척거렸다. 웅덩이가 생긴 골목길에는 지렁이가 땅 위를 기어간 흔적들이 가늘고 구불 구불하게 남아 있었다. 소년은 웅덩이를 피해가며 골목을 따라서 아랫동네로 향했다. 철부지 아이들은 비도 아랑곳하지 않았다. 아랫동네 길에는 맨발이거나 장화를 신은 아이들이 첨벙거리며 물을 튀기고 놀고 있었다. 오랜 비에 작년에 새로 지었다는 사진 관의 블록 담마저 바닥까지 시커멓게 젖어 있었다.

내려간 기온 탓에 옷 사이로 스미는 바람이 스산했다. 소년은 서둘러 사거리에 있는 두꺼비상회를 찾아가서 몸집이 동그란 주인여자에게 주전자를 내밀었다. 가게 안쪽 방 안에 앉아 있던 소년 또래의 단발머리 여자애가 소년을 보자 혀를 날름 내밀었다. 아는 척하는 건지 술 사러 왔다고 놀리는 건지 알 수 없었다.

소년이 돌아왔을 때 어머니는 이미 쟁반 위에 부추지짐이를 만들어 내놓고 막걸리가 오기를 기다리고 있었다. 소년이 주전자를 내밀자 어머니가 준비해둔 두 개의 사기잔에다 직접 막걸리를 채웠다.

– 장 목수도 참 마음고생이 심했겠어.

사기그릇에 가득 찬 막걸리를 단숨에 비운 아버지가 젓가락으로 지짐이 조각을 집으며 운을 뗐다. 어머니는 앞에 놓인 잔을 들어 살짝 입만 축이고 내려놓았다.

– 문수 너도 한잔 해볼래?

평소와 달리 아버지가 장난처럼 뒤에 앉은 소년에게 물었다. 소년은 고개를 저었다. 그렇지 않아도 이미 집으로 오면서 주전자 꼭지에 입을 대고 두어 모금 빨아 마신 터였다. 술맛이 어떤가, 어른들은 왜 돈을 줘가며 술을 마시는가 알고 싶었을 따름이었다.

– 원래 술은 어른들 앞에서 배워야 제대로 하는 거야. 그런데 장 목수가 말이야. 예전엔 공립중학교 한문선생이었다더군. 어쩐지 일반 목수와 좀 다르다 했어.

얼마 전부터 중환자실을 나와 일반병동에 입원해 있는 장 목수를 위문하고 온 아버지가 건네준 얘기에 의하면 장 목수의 친형이 일본 동경대학의 꽤 유명한 교수라고 했다. 그러나 조총련계

간첩사건에 연루되면서 모처의 압력 때문에 장 목수 역시 학교선생을 그만둘 수밖에 없었다고 했다. 그래서 다른 직업보다 어릴 적부터 하고 싶었던 목수로 나섰다는 것이다. 칠 년 전까지 아내가 있었지만 상처하고 하나 뿐인 딸과 시장서 가구점 하는 사위와 함께 산다고 했다.

– 그런 과거로 인해 장 목수님이 자신의 신변에 대해선 그렇게 말수가 적었군요.

반 잔 술에 벌써 얼굴이 발그레해진 어머니가 말했다.

– 내가 한 이 얘기도 사실 모두 장 목수 몰래 딸에게서 들은 거야. 장 목수야 이런 얘기 절대 안할 사람이지. 그런데 그 양반이 말이야. 이제 다리가 불편해서 목수 일을 못하게 되었으니 앞으로 무얼 하겠느냐고 내가 묻자 아무렇지도 않은 듯 웃더라니까. 사람은 살아 있는 이상 반드시 할 일이 있을 거라면서 말이야. 참 여유도 많으신 분이야.

– 그분이야 그렇다 치고 당신은 이 비 오는 날에 왜 하필 거길 찾아가셨어요?

어머니의 질문에 허가 찔린 듯 아버지가 입에 잔을 댄 채 물끄러미 어머니를 건너보았다.

– 나야 그냥, 비 오는 날에 장 목수가 뭐하고 있나 궁금해서이지.

소년의 눈에도 아버지의 둘러대는 말이 좀 서툴러 보였다. 아버지는 병원에 누운 장 목수를 찾아서 오랫동안 장사를 못 나간 자신의 우울한 기분을 위로받으려고 했을지도 몰랐다.

다음 날은 일요일이었다. 소년이 내심 날짜를 꼽아가며 기다리던 날이었다. 특히 요즘처럼 매일 비가 와서 마땅히 갈 데가 없을 때는 더욱 그랬다. 소년은 오전부터 공부방에서 거울에 얼굴을 비춰보며 무슨 보기 싫은 여드름이 난 건 없는지 살피며 신경을 썼다. 형은 방학을 했지만 학교에서 과외수업을 실시하는 통에 평일과 다름없이 학교에 나가고 공부방은 비어 있었다.

바깥에는 조금씩 부슬비가 내리고 있었다. 소년은 책을 보는 척 마루에 앉아서 선이누나 방에서 무슨 기척이 없나 귀를 기울렸다. 한 시간쯤 전에 점심시간이 지났으니 그녀가 잠에서 깨어나 기척을 할 시간이었다. 이맘때쯤이면 꼭 일어나서 머리맡에 차려둔 늦은 점심을 먹고는 했던 것이다.

소년이 선이누나 방에 놀러갈 수 있는 시간은 바로 오늘처럼, 토요일 저녁부터 일요일인 오늘 아침까지 야간근무를 하고 돌아오는 공일이었다. 그러면 월요일 아침까지 시간이 났고, 소년에게 잠시라도 시간을 내어주었다.

곧 방에서 기척이 났고 선이누나가 긴 머리를 쓸어 넘기며 부엌문을 나섰다. 변소를 다녀오는 그녀의 얼굴은 피곤에 지친 듯 약간 부석해 보였다.

– 놀러 오렴.

마루에 앉아 있던 소년과 눈길이 마주치자 선이누나가 얼굴에 미소를 담고 말했다. 소년은 냉큼 달려가고 싶은 마음을 누르고 천천히 그녀의 방으로 갔다.

부엌을 지나질 때 얼핏 보니 역시 예상대로 아궁이 옆에는 그녀의 하얀 운동화가 밑바닥을 드러낸 채 누워서 연탄 불기에 몸을 말리고 있었다. 아마 내일 아침 출근길에는 모두 하얗게 말라 있을 것이다.

언제나처럼 그녀의 방 안에서는 화장품 냄새와 향긋한 살내음 같은 게 났다. 그것은 부드러우면서 아늑한, 그 무엇을 자극하는 냄새였다. 어머니에게서 나는 화장품 냄새와는 다른 무언가 숨겨진 냄새 같은 거였다.

소년과 선이누나가 나누는 얘기는 대개 고만고만한 것들이었다. 주로 근래에 사람들 사이에 유행하는 우스갯소리나 수수께끼, 또는 끝말잇기놀이나 아니면 종이에 선을 그려 넣고 하는 사다리타기가 고작이었다. 하지만 소년에겐 그런 놀이 자체보다 선이누나의 태도, 말버릇, 그리고 움직일 때마다 풍겨오는 여성적인 냄새와 긴 생머리처럼 부드러운 분위기, 그리고 함께 있다는 사실이 마음에 들었다.

— 너, 묵지빠라는 것 아니?

소년은 고개를 끄덕였다. 가위바위보의 변형된 형태의 놀이로, 병태와도 몇 번 해보았던 터였다.

— 그런 건 벌칙이 있어야 재미있지.

— 그럼 뭘 하면 좋을까?

— 손목 때리기.

소년이 손가락 두 개를 눈앞에 들어보였다.

— 그거 전에 해보니까 많이 아프더라. 공평하지 않다.

그녀가 아픈 듯 얼굴을 찡그렸다.

─ 그럼 난 한 손가락으로 때릴게.

─ 좋아, 그럼 해.

문득 소년은 만약 선이누나와 단둘이 산다면 어떨까 하고 상상해보았다. 둘이서 오순도순 하루 종일 있어도 재미날 것 같았다. 또한 오늘처럼 비가 내리는 날, 감자나 고구마 따위를 부엌의 불가에 얹어놓고 재미있는 얘기를 나누며 그림처럼 조용히 살아간다면 그 또한 괜찮을 것 같았다. 다만 그녀가 주야 교대로 방직공장엘 나가지 않아야 하겠지만 말이다. 그러면 선이누나의 눈시울에 드리운 노릿한 색조의 슬픔도 가셔질 것이다.

─ 뭘 해? 어서 시작하지 않고…….

빤히 얼굴을 보고 있자 그녀가 재촉했다. 곧 놀이가 시작되고 선이누나가 패자가 되기도 하고, 소년이 패자가 되기도 했다.

어쩌다가 그렇게 되었을까. 놀이를 하다가 소년이 승자가 되었고, 그녀가 손목을 맞지 않으려고 이리저리 몸을 피했고, 소년이 그녀의 손목을 잡기 위해 간지럼을 태웠고, 그녀는 간지럼을 못 이겨서 몸을 뒤척였고, 어쩌다보니 함께 방바닥에 쓰러졌고, 소년이 그녀의 가슴 위에 똑바로 포개져 엎드린 자세가 되어 있었다.

누운 그녀의 하얀 얼굴과 방바닥에 공작새 깃처럼 펼쳐진 검은 머리칼, 그리고 소년의 얼굴에 와 닿은 그녀의 가쁜 숨소리와 한 뼘도 채 안 되는 거리에서 마주친 두 개의 빤한 시선.

그녀의 얼굴에서 천천히 웃음기가 가시면서 두 개의 검은 눈동자가 소년의 눈을 정색하고 바라보았다. 소년은 그녀의 물감이 스미듯 고운 분홍빛 입술을 뚫어지게 바라보았다. 곧 그녀의 눈길에 기이한 놀람과 당황스런 빛이 고여 드는 걸 소년은 보았다. 그건 분명 남자를 의식한 여인의 눈길이었다.

그녀가 힘주어 소년의 가슴을 밀어냈다. 소년은 선뜻 몸을 일으켰지만 무언가 잘못되고 있었다. 그건 분명 두 사람의 마음의 변화에서 비롯되고 있었다.

— 나 좀 쉴래. 이상하게 피곤하네.

방바닥에 시선을 둔 채 한 손으로 머리를 쓸어 넘기며 선이누나가 말했다. 그녀의 옆얼굴이 빨갛게 달아올라 있었다.

방을 나오며 소년은 이제 두 번 다시 그녀와 함께 놀기는 힘들 거라는 걸 직감적으로 깨달았다. 이제 소년은 선이누나에게 주인집의 귀여운 남동생이 아니었다. 아무 희망도 없는, 만나서는 안 될 연하의 남성으로 변한 것이 틀림없었다. 아마 그녀의 마음이 바뀌지 않는 한에는 두 번 다시 소년을 자신의 방에 초대하지는 않을 것임을 소년은 예감했다. 소년은 그 사실이 가슴 아팠고, 자신의 실수만 같아서 애꿎은 울화가 치밀었다.

길고 지루한 장마 끝에 태풍이 일본 남쪽 오사카 방면에서 한반도를 향해 북상한다는 기상대 예보가 들려왔다. 소식을 들고 온 것은 정 반장이었다. 정 반장은 집집마다 돌면서 문을 두들겨 주민들에게 태풍에 대비해 줄 것을 소리쳐 알렸다.

하지만 동네사람들의 머릿속에 담긴 태풍은 그저 막연하고 거센 바람일 뿐이었다. 어차피 집이랬자 흙담집이나 판잣집이어서 달리 어떻게 태풍에 대비할만한 일도 없는 형편이었다. 기껏해야 거센 바람에 지붕이 날아가지 않도록 돌이나 불록 따위의 무거운 물체를 지붕에 올리거나 마당에 내어둔 값싼 살림살이나 가벼운 양은대야 따위를 부엌 구석이나 마루 밑에 숨겨두는 것뿐이었다.

하지만 이틀째 오후에 접어들면서 바람소리는 이미 예상을 뛰어넘고 있었다. 하늘 저편 어디선가 신들의 전쟁이 일어난 것 같았다.

하늘엔 빠른 속도로 먹장구름이 흘러갔고, 내리던 빗방울이 측면에서 쏟아지다가 다시 하늘로 치솟는 요란을 떨었다. 불시에 정전이 닥쳐왔고, 무언가 지붕을 짓밟고 뛰어가는 소리가 급하게 들려왔다. 지붕을 덮은 루핑자락이 끝없이 공포에 떨어댔고, 가벼운 함석 문짝이 우당탕 거리를 굴러가는 소리도 들려왔다.

밤새 바람은 격정과 슬픔을 못 이긴 광인처럼 사납게 울부짖으며 허공을 달려갔다. 그리고 마침내 새 아침이 찾아왔을 때 세상은 씻은 듯 조용해져 있었다. 아무도 항의할 수 없는 무뢰한 불청객은 아침이 되자 언제 그랬냐는 듯 깨끗하게 물러가고 없었다.

하지만 무뢰하고 광포한 손님이 남긴 상처는 곳곳에 남아 있었다. 동네에서도 몇몇 집 흙벽이 밤새 반 넘게 무너져 내렸고, 어떤 집은 루핑 지붕이 반쯤 벗겨져 나가고 없었다. 또 어떤 집은 대문이 문설주와 함께 넘어져서 마당에 나뒹굴었다.

소년의 집도 무사하지는 않았다. 텃밭에 심어둔 푸성귀는 잎들이 걸레처럼 너덜거렸고, 마당 구석의 변소는 양철 슬레이트 지붕이 어디론가 날아가고 없었다. 그러나 피해는 생각보다 사소했다.

동네에서 제일 피해가 큰 집은 소년의 집과 네 집 떨어진 뒷집이었다. 아이들은 그 집을 구두쇠 곰집이라고 불렀다. 늙은 주인 남자가 구두쇠인 데다가 곰처럼 미련하게 생겼대서 붙여진 별명이었다.

머리가 반 넘게 쉬고 허리가 구부정한 그 집 남자는 항시 뒷짐을 지고 동네 골목을 어슬렁거리며 돌아다녔다. 뒷짐 진 손에는 항상 무언가가 들려 있었다. 그것은 대개 깨어진 병조각이나 나사나 구부러진 못, 혹은 철사토막이었는데, 남자는 그것을 가져가서 집 마당 구석에 잔뜩 쌓아두었다가 어느 정도 모이면 고물상에 내다 팔았다. 그 남자의 의식에는 못 쓴다던지, 버릴 물건이라는 건 세상에 없는가 보았다. 언젠가는 아버지가 내다버린, 앞쪽이 벌어져서 못 쓰게 된 구두도 그 남자의 집 마루 밑에서 깨끗이 손질된 채 발견되었다.

그 집에서는 얼마 전에 연탄을 삼백 장 넘게 사들였다. 겨우내 쓸 연탄으로 가을에 사는 것보다 싸다는 이유에서였다. 그 집 뒤에는 담과 이어진 커다란 창고가 있었고 거기다가 연탄을 잔뜩 재어두었던 모양이었다.

그러나 이번 태풍으로 창고를 덮은 지붕이 날아갔고, 지대가 낮은 담 안쪽으로 비가 들이치면서 차곡차곡 쌓아둔 연탄이 몽땅 젖고 말았다. 젖은 연탄은 무너지고 녹아내려서 형체도 알아볼 수 없는 검은 죽탄으로 변했다.

다행히 연탄을 판 대리점에서 죽탄이라도 가져오면 삼분지 일 가격에 쳐주겠다고 해서 여섯 명의 가족들이 몽땅 동원되어 죽탄이 된 연탄을 세숫대야와 물통, 그리고 양동이에 담아서 공장으로 퍼 나르기에 한바탕 소동을 벌였고, 사람들은 내심 고소해하면서 그것을 지켜보았다. 평소 소금처럼 인심이 짠 가족으로 소문난 때문이었다.

– 강물이 엄청 불었다 카는데 문수 니는 그것 보러 안 갈 끼가?

젖은 옷이며 습기 머금은 집기들을 햇살 따가운 바깥에 대강 널어놓고 마루에 앉아 쉬고 있을 때 병태가 소년을 찾아왔다.

– 돼지도 떠내려가고, 집도 떠내려 간다꼬 사람들도 다들 거기 구경 갔데이.

소년의 반응이 시원치 않자 병태가 다시 호기심을 돋우었다.

병태를 따라서 걸어서 삼십 분 떨어진 시 외곽의 큰 강으로 갔을 때 실제로 다리 위에는 많은 사람들이 모여 서서 누렇고 거친 황토 물살에 떠내려 오는 물건들을 경기를 관전이나 하듯 구경하고 있었다. 어떤 사람들은 기다란 장대를 들고 서서 강물에 떠오는 물건들을 건지는 일에 열중하기도 했다.

곧 넘칠 듯 강둑까지 불어난 강물 위에는 참으로 많은 것들이 떠내려 왔다. 짚단서부터 부러진 나뭇가지, 익사한 돼지, 나무전 신주, 비료포대, 그리고 푸른 풋사과들이 둥둥 떠내려 왔다. 상류 지역에 사과밭이 유난히 많았던 때문이었다. 용감한 몇몇 아이들은 물살이 센 강물에 뛰어들어서 사과를 건져냈고, 그 자리서 먹기도 했다.

소년은 전에도 이 강에 서너 번 와본 적이 있었다. 그때는 봄이었고 강물이 적었다. 콘크리트 다리 아래에는 갓 낳아 버려진 영아의 사체를 간간히 발견할 수 있었다. 영아의 보랏빛 머리통에는 쇠파리가 앵앵거리며 날았고, 배꼽에는 시퍼런 탯줄이 그대로 달려 있었다.

처녀나 일반 여자들이 남자들과 자다가 원치 않는 임신을 하자 얼라(아기)가 나오길 기다렸다가 밤에 몰래 다리 밑에 갖다버린 기라.

병태가 영아를 보며 해준 설명이었다. 그때 소년은 불현듯 포르노잡지에 실린 여성들의 농염하고 음란한 자태를 떠올렸다. 그 여자들과 쾌락을 나눈 대가로 아기들이 죽어서 남몰래 다리 같은 곳에 버려진다는 사실이 왠지 슬프고 또 죄를 짓는 것 같은 느낌에 사로잡혔던 것이다.

– 저기 사람이 떠내려 온다.

사람들이 외치는 소리에 소년이 강을 바라보았다. 저만치 물체 하나가 강물에 떠내려 오고 있었다. 풍선처럼 둥글게 부푼 등짝만 수면 위로 나와 있어 여잔지 남자인지 알 수가 없었다. 다리 위에 선 사람들이 장대로 건지려 해봤지만 시체는 곧장 하류를 향해 빠르게 떠내려갔다. 모르긴 해도 아마 이번 태풍의 가장 큰 피해자일 것이었다.

– 이제 그만 돌아가자.

어쩐지 기분이 가라앉은 소년이 병태에게 말했다.

태풍이 휩쓸고 간 세상은 묵은 죄를 씻고 새로 환생한 것처럼 맑고 깨끗했다. 하늘은 맑고 높아졌고, 대기는 먼지 하나 없이 깨끗했다. 장마와 태풍이 뜨거운 여름의 열기마저 쓸어간 것 같았다. 동네의 낡은 집들도 세례를 받은 양 무척이나 깨끗해 보였다. 사람들은 경쾌하게 자신의 일터와 직장, 그리고 학교나 집을 오갔다.

얼마 지나지 않아서 말복이 왔고, 다시 입추가 지나갔다. 아버지는 열흘쯤 더 냉차리어카를 몰고 거리로 나갔지만 벌이는 신통찮았다. 소년이 보기에도 태풍이 지난 뒤로 사람들의 마음에서 더위나 갈증은 말끔히 사라진 것 같았다. 곧 처서가 다가왔다.

처서를 사흘 지난 날 수요일, 소년에겐 작은 사건이 있었다. 그날 오전에도 앞집에서 부뜰이 엄마가 냉수욕을 하며 내는 소리를 듣고 잠망경으로 몰래 담 너머를 구경했던 것이다. 그러다가 하필이면 마침 대문 앞을 지나며 소년 집을 넘겨보던 부뜰이에게 꼬리를 잡히고 만 것이다.

왈칵 화를 낼 줄 알았던 부뜰이는 뜻밖으로 빙글빙글 웃으며 소년에게 경고의 메시지를 보냈다. 한 번 더 그런 짓을 하면 자신의 엄마한테는 물론 소년의 부모에게도 알리겠다고 으름장을 놓았다. 그렇게 여름내 소년의 은밀한 즐거움이자 작은 비밀은 싱겁게 끝장이 나고 말았다. 정성들여 만든 잠망경 역시 연탄 불쏘시개로 화했다.

그동안 아버지의 냉차리어카 역시 다른 것으로 바뀌었다. 아버지가 불황에 허덕이는 냉차장사 대신에 새로운 사업으로 전환했던 것이다.

─ 여보, 나 직종을 다른 걸로 바꾸기로 했어.

어느 저녁에 아버지가 어머니에게 한 말이었다. 이틀째 냉차장사를 쉬고 어딘가로 외출을 다녀온 다음이었다. 저녁상을 물린 뒤 담배부터 한 대 피워 문 아버지가 입을 열었다. 입가에 평소와 다른 결의가 어려 있었다.

– 그래요? 하긴 냉차장사는 이미 철이 지났긴 해요. 근데 무얼 하시려고요?

반발부터 예상했던 어머니의 태도가 너무 쉽게 나오자 오히려 조심스러워진 건 아버지 편이었다. 뒤편에서 책을 읽으며 한 귀로 대화를 듣고 있던 소년은 불현듯 칠전팔기란 한자숙어가 생각났다. 뒤이어 아버지의 새로운 도전에 대한 용기를 높이 살만 하지만 그 실패는 어떻게 감당할 수 있을지 소년으로선 적이 걱정이 앞섰다.

– 오후에 다리 건너 큰 시장에 가서 목마를 보고 왔어.

상상을 불허하는 아버지의 말에 어머니나 소년은 시선을 아버지에게 향하지 않을 수 없었다. 대체 목마라니, 그게 장난감 목마를 파는 장사를 하겠다는 건지, 목마를 만드는 공장을 한다는 건지, 아니면 목마를 타는 놀이공원을 짓겠다는 건지 당최 궁리가 서지 않았던 탓이었다.

– 무슨 목마 말씀이세요?

– 여기 이 부근 동네 말이야. 가만히 둘러보아. 아이들은 참 많지? 하지만 아이들이 놀 수 있는 놀이터나 공원 같은 건 거의 없는 형편이잖아.

– 그래서 지금 설마 목마공원을 지으려는 건 아니겠죠?

– 그런 거야 자본금이 많은 사람이나 할 수 있는 거고, 내 말은 아이들이 타고 놀 수 있는 목마를 수레에 실고 다니면서 장사를 한다는 뜻이야.

– 아항!

그제야 어머니도 무슨 말인지 의미를 알아채곤 자신도 모르게 고개를 끄덕였다. 하지만 미간에 언뜻 불안의 그림자가 스쳐갔다.

– 위쪽에서는 더러 보았으니 알 거야. 왜 동네에 그런 거 끌고 다니는 사람 보았잖아. 그거 말이야. 그걸 해볼까 해. 마침 좋은 기회인 게, 큰 시장 부근을 돌아다니다 보니 그 이동식 목마가 턱 하니 팔려고 내놓은 게 눈에 띄잖아.

– 그래서 아까 기분 좋게 들어오셨군요.

어머니가 바느질에 열중하며 말했다.

– 뭐 그래서라기보다는……암튼 여기 아이들은 말이야, 어른들은 모두 돈 벌러 다니느라 바쁘지, 집에 식구는 많지, 아무도 제대로 아이를 돌보아줄 사람이 없는 실정이지 않아. 그럴 때 이 동식 목마가 있으면 좀 좋아. 아이들도 신나고, 어른들도 아이들 보기 편해서 좋고 말이야. 게다가 말이야. 목마 장사라는 게 목마수레만 있으면 따로 밑천이 더 드는 것도 아니고, 시간이 지난다고 목마가 상하거나 쉬어빠지는 음식도 아니니 얼마나 수월하고 좋아. 그냥 재미삼아 이리저리 끌고 다니면 되는 거야. 별 기술이 필요한 것도 아니고……

아버지의 말은 사회 공익적 측면에서는 사뭇 그럴 듯했지만 과연 수익성은 어떨지 의심스러웠다. 하지만 소년은 잠자코 있었다. 아버지의 흥분성 기쁨을 잠시라도 그냥 두는 게 가족으로서 좋은 일이었다. 어머니 역시 소년과 마찬가지 심정인가 보았다. 잠시 기묘한 침묵이 흘렀고, 결국 어머니가 입을 뗐다.

  ─ 그 장사하는 데에는 비용이 얼마나 드는 거예요?

  그렇게 이동식 목마는 소년의 집으로 오게 되었다. 철지난 냉차리어카를 넘겨주고 거기다가 웃돈을 얼마 얹어주는 형식이어서 그다지 큰 경제적 부담은 지지 않은 성싶었다.

  그날 소년은 아버지와 함께 이동식 목마를 가지러 큰 시장에 갔었다. 이동식 목마는 손수레에다 앞뒤로 길게 목재 뼈대를 덧대고, 그 위에 다섯 마리의 나무로 된 목마가 중심 크랭크축에 연결되어 수레 손잡이 아래쪽의 페달을 밟으면 다섯 마리의 목마가 차례대로 상하로 오르내리게 만든 이동식 놀이기구였다. 이전의 이동식 목마의 주인이었던 청년은 친구를 따라서 문경의 탄광으로 가게 되어서 아끼던 물건을 내놓았다고, 붕어빵 굽는 주물기계나 군고구마 굽은 드럼통, 리어카 등속의 중고품 장사 설비를 취급하는 가게의 사장이 친절하게 얘기해 주었다.

  이동식 목마는 생각보다 무거워서 혼자선 끌고 다니기가 벅찰 정도였다. 지난 주인인 청년은 힘이 좋아서 어쨌는지 모르지만 아버지 혼자 이 수레를 끌고 다닐 수 있을까 내심 걱정스러웠다.

  아버지와 소년이 함께 밀고 당기고 해서 집으로 끌고 온 이동식 목마는 곧 수리작업에 들어갔다. 아버지는 냉차리어카를 만들 때처럼 신이 나서 작업에 임했다.

  아버지는 먼저 꽁지가 빠져 검게 구멍 난 목마의 엉덩이엔 못 쓰는 검은 광목천을 잘게 잘라 붙여서 멋진 꼬리를 만들어 주었고, 귀가 떨어져 나간 목마에겐 마루 밑의, 뒤축이 찢어진 하얀 고무신짝을 꺼내어 알맞게 모양을 오려내어 달아주었다. 그다음 엔 지난번에 냉차리어카에 쓰고 남은 페인트를 꺼내어 낡아 칠이 조금씩 벗겨진 목마를 새로 칠했다. 목마는 모두 세 가지 색깔이었다. 검정색과 흰색, 그리고 밤색이었다. 각각의 목마 몸통에 멋지게 색칠을 하고 나니 정말 멀쩡하니 새 것이나 다름없었다.

소년은 언젠가 목마를 탔던 기억을 떠올렸다. 여섯 살 무렵인가, 벚꽃이 가득 핀 창경원이란 곳에 부모와 함께 가서 탔던 것이다. 그때는 커다란 회전판 위에서 빙빙 돌아가는 회전목마였다. 하지만 지금은 상하로만 올라갔다 내려오는, 앞으로는 전혀 나가지 못하는 앉은뱅이 목마였다.

― 진수야. 목마 한번 타 봐.

소년이 밖에서 딱지치기를 하다가 돌아온 동생에게 권하자, 동생은 시시하다는 듯 대답했다.

― 형은 내가 이런 것 타기엔 좀 나이가 많다고 생각지 않아?

아버지가 껄껄 웃으며 동생의 머리를 쓰다듬어 주었다.

― 암, 진수는 다 큰 아인데 그래.

― 치, 그리고 목마 치곤 너무 작아서 타기에 불쌍해.

마침 집으로 들어오던 어머니가 마당에 서 있는 세 명의 부자와 다섯 마리의 말이 얹혀 있는 목마 수레를 망연하게 바라보았다. 노을빛이 유난히 아름다운 저녁이었다.

겨울나기

첫 문장을 뭐라고 쓰는 게 좋을까.

소년은 또다시 머리를 긁적거렸다. 할 말이 엄청나게 많은 것 같았지만 막상 편지를 쓰려고 책상 앞에 앉으니 적당한 말들을 찾을 수 없었다.

편지 서두에 흔히 쓰는 '친애하는 분에게'라고 쓰기엔 너무 어른스런 냄새가 났고, 그냥 '안녕 하세요'라고 쓴다면 첫 편지치곤 평범하고 무성의한 느낌을 줄 것 같았다. 그렇다고 바람둥이처럼 '이름 모를 여학생에게'라고 쓸 수도 없었다.

초저녁부터 시작하여 벌써 수십 개의 이런저런 문장을 공책에 써보았지만 마음에 드는 건 하나도 없었다. 쓰레기통에 들어갈 파지만 잔뜩 생산될 뿐이었다. 세상의 숱한 연인들이 다들 어떤 식으로 편지를 주고받는지 새삼 경이로울 따름이었다. 연애란 결코 아무나 할 수 있는 건 아니라는 생각도 들었다. 형의 책꽂이에 꽂힌 《세계의 명시》라는 외국시집을 뒤적여 봤지만 별로 도움이 되지 않았다.

일전에 형이 영어작문 실력을 향상시킨답시고 하이틴 잡지 뒷

면에 실린, 캐나다의 몬트리올 어딘가 있다는 금발여인과 영어로
펜팔을 했던 게 설핏 기억났지만 그건 어디까지나 국제펜팔이었
다. 영어로 적당히 문장을 짜깁기하여 보내는 것과 옆 동네에 사
는 여학생에게 마음을 실은 연애편지를 보내는 것은 전혀 다른
차원의 일이었다. 그것도 소년으로선 생전 처음 이성에게 보내는
편지이기에 더욱 그랬다.

이미 편지봉투는 준비되어 있었다. 낮에 학교를 파하고 돌아온
동생을 문방구점에 보내어 편지봉투를 사 오라고 시켰던 것이다.

히힝, 내가 가서 우리 형이 연애편지를 쓰려고 한다니까 문구
점 주인이 그걸 주던데.

동생 진수가 사 온 것은 연한 핑크색지에 자잘한 꽃무늬가 인
쇄된 편지지와 봉투였다. 색깔이 좀 낮 뜨겁긴 해도 여학생들이
좋아할 듯한 그런 편지지였다. 왜 이런 걸 사왔느냐고 묻자 동생
이 무얼 안다는 듯 의미심장한 미소를 띠고 대답했다. 다른 건 몰
라도 그런 눈치 하나는 빠른 진수였다.

먼저 시를 한 수 쓴 다음에 내용을 쓰는 건 어떨까. 예전에 형
이 즐겨 읽었던 황동규의 〈즐거운 편지〉라든지 아니면 우체국에
서 당신에게 편지를 어쩌고 하는 유치환의 〈행복〉이란 시를 서
두에 쓰고 내용을 쓰는 것도 괜찮지 않을까 싶기도 했다.

잉크병에 펜을 적시며 소년은 일전에 보았던 단발머리 여학생
의 얼굴을 다시 머리에 그려보았다. 복숭아처럼 희고 동그란 얼
굴에 겁을 먹은 듯 크고 흑백이 분명한 눈동자를 가진 중학교 3
학년 여학생.

그녀를 처음 본 것은 일주일쯤 전이었다. 석양 무렵에 책을 빌리려고 삼거리의 대본소로 가다가 우연히 길에서 보게 된 여학생이었다.

약간 날씬한 체격에 하얀색 상의에 검정 반치마를 입은 그녀의 첫 모습을 보자 소년은 일순에 마음이 동요되는 걸 느꼈다. 그녀는 분명 다른 여학생과 무엇인가 달랐다. 양 갈래로 땋아서 묶은 머리 아래 드러난 여리고 하얀 목덜미 때문인지, 아니면 변두리 동네 여학생들과 다른 정갈하고 깔끔해 뵈는 태도 때문인지 모르지만 아무튼 그녀는 소년이 그리던 이상적인 여인의 모습과 닮아 있었다.

그 여학생은 여름내 마음을 뒤숭숭하게 만들었던 선이누나에 비해 비록 성숙한 아름다움은 부족했지만 그 대신 여학생 특유의 청순미가 있었다. 게다가 앞집 부뜰이처럼 은근히 남자를 밝히는 그런 앙큼한 구석도 없어 보였다.

또 따져보면 그 여학생이 소년보다 한두 살 많은 셈이 되겠지만 그 부분이 오히려 마음에 끌렸다. 자신과 정신적으로 어울리는 상대라면 아무래도 두세 살 정도 많은 게 좋았다. 소년의 기준으론 비슷한 나이 또래의 여학생들은 아직 어린티를 벗지 못한 철부지 계집애일 따름이었다.

다음 날 소년은 여학생을 만났던 그 시간에 즈음하여 삼거리로 나갔다. 하지만 아쉽게도 허탕이었다. 혹시 그녀가 어쩌다 우연히 그곳을 지나친 사람이 아닐까 의심스러웠지만 그렇다고 포기할 수는 없었다. 그다음 날은 조금 시간을 앞당겨 나갔고, 한 시간 넘게 그 부근을 서성거리다가 맥없이 돌아왔다.

사흘째, 이제 마지막이란 생각으로 나가서 삼십여 분을 기다린 끝에 비로소 그 여학생이 자주색 책가방을 들고 오는 모습을 볼 수 있었다. 멀리서 걸어오는 그녀를 보는 순간 소년의 심장은 가슴을 뜯고 나올 것처럼 심하게 쿵쾅거렸다. 사흘에 걸쳐서 그녀를 생각한 다음이어선지 석양을 배경으로 한 그녀의 모습이 더욱 예쁘고 의미 있어 보였다.

만나면 어떤 말부터 건넬까 하며 며칠간 궁리해두었던 수많은 말들이 그녀의 모습을 보는 순간 홀연히 사라지고 말았다. 모든 언어들이 남루하고 유치하게 여겨졌고, 자칫 잘못 말을 걸었다간 시시껄렁한 불량 청소년으로 낙인찍히지는 않을까 하는 걱정이 앞섰다. 머뭇대는 사이에 여학생은 소년의 앞을 지나쳐갔다. 소년은 무수한 인사말을 머릿속에 만들어보며 멀찍이 거리를 둔 채 여학생의 뒤를 좇았다.

소년의 절실한 마음은 아랑곳없이 여학생은 뒤도 한 번 돌아보지 않고 곧장 집으로 향했다. 그녀가 들어간 집은 소년이 큰 시장으로 가기 위해 가끔 지나치곤 하던 약국 옆의 붉은 벽돌집이었다. 여학생이 철문을 두드리자 안에서 아낙의 응답소리가 들렸고, 곧 그녀는 철문 안으로 모습을 감추었다.

대문간을 서성이던 소년은 여학생에게 편지를 쓰기로 작정했다. 다른 것보다 그게 자신의 마음을 전달하기에 가장 효과적일 것이라고 여겨졌다. 그렇게 연애편지를 쓰게 되었지만 막상 편지를 써보니 보통 어려운 게 아니었던 것이다

펜대를 잡고 끙끙대고 있으려니 문득 공부방 방문이 열리면서 어머니의 얼굴이 나타났다. 소년은 얼른 쓰던 편지를 서랍 속으로 밀어 넣었다. 그리고 책상 위에 펼쳐둔 다른 책을 집어 들었다.

– 뭐하고 있었니?

소년의 황망한 태도를 수상쩍게 여긴 어머니가 물었다.

– 그냥 아무것도 아니에요.

– 싱겁기는.

어머니가 탐색의 눈길을 거두며 말했다.

– 나가서 아버지 좀 찾아봐라. 열 시가 다 됐구나.

– 찾으면 뭘 해요. 보나마나 또 요 아래 술집에 있을 건데요.

자신의 시간을 방해받은 것에 짜증을 내던 소년은 어머니의 정색한 눈길을 보고 입을 다물었다. 지난번에 어머니가 했던 말이 떠올랐던 것이다.

어른들도 가끔씩은 외롭고 힘든 날이 있단다. 너도 나중에 어른이 되면 지금 심정을 이해할 날이 있을 거야.

언젠가 그날도 늦은 시간에 아버지를 찾아오라는 어머니의 당부에 부아가 치민 소년이 사업을 망친 뒤로 자주 술집에 나다니는 아버지를 비난하는 투로 말하자 문득 쓸쓸한 얼굴이 된 어머니가 한 말이었다. 그게 어머니 자신의 속내를 이야기한 건지, 그즈음 아버지의 심정을 대변한 것인지 아리송하기만 했다. 아무튼 어머니의 속을 상하게 한 건 분명했다.

– 찾아서 집으로 오시라고만 하면 되요?

마루에서 신발을 찾아 신으며 소년이 물었다.

─ 그래. 등 뒤에서 어머니가 대답했다.

마당에 내려설 때 누군가 대문 안으로 들어섰다. 옆방의 선이 누나였다. 긴 생머리에 흰 운동화를 신은, 언제나 한결같은 모습이었다. 보나마나 공장에서 잔업을 마치고 돌아오는 길일 터였다. 하얀 얼굴이 오늘따라 더욱 창백하게 보였다.

소년을 본 그녀가 미소를 띠며 가볍게 고개를 끄덕였다. 소년 역시 가벼운 목례로 인사를 대신하고 그녀 곁을 스쳐 골목으로 나섰다. 지난여름에 그녀와 이상한 사건이 있고부터 선이누나가 소년을 볼 때 어쩐지 어렵고 망설이는 눈빛이었고 소년 역시 딴전을 피우는 식으로 서로를 대해왔던 것이다. 언젠가 어머니가 사람은 한 번 멀어지면 아예 모르는 사람보다 못하다고 했던 말이 맞는가보았다.

바깥은 어둠이 깊었고, 기온 역시 쌀쌀해져 있었다. 가을이 오면서 하루가 다르게 날씨가 차가워지는 중이었다. 소년은 주머니에 손을 찌르고 골목길을 내달았다. 담 밑을 서성이던 시커먼 쥐가 인기척을 느끼고 달아났다. 어디선가 개 짖는 소리가 허공을 텅텅 울렸다.

철길 건널목 네거리에 있는 이모집엔 아버지가 없었다. 아마 큰길 부근에 있는 니나노 술집으로 간 성싶었다.

시내로 이어지는 큰 도로 어귀에서 가지를 치고 뻗은 좁고 후줄근한 골목이 있었다. 그 골목 안쪽으로 십여 채 가량 양편으로 줄지어 늘어선 술집을 사람들은 속칭 니나노 집으로 불렀다. 매미라고 불리는 술집작부들이 닐리리야, 닐리리야 니나노 하는 노래를 한다고 해서 붙여진 이름이라고 했다.

니나노 술집 골목엔 이미 집집마다 술판이 떠들썩하게 벌어져 있었다. 처마에 삼십 촉 알전구가 내걸린 좁다란 골목에는 주모가 화덕을 꺼내놓고 꽁치를 굽거나 지짐을 부치느라 부산스러웠다. 막걸리 냄새에 기름진 음식 냄새, 그리고 매캐한 연기와 남녀의 노랫가락이 뒤범벅이 되어 골목 전체가 여름날의 벌집처럼 흥청거렸다.

– 어이, 학생도 술 생각이 나서 왔어?

어깨를 흔들거리며 골목을 빠져나오던 중년의 취객이 소년에게 농담을 던졌다. 소년은 못 들은 척 걸음을 빨리 해서 골목 안쪽으로 들어갔다. 술집 바깥에 나와 서 있던 어린 여자 하나가 소년에게 미소를 보냈다.

예상대로 '목포주점'이란 술집 유리문 안에 흰색 셔츠를 걸친 아버지의 등판이 보였다. 소년은 주점 옆의 전봇대에 붙어 서서 내부의 상황을 살폈다.

수육, 곰장어, 빈대떡, 파전 따위의 안주 이름이 줄줄이 적혀 있는 격자 유리창 안의 술집에는 탁자를 사이에 두고 네 사람이 마주앉아 있었다. 아버지와 낯선 중년남자, 그리고 노랗고 빨간 한복 차림의 젊은 여자 둘이었다. 마침 아버지는 나무탁자를 두드리며 노래를 부르고 있었고, 동석한 사람들은 젓가락으로 장단을 맞추고 있었다. 분위기가 몹시 화기애애해 보였다.

그 모습에서 소년은 사흘 전 오전나절에 어머니가 장롱을 뒤져서 단 한 벌 뿐인 겨울 모피외투를 나일론 보자기에 싸서 가지고 나간 일을 상기했다. 모르긴 해도 생활비가 모자라서 시내 전당포에 잡히거나 팔러 간 것이 분명했다. 돌아올 때 어머니의 손엔 외투를 싼 보퉁이 대신 약간의 반찬거리만 들려 있을 뿐이었으니까.

오늘 저녁만 해도 그랬다. 뒤주로 쓰는 독에 쌀이 떨어진 것을 안 어머니는 소년에게 백 원을 주고 건널목 네거리의 두꺼비집에서 한 되들이 봉지쌀을 사 오게 했다. 예전에는 아무리 적어도 한 말은 너끈히 사다놓고 먹던 살림이었다. 그만큼 요즘 집안 형편이 쪼들린다는 증거였다. 더욱이 이제 얼마 지나지 않아서 추석이 닥쳐오고, 겨울에 먹을 김장과 연탄을 준비해야 할 시기였다. 형 역시 며칠 전에 지난 달 학비가 밀렸다고 투덜대지 않았던가.

그런 생각이 들자 아버지에 대한 적지 않은 실망감과 함께 배신감마저 치밀었다. 두 번의 연이은 사업 실패로 인해 아버지가 받은 심적 타격이 어느 정도일지는 대강 짐작하고 남았다. 하지만 그렇다고 집안은 내팽개쳐두고 걸핏하면 술집에서 세월을 보내는 건 무슨 놀부 심보란 말인가.

그 경위야 어떻게 됐건 냉차장사에 이은 이동식 목마사업을 망친 사람은 바로 아버지 자신이었다. 다른 누구에게 책임을 물을 수 있는 일이 아니었다. 그런 마당에 혼자 괴로운 채 술집을 드나들며 작부들과 술 마시고 노래하며 노는 건 정말 방탕하고 무책임한 일이 아닐 수 없었다.

신이 나서 시작했던 아버지의 목마사업은 시작한지 채 한 달도 지나지 않아 슬슬 망조를 보이기 시작했다. 우선 손님이 없었다. 하루 종일 말이 다섯 마리나 실린 무거운 목마수레를 끌고 이 동네 저 동네를 돌아다녀봐야 목마를 타는 아이는 고작 몇 명뿐이었다.

변두리 동네라는 것이 대부분 부모들이 일을 나가고 없는 빈한한 가정들이어서 돈을 내고 아이들을 목마에 태워줄 사람은 없는 형편이었다. 설령 보호자가 있다 한들 가난한 동네에선 아이들끼리 잘들 노는 법이어서 굳이 목마를 탈 필요도 없었고, 아이들이 노는 일에 돈을 낭비할 만큼 마음씨 좋은 부모도 없었다. 아버지가 장사를 계획하면서 저 위쪽처럼만 여겼던 게 잘못이었다. 정확히 표현하자면 이용자 수요예측이 어긋났던 것이다.

시일이 흐르면서 아버지는 점점 지치기 시작하는 눈치였다. 하루 밥값도 못 되는 수입도 그렇지만 무거운 수레를 종일 혼자서 끌고 다니는 것도 큰 부담이 되었을 것이다. 처음 장사를 시작할 당시의 희망과 하늘을 찌를 듯한 용기는 어디로 사라졌는지 집으로 돌아올 때 아버지의 모습은 전쟁에 진 패잔병이나 진배없었다.

그러던 어느 날이었다. 아침에 나간 아버지가 저녁 늦게까지 돌아오지 않았다. 어디서 술 한잔 마시고 올려나 했지만 저녁상을 물린 뒤 한참이 지나서도 아버지는 모습을 보이지 않았다. 걱정이 앞선 어머니가 멀리 동네 어귀에까지 아버지를 마중 나갔지만 밤 열 시가 넘도록 아버지는 돌아오지 않았다.

어디 사고라도 났는가 싶어서 파출소라도 찾아가 봐야 하나 발을 굴리고 있을 때야 잔뜩 취한 아버지가 동네 입구의 방범등 아래로 휘청거리며 돌아왔다. 아침에 끌고 나간 목마수레는 어디로 갔는지 보이지 않았다.

오늘 목마를 팔아서 술 한잔 마셨지. 다섯 마리 몽땅 말이야.

비틀대던 아버지가 손가락 다섯 개를 펴 보이며 어머니에게 말했다. 술이 과했는지 혀마저 꼬부라진 음성이었다.

그러다 몸 상할까 걱정이에요. 대강 드시지 않고.

그 말 뿐으로 어머니는 더 이상 가타부타 얘기를 꺼내지 않았다. 시작할 때와 달리 왜 일언반구 의논도 없이 장사 밑천을 팔았느냐 라거나 얼마에 팔았느냐는 식의 기본적인 질문조차 하지 않았다. 어쩌면 어머니는 조만간 이런 날이 오리라는 걸 미리 예견하고 있었는지도 모를 일이었다.

그날 이후로 아버지는 꽤나 의기소침해진 것처럼 보였다. 양어깨가 접은 우산처럼 아래로 쳐졌고, 표정에도 전에 없던 그늘이 져 있었다. 걸핏하면 마루에 앉아서 줄담배를 피워댔고 평소보다 웃음도 적어졌다. 없는 형편에 두 번씩이나 실패를 거듭하자 적지 않은 정신적 충격과 부담을 느낀 모양이었다.

그 뒤로 아버지는 저녁 무렵이면 슬그머니 집을 나갔다. 그리고 나중에 찾아보면 대개 이모집이거나 목포주점 같은 술집에 퍼질러 있곤 했다. 어머니에게 술값 좀 내놓으라며 윽박지르듯 한 적도 몇 번이나 있었다. 모르긴 해도 이곳저곳 술집에 깔아놓은 외상값도 적지 않을 듯했다.

저러다가 술꾼이나 안 되려는지 걱정이다.

얼마 전인가 해가 짧아져서 어둑해진 이른 저녁에 슬며시 집을 빠져나가는 아버지의 뒷모습을 지켜보던 어머니가 근심스레 던진 말이었다.

－ 오라버니 최고야. 앙코르!

여자의 코맹맹이 탄성에 맞춰서 아버지의 십팔번이 한 곡 더 이어졌다.

－ 헤어지기 섭섭하여 망설이는 나에게 굿바이 하며 내미는 손, 검은 장갑 낀 손…….

몇 번이나 술집으로 아버지를 찾아다니면서 소년은 아버지의 노래실력이 보통이 아니라는 사실과 아버지의 애창곡이 무엇인지 대충 알게 되었다. 아버지의 십팔번 노래는 〈서울야곡〉과 〈인도의 향불〉, 〈사막의 한〉 등 오래된 가요들이었다. 형에게는 취미로 기타조차 치지 못하게 하던 아버지가 언제 그처럼 노래 실력을 갖추었는지 그 전력이 의심스러웠다.

아버지의 애창곡 중의 하나인 〈검은 장갑〉이란 노래가 끝이 났다. 소년은 아버지가 다시 술잔을 기울이는 것을 보며 망설였다. 술집 문을 열고 어머니가 찾아 오랬다는 말만 전하면 그걸로 그만이었다. 집으로 가고 안 가고는 전적으로 아버지의 판단 여부에 달려 있었다.

따져보면 사실 어머니가 술집으로 아버지를 찾으러 보내는 일도 꼭 본인을 찾아오라기보다 한 집안의 가장으로 밤이 깊었으니 귀가하라는 뜻과 함께, 그냥 안위가 걱정되어 의례적으로 보내는 것이지, 필히 집으로 오라는 주장이나 압력은 아니라는 사실을 은연중 느끼고 있었던 것이다.

－ 오, 문수냐. 거기 서 있지 말고 이리 좀 오너라.

소년을 본 아버지가 썩 반갑게 말했다. 술에 취해서 기분이 좋은 건지 분위기에 취한 건지 약간 들뜬 모습이었다. 여느 때 같으면 알겠으니 먼저 가 기다리라는 대답만 했을 터였다. 뜻밖의 태도에 어리둥절해하는 소년을 아버지는 탁자 건너편의 처음 보는 중년남자에게 인사를 시켰다.

　－인사 드려라. 아버지 새로운 친구 분이시다.

　남자는 고급스런 밤색 세무점퍼를 걸치고 있었지만 염소처럼 삼각형의 턱에 얇은 입술을 가지고 있어서 어쩐지 시장의 야바위꾼처럼 가벼워 보이는 인상이었다. 게다가 왼눈에 백태가 끼어서 건너오는 눈길이 편안하지 않았다.

　－바로 얘가 우리 집 둘째 아들놈입니다. 다른 건 몰라도 성품 하나는 착실한 편이지요.

　아버지가 다정하게 소년의 등을 두드렸다. 소년이 꾸벅 인사를 올렸다.

　－헤헤, 학생이 키도 크고 잘 생겼군요.

　과장스럽다 싶을 만큼 쾌활한 태도로 남자는 점퍼 안주머니에서 지갑을 꺼내더니 푸른 백 원짜리 지폐 석 장을 소년에게 선뜻 내밀었다. 곁에 있던 여자들이 짐짓 부러운 시선을 던졌다. 자장면 세 그릇은 사 먹을 수 있는, 소년에겐 큰돈이었다.

　－자, 용돈으로 써라.

　소년이 사양하자 남자는 억지로 점퍼 주머니에 찔러 넣어주었다. 소년은 낯선 남자의 선심이 부담스럽기도 했지만 내심 적지 않은 공돈이 생긴 게 적잖게 반가웠다.

　－황형, 아이에게 무얼 그리 돈을 주십니까?

말은 그렇게 했지만 아버지는 흐뭇해하는 얼굴이었다.

— 헤헤, 얼마 안 되는 돈을 갖고……그건 그렇고 김형, 앞으로 우리 한번 잘해 봅시다. 그런 의미에서 기분 좋게 한잔 돌립시다.

남자가 헤헤거리며 대꾸했다. 소년은 아버지가 황씨 남자와 모종의 일을 꾸미고 있다는 걸 알았지만 무엇을 어떻게 동업한다는 것인지 알 수 없었다. 암튼 아버지가 새로운 시도를 꾀하고 있다는 사실만큼은 분명해 보였다.

술집에서 본 황씨 남자가 소년의 집으로 찾아온 것은 다음 날 저녁밥 지을 시간이 다 되었을 무렵이었다. 마침 소년은 동생 진수를 꼬드겨서 바깥으로 나가려던 참이었다.

소년은 이틀에 걸쳐 편지를 쓰고 또 고쳐 쓴 끝에 마침내 첫사랑의 연서를 완성했다. 하지만 문제는 편지의 전달이었다. 주소를 알아내어 편지를 부칠까 생각했지만 아무래도 마음이 놓이지 않았다. 소년의 솔직한 고백이 담긴 편지를 부모나 다른 사람이 멋모르고 뜯어볼 수도 있었다.

그렇다고 직접 여학생을 만나서 편지를 건네주기엔 용기가 나지 않았다. 궁여지책으로 생각해낸 게 동생 진수를 시켜서 하굣길의 여학생에게 편지를 전달하는 방법이었다.

그런 방면에 남달리 눈치 빠른 동생은 편지의 중요성을 간파했고, 쉽사리 부탁을 들어주려 하지 않았다. 거긴 길을 잘 모른다든가 여학생에게 괜한 꾸지람을 들을 수도 있다던가 하는 얄팍한 핑계를 덧붙였다. 결국 그즈음 동네아이들 사이에 유행하는 가오리연을 하나 만들어준다는 약속을 받아내고서야 우편배달부 노룻을 맡기로 수락했던 것이다.

편지를 전해줄 여학생을 동생에게 알려주기 위해 함께 마루에
나왔을 때였다.

점심을 먹은 뒤 볼일이 있다며 나갔던 아버지가 얼마간 취기가
감도는 얼굴로 함석대문을 들어섰다. 중절모를 쓴 아버지의 뒤에
는 어젯밤 술집에서 본 남자가 회색 체크무늬 양복 차림으로 어
정쩡하니 서 있었다. 소년의 인사를 받은 남자는 예의 가벼운 웃
음을 헤헤거렸다.

어머니가 앞치마에 손을 닦으며 마당에 나와서 손님을 맞이했
다. 오후에 손님이 올지 모른다는 아버지의 말에 일찍 집으로 돌
아와서 부엌에서 술안주를 장만하고 있었던 것이다.

─ 헤헤, 반갑습니다. 제수씨. 생각대로 역시 미인이십니다.

어머니를 본 남자가 처음 던진 말이었다. 어머니는 그 말에 약
간 무춤하는 눈치였다. 아니, 어쩌면 처음 보는 남의 부인에게
지나치게 너스레를 떠는 남자에게 경계심을 느낀 건지도 몰랐다.

─ 제수씨가 맞네. 이 황형이 나보다 두 살이 많거든.

아버지가 썩 나서며 분위기를 고쳤다. 아버지는 전에 없이 활
기가 차 보였다. 지난 목마사업 이후에 처음 보는 모습이었다.

─ 문수야, 넌 가게 가서 술 좀 받아오너라.

정색한 어머니가 곁에서 지켜보던 소년에게 말했다.

큰방의 벽시계가 네 점을 쳤을 때 대문 바깥에서 칼칼한 아낙
의 목소리가 들렸다. 공부방에서 동생과 함께 일전에 동생에게

약속했던 연을 만들고 있던 소년은 귀를 세웠다. 가끔씩 어머니와 얘기를 나누기 위해 들르곤 하는, 시장에서 고등어나 갈치 따위의 생선을 파는 정식이 엄마나 일곱 살짜리 아들 하나 데리고 혼자 산다는 태호 엄마는 아닌 듯했다.

 – 요기가 김문수라는 학생집이 맞는 거여?

 – 그런데요?

드르륵하며 큰방 미닫이문이 열리는 소리가 났고, 방에서 일을 하던 어머니가 마루로 나서는 소리가 들렸다. 소년은 손에 들고 다듬던 대나무살을 던져두고 자리에서 일어났다. 아무래도 낌새가 수상했다. 분명 아낙은 자신의 이름을 대고 있었다.

 – 무슨 일인데 그러시죠?

어머니의 물음에 아낙의 말투가 거칠어졌다.

 – 이걸 보시오. 이게 뭔 줄이나 아능교? 그 문순가 뭔가 하는 학생이 우리 딸내미에게 보낸 거여. 한창 공부할 학생들이 이따위 얄궂은 연애 편지질이나 해서야 쓰겠소?

 – 연애편지 말이세요?

뜻밖의 상황에 당황한 듯 어머니의 말꼬리가 올라갔다.

 – 오라, 니가 이 편지를 보낸 김문수인가 뭔가 하는 그 학생인가 보네.

공부방을 나서는 소년을 발견한 아낙이 사냥감을 찾아낸 몰이꾼처럼 날카로운 눈길을 모았다. 사십 후반의 아낙으로 붉은 스웨터에 속칭 몸뻬를 입고 있었는데 가르마가 드러나도록 쪽진 작은 얼굴이 전체적으로 신경질적인 생김새였다.

－ 이게 학생이 보낸 편지 맞제?

아낙의 손에 들려 펄렁대는 연분홍빛 편지봉투를 보는 순간 소
년은 당장 세상 바깥으로 도망치고 싶은 심정이었다. 이틀 전 진
수를 시켜 여학생에게 전달케 한 편지가 틀림없었다.

아낙은 일단 어머니에게 공격의 화살을 겨누었다.

－ 어제 우리 연이가 이 편지를 내어줍디다. 어떤 남학생이 자
기에게 편지를 보낸다꼬. 그래서 주소를 물어물어 여까지 찾아
온 기요. 아니, 아직 머리에 피도 안 마른 학생들이 여학생들에
게 편지질이나 하는 건 대체 어디서 배워먹은 못된 짓거리요, 짓
거리가.

여학생의 답장을 기다려 집주소를 안에 적은 게 아낙이 집을
찾아올 단서를 제공한 것 같았다. 소년은 불현듯 얼굴이 화끈거
려서 견디기 힘들었다. 어머니 얼굴 보기가 민망스러웠다. 그리
고 그와 반대로 돌연 여학생에 대한 미움이 솟구쳤다. 자신이 밤
새 써서 보낸 귀중한 편지를 아낙에게 덜렁 내어준 그 여학생의
몰지각하고 유아적인 행위에 치가 떨렸다.

－ 어디 그 편지를 좀 볼 수 있을까요?

어머니가 딱딱하게 말했다. 어머니의 기세에 놀란 아낙이 머뭇
대며 편지를 내밀자 어머니는 편지를 대강 읽고는 얼굴에 노기를
잔뜩 띠었다. 그리고 문수를 향해 다가왔다.

－ 너, 이 편지 네가 쓴 편지 맞니? 맞아, 아니야?

노기를 띤 어머니가 손에 든 편지를 흔들며 소년에게 심문이나
하듯 따져 물었다. 하지만 소년은 어머니가 지금 눈빛을 통해 무

언가 다른 것을 말하고 있다는 것을 알았다. 그게 무엇인지 소년
은 가족들만 가지는 오랜 유대감으로 익히 눈치챌 수 있었다.

　－모르겠어요. 괜히 나만 갖고…….

　몹시 화가 난 것처럼 버럭 소리친 소년은 곧장 어머니를 지나
쳐서 대문 밖으로 달려 나갔다. 뒤편에서 어머니의 화난 음성이
들려왔다.

　－저 녀석이. 어서 썩 돌아오지 못해.

　집을 뛰쳐나왔지만 막상 갈 데는 없었다. 병태의 집으로 가볼
까 했지만 요즘 외항선원인 형이 돌아와 있는 탓에 소년과 놀아
줄 시간이 별로 없었다. 또 지금의 기분으로는 누굴 만나고 싶지
도 않았다. 소년은 천천히 걸어서 동네 뒤편의 보리밭으로 갔다.

　시월의 보리밭은 버림받은 물건처럼 황량하게 비어 있었다. 철
지난 코스모스가 듬성듬성 피어 있는 벌판가로 쌀쌀한 바람이 불
어갔다. 얼마 전까지만 해도 하늘을 가득 수놓았던 고추잠자리는
모두 사라지고 한 마리도 보이지 않았다.

　소년은 밭두렁에 걸터앉아 저무는 하늘을 바라보았다. 하늘은
남빛으로 저물고 있었고 하루 일과를 마감한 제비 무리가 전선에
줄지어 앉아서 재잘대고 있었다. 아마 얼마 지나지 않아서 모두
저 먼 강남이란 곳으로 날아갈 것이다.

　곰곰 생각해도 소년은 여학생의 태도를 이해할 수 없었다. 싫
으면 그냥 편지를 없애버리면 그만이지, 남의 속마음까지 드러낸
글을 덜렁 제 엄마한테 넘겨주는 건 대체 무슨 억하심정이란 말
인가. 그만한 나이에 그 정도 에티켓도 배우지 못한 것일까. 아

니면 연애편지를 보내는 자신을 혼내주려고 그런 것인지 도무지 해답을 얻을 수 없었다. 아무튼 여학생의 소행이 몹시 얄밉고 서운했다. 세상에 홀로 떨어져 나온 듯한 고독감이 느껴졌다. 이대로 훌쩍 아무도 모르는 세상으로 떠났으면 좋겠다는 생각마저 들었다.

– 여기에 있을 줄 알았어.

인기척에 돌아보니 동생 진수가 웃음을 참는 이상한 표정으로 다가왔다. 딴에는 형이 연애편지 사건으로 대문 밖으로 줄행랑치던 모습이 우스웠던가 보았다.

– 집은 어떻게 되었어?

– 걱정 마. 다 끝났으니까. 그 억센 아줌마도 한참 떠들다가 돌아갔어. 어머니가 형을 찾아서 함께 저녁 먹으래. 우리 저녁 먹고 연이나 마저 만들자, 응?

동생의 표정으로 보아 소년이 도망친 뒤 별 탈은 없었던 모양이었다. 소년은 엉덩이를 털고 일어섰다. 그리고 보니 점심도 별로 먹지 않은 탓에 잔뜩 배가 고팠다.

– 너, 연애편지 제법 쓰더구나.

큰방에 밥상을 들고 들어오며 어머니가 말했다. 입가에 장난스런 미소가 어려 있었다. 아까 집으로 들어올 때는 평상시처럼 아무런 표정의 변화가 없던 어머니였다.

– 어디서 베낀 거니?

– 베끼긴 누가 베껴.

수저를 집던 소년이 퉁명스럽게 말했다.

－그건 아무래도 좋아. 그런데 여학생을 사귀려면 좀 골라서 사귀던지 해. 무슨 난리라도 난 것처럼 호들갑을 떨며 쫓아온 그 아낙의 딸이라면 안 봐도 뻔하지. 그 나이 학생들이 이성에 관심을 갖는 거야 당연한 걸 가지고 어른이 하는 행세하고는 쯧쯧.

－엄마한테도 막 소리치며 대들던 걸.

밥을 먹던 동생이 한 수 거들었다.

－차라리 잘되었지. 문수 너도 그런 집 딸이라면 아예 사귈 생각 말아라. 장모보고 딸 고른다는 말도 있잖니. 남학생이 보낸 편지를 달랑 부모에게 갖다 바치는 한심한 계집애가 어디 있니? 그리고 여자 사귀는 건 나중에 해도 충분해. 그건 그렇고 만약 아까 낮에 아버지가 계셨으면 큰 야단이 내렸을 거야. 나이도 어린 게 벌써부터 여자와 연애질이나 하려고 든다고 말이야.

소년은 어머니의 그 말에서 큰 위안을 얻었다. 이어 소년은 다신 그런 꽉 막힌 계집애에게 편지 보내는 일 따위는 하지 않겠다고 마음속으로 다짐했다. 그러다가 문득 세상에 단 하나의 제 편이 남아 있다면 그건 어머니일 거라고 생각했다. 그런 상념 끝에 갑자기 목이 막혀왔다. 소년은 대접의 물을 마시며 나중 애인을 찾는다면 어머니를 닮은 여자를 선택해야겠다고 제법 진지하게 결정을 내렸다.

아버지가 경찰서에 잡혀갔다는 소식을 들은 것은 겨울을 재촉하는 가을비가 내린 시월 마지막 주말이었다. 날씨는 쌀쌀했지만 비가 온 뒤라 하늘이 시리도록 맑고 햇살이 고운 날이었다.

소년은 만수라는 친구 집에 놀다오던 길이었다. 추석을 전후로 어머니는 집에 수동식 일제 중고 재봉틀 한 대를 할부로 사들였다. 따라서 어머니가 집에서 일하는 시간이 전보다 늘어났고, 덕분에 오전 나절에는 가끔씩 집을 비워도 괜찮아진 것이다.

— 형아, 큰일 났어. 아버지가 형사들에게 잡혀갔대.

큰방에 혼자 우두커니 앉아 있던 동생이 소년의 기척을 듣자 구르듯 마루로 나와 난데없는 말을 전했다.

— 엄마도 아까 그 때문에 경찰서로 가 본다고 나갔어.

동생에게 집을 잘 지키고 있으라는 당부를 남기고 소년은 아버지가 일하던, 국수공장 뒤편의 제분소를 향해 뛰어갔다.

달리는 동안 생각해봐도 아침까지만 해도 아무 탈 없이 멀쩡하게 출근했던 아버지가 형사들에게 잡혀갔다는 말이 실감나지 않았다. 소년의 짐작에 아버지가 누구와 싸움질을 할 리도 없었고, 설혹 하더라도 맞으면 맞았지 남을 두드려 팰 성품은 못 되었다. 그렇다고 가족 몰래 사기를 쳤거나 나쁜 짓을 했을 성싶지도 않았다.

혹시 여기로 이사 오기 전에 있었던 사건 때문이 아닐까.

소년은 지난 이월에 잠결에 들은, 아버지가 처녀를 건드린 일로 도망치듯 이 낯선 도시 변두리로 오게 된 일을 기억해냈다. 하지만 그건 벌써 일 년 가까이 지난 사건이었다. 그 일로 형사들이 여기까지 찾아와서 아버지를 잡아갔다고는 믿기지 않았다.

평소 환한 햇살 아래 기저귀처럼 가지런히 국수발이 널리곤 하던 국수공장 뒤편으로 돌아가자 누렇게 마른 잡초들로 어수선한 공터 가장자리에 제분소가 보였다. 추석 지나서 아버지와 황씨가 오래 전에 비워둔 폐가를 들어내고 그 자리에 각목으로 기둥을 세우고 낡은 함석 슬레이트로 얼기설기 지은 열 평 남짓한 제분소였다.

함석으로 된 제분소 문은 자물쇠로 굳게 잠겨 있었다. 무슨 일이 난 건 분명했다. 예전 같으면 아버지가 바쁘게 기계로 빻아낸 고춧가루를 포대에 담아내고 있어야 할 터였다. 소년은 좁은 문틈에 눈을 가져다 대고 제분소 내부를 살펴보았다.

불이 꺼져 어둑어둑한 제분소 안에는 고추를 빻는 기계만 두 대 덩그러니 놓여 있었다. 그 앞에 작업하다가 놓아둔 것으로 보이는 몇 개의 큰 나무통이 보였고, 말린 고추가 담긴 포대자루 수십 개가 한쪽 벽에 쌓여 있을 뿐이었다. 안을 살펴보는 사이에 후각에 맵싸하니 고추냄새가 맡아졌다.

아버지가 니나노 골목의 목포주점에서 우연히 만난 황씨와 제분업 일을 시작한 것은 추석을 지나고 나서였다.

황씨는 말린 고추를 수매해 고춧가루로 만들어 시장에 대주는 제분업자라고 자신을 소개했다. 이번 가을에 마침 제분소를 지을 적당한 장소를 물색하던 차에 재수 좋게 술집에서 아버지를 만나게 되었다고 했다. 마침 일손이 필요하던 차라고도 했다.

두 사람은 곧 함께 일을 시작했다. 황씨가 시외의 농가를 찾아다니며 말린 고추를 수매하고 또 빻아낸 고춧가루를 시장에 내다 팔기로 하고, 아버지는 수매해 온 고추를 제분소 기계에 넣고 빻아서 포대에 담아내는 작업을 맡기로 했던 것이다. 제분소는 동네에서 가까운 국수집 뒤편의 빈터에 짓기로 했다.

처음엔 긴가민가하며 일을 시작한 아버지도 시간이 지나면서 차츰 일에 신명이 붙는 모양이었다. 그도 그럴 것이 가을 김장철을 맞아 시장의 고춧가루가 품귀현상을 보이는 터에 황씨가 내다 파는 고춧가루 가격이 시중가격 보다 10% 이상 싸서 날마다 소매상의 주문이 쇄도할 지경이었던 것이다.

처음 열흘치 수익금을 받아들고 집으로 온 아버지는 얼굴이 상기될 정도로 고무되어 있었다. 아버지는 그 돈 전액을 선심이나 쓰듯 어머니에게 내밀었다. 아버지로선 장 목수와 일을 할 때 받은 노임 이후로 제일 많이 벌어온 돈이었다.

아주 괜찮은 사업 같아. 열심히만 하면 돈도 꽤 벌 수 있겠어.

냉차장사와 목마수레에서 처참한 실패를 맛본 아버지로선 이번의 고춧가루 제분사업에 큰 기대를 거는 눈치였다. 입에 침이 마르도록 황씨의 수완이 대단하다고 칭찬을 하는 것도 그렇고, 얼마 후에 분쇄기를 한 대쯤 더 넣어야겠다는 황씨의 말이 있자 대뜸 자신이 기계를 한 대 사 넣겠다고 장담하곤 돈을 구해보라며 애먼 어머니를 다그친 예만 봐도 그랬다.

코가 매운 것만 빼면 일은 할만 해. 혼자서 하려니 좀 바빠서 그렇지.

제분소가 문을 연 지 얼마 되지 않아서 어머니가 제분소 일이 힘들지는 않느냐고 물었을 때 아버지가 했던 대답이었다. 소년도 아버지를 도울 겸 몇 번 제분소에 가본 적이 있었다. 아버지 말 대로 코가 알싸하게 매운 점만 없다면 일은 그리 어렵지 않았다.

말린 고추를 분쇄기에 집어넣고, 가루가 나오면 큰 그릇에 받아서 다시 거듭 분쇄기에 갈아서 고운 고춧가루로 만든 다음 포대에 퍼 담는, 일견 매우 단순한 작업이었다. 하루걸러 오는 삼륜차 짐칸에 가득 고추포대를 싣거나 내리는 일을 제외하면.

경찰서에 갔다던 어머니가 돌아온 것은 해가 저문 다음이었다. 어머니의 얼굴엔 근심이 가득했고 걸음새도 병든 병아리처럼 힘이 없어 보였다.

– 너희들은 알 것 없다.

왜 아버지가 경찰서에 잡혀갔느냐는 소년의 질문에 어머니가 대답했다.

– 처음부터 황씨 그 사람을 이상하다 여겼더니만.

식은 밥으로 대강 저녁을 마친 뒤 밥상을 치우던 어머니가 혼잣소리처럼 중얼거렸다. 소년은 그게 무슨 뜻인지 알 것도 같았다.

어쩐지 약간 사람이 가볍고 믿음성이 적어 보여요. 물론 사람이란 겪어봐야 아는 것이긴 하지만…….

처음 소년의 집을 찾아왔던 황씨가 술을 마시고 돌아간 다음 어머니가 아버지에게 했던 말이었다. 좀체 사람에 대해 평가하는 법이 없던 어머니의 말이어서 소년으로선 심상찮게 들렸던 것이다.

– 그 사람이 무슨 잘못을 저질렀어요?

– 문수 너만 알고 있으렴. 형사들 말로는 아버지가 일하는 제분소 고춧가루에 못 쓰는 톱밥을 섞어서 시장에 수십만 원 어치를 내다 팔았다는구나. 글쎄, 그걸 누가 그랬겠니.

소년은 아버지가 퇴근한 뒤 제분소에 혼자 남아서 미리 숨겨둔 톱밥과 고춧가루를 섞는 황씨의 모습을 상상해보았다. 아무 때나 헤헤거리며 웃는 남자, 그 남자라면 그러고도 충분할 거라는 생각이 들었다. 암튼 애꿎은 아버지만 당하게 된 셈이었다.

－그래서 형사가 아버지를 잡아갔군요. 그럼 그 황씨는 어떻게 되었죠?

－이미 눈치를 채고 어디론가 도망쳤다는구나. 그 사람이 잡혀야 아버지가 누명을 벗을 수 있을 텐데 걱정이다. 이름도 모르고, 사는 곳도 모르는 사람을 경찰이 어떻게 잡을 수 있을지…….

－그러면 아버지는 언제 나오죠?

－하루라도 빨리 재판을 받고 나오면 좋으련만. 곧 엄동이 닥칠 텐데 걱정이다.

말을 마치기도 전에 어머니가 소년에게 등을 보이며 돌아앉았다. 아버지 걱정에 눈물이 치솟은 모양이었다. 어머니는 손수건으로 눈물을 찍어냈다. 소년은 어머니가 측은해졌다. 어리석은 아버지 때문에 괜히 어머니만 골탕을 먹고 있다는 생각을 지울 수 없었다.

－너희들은 아무 생각 말고 공부나 열심히 하여라. 심심하면 독서를 하던지.

고개도 돌리지 않고 어머니가 말했다. 울적하니 젖은 음성이었다.

그 이상한 사건으로 잡혀간 아버지가 구치소에 미결수로 갇혀 있는 동안에 가을은 저 홀로 쓸쓸히 깊어갔다.

어느 날 아침에 겨울의 경고처럼 들판에 하얗게 무서리가 내렸고, 대학생들이 데모를 했으며, 휴교령이 내려졌다가 곧장 해제되었다. 연탄 값이 한 장에 십 원 가까이 올랐으며 전국에 연탄가스로 인한 사망자가 배나 늘어났다. 때를 만난 함석장이들은 이 동네 저 마을을 돌아다니며 함석으로 된 난로 연통을 만들어 팔았고, 기습적으로 한파가 내습하여 전국이 사흘간 영하의 기온 속에 빠져들었다.

악보가 끝난 노래처럼 그렇게 정적 속에 겨울이 찾아왔다. 땅도 나무도 추위에 단단히 몸을 닫았다.

하루가 다르게 날씨가 추워지면서 잠자리에서 일어나기가 점차 힘들어졌다. 온돌과 체온으로 따스하게 데워진 솜이불에서 벗어나기 싫어진 때문이었다.

하지만 어머니는 언제나처럼 새벽 일찍 일어났다. 한쪽이 터져 있어 한데나 다름없는 부엌에서 달그락거리며 밥을 짓고, 구수한 밥내를 풍기며 형의 도시락을 두 개씩 쌌으며 점심때 동생과 소년이 먹을 음식을 준비해두기를 잊지 않았다.

그럴 때면 소년은 두터운 이불 밖으로 눈만 내어놓은 채 어떻게 어머니는 저처럼 추위를 잘 견디는지 신기해했다. 또한 지금처럼 추운 계절에 아버지는 그곳에서 잘 견디고 있는지 걱정도 되었다. 이광수의 소설 중에서 추운 감방에서 고생하는 수인의 이야기가 떠올랐던 때문이었다.

어머니는 한가한 시간을 틈 타 가끔씩 아버지가 있는 곳으로 면회도 다녀왔다. 소년이 두어 번 따라가기를 원했지만 어머니는 냉정히 고개를 저었다. 자식들에게 아버지가 푸른 수의를 입고 철망 속에 갇혀 있는 모습을 기억에 남기는 것을 원치 않았던 것이다. 혼자 시외버스를 타고 찾아가서 아버지를 면회하고 돌아올 때의 어머니는 몹시도 쓸쓸하고 또 허전해 보였다.

다른 일도 있었다. 어머니는 소년에게 나중 아버지에게도 절대 비밀로 하라는 부탁을 남기곤 오가는 데 이틀이나 소요되는 외할아버지 댁을 찾아갔던 것이다. 소년이 알기론 어머니가 친정을 찾은 것은 이번이 처음이었다. 아마도 어머니에겐 정말 마음 내키지 않는 걸음이었을 터였다.

어머니가 아버지를 처음 만난 것은 북한산 인근의 어느 야외 공원에서였다고 했다. 휴일에 친구들과 놀러갔다가 우연히 아버지를 만나게 되었고, 그 길로 사귀는 사이가 된 것이다. 인근에서 알아주던 양반가문이었던 외할아버지는 가문도 재산도 시원찮고, 당시 직장도 없이 룸펜으로 지내던 아버지와의 연애결혼을 극구 반대하고 나섰다. 더욱이 두 사람은 나이가 여덟 살이나 차이가 졌다. 외할아버지는 만약 두 사람이 결혼하면 딸을 버린 자식으로 치겠다고 을러댔다. 하지만 두 사람은 과감하게 친구 몇을 모아놓고 결혼식을 올렸고, 그 길로 친정집엔 자연스레 발이 끊어지게 된 것이다.

아주 오랜만에 친정집에 다녀온 어머니의 표정은 착잡해 보였다. 안도한 듯하면서도, 한편으로 왠지 허탈한 것 같은 그런 표정이었다. 혼이 나간 사람의 얼굴이 있다면 그와 비슷할 것이라고 소년은 생각했다. 입고 있던 뉴똥 치마저고리를 벗어 개켜놓은 어머니는 한숨만 내쉬었을 뿐 아무런 말도 해주지 않았다. 돌이켜보면 어머니가 친정 부모를 찾아간 건 몹시 자존심 상하는 일이었을 것이다. 그건 공납금을 못 내서 선생에게 불려가거나 잘못을 저질러서 선생에게 부모님을 모셔오라는 말을 듣는 것보다 더욱 더 견디기 힘든 일이었을 게 확실했다.

그즈음 소년은 한 대학생을 알게 되었다. 소년과 동네친구로 지내던 원영이란 중학생의 집에 놀러갔다가 우연히 그 집에 세든, 대학생 방을 구경하게 되었다.

지방에선 꽤나 알아주는 명문대학 국문과에 적을 둔 그 대학생의 방에는 출입구를 제외하곤 사방이 책으로 가득 차 있었다. 가정집 방에 그처럼 많은 책이 있는 걸 본 건 처음이었다. 소년이 감탄하자 검은 테의 안경을 낀 그 대학생은 책을 읽겠다면 언제든 빌려가도 좋다고 선심을 썼다.

소년은 기꺼이 그 기회를 놓치지 않았다. 자주 그 집을 찾아가서 책을 빌렸다. 다른 소일거리가 없던 소년에게 책은 마약과도 같았다. 대학생의 책장에는 다양한 종류의 책들이 있었다. 마치 지식과 호기심의 보물창고와 같았다. 소년은 거기서 《천일야화》도 읽었고, 《젊은 베르테르의 슬픔》과 《삼국지》와 《수호지》도 보았다. 《어린 왕자》도 읽었고 《나르치스와 골드문트》도 보았다. 헤르만 헤세나 모파상, 루쉰, 토마스 만 등이 지은 외국소설도 썩 재미가 있었다. 임어당도 니체도 쇼펜하우어도 모두 거기에 있었다.

소년이 너무 많은 책을 빌려간다 싶었던지 하루는 대학생이 소년에게 그 책을 다 읽느냐고 물었다. 그렇다고 하자 대학생은 소년을 대견스런 눈길로 바라보았다.

문수는 책을 참 좋아하는구나. 공부보다 독서가 더 많은 지혜를 가져다주는 법이지.

오른손 검지로 안경을 밀어 올리며 대학생이 의미심장하게 말했다. 그는 또 소년으로선 이해하기 어려운 말도 했다.

세상 모든 사물에는 현상과 이면이 있지. 일반사람들은 대부분 현상만을 보고 그를 좇게 되어 있지. 하지만 지식이 깊어지면 이면도 볼 수 있게 되지. 그래야만 세상을 이끌 힘도 생기고, 사람들을 속이고 기만하려는 자들에게 지배를 당하지 않을 수 있어.

한차례 추위가 더 지나간 뒤 동지가 찾아왔다. 어머니가 떡집에서 팥을 갈아 와서 동지 팥죽을 끓였다. 동생은 아침부터 팥죽에 잔뜩 눈독을 들였다. 쌀가루 반죽으로 새알을 만드는 일에도 제 먼저 달려들었다. 소년이 손 좀 깨끗이 씻고 반죽을 만지라고 했지만 막무가내였다. 자신이 만든 것은 자기가 먹으면 될 거 아니냐고 겁 없이 대들었다. 예전 같으면 벌써 군밤을 한 대 쥐어박았겠지만 아버지가 없는 다음부터 이상하게 동생을 꾸짖거나 때리는 일이 마음에 내키지 않았다. 그 뿐 아니라 동생의 부탁이라면 대부분 다 들어주었다. 얼음판에서 탈 썰매도 직접 만들어 주었고, 나무로 깎은 팽이도 만들어주었던 것이다.

— 새알 먹고 얼른 나이 좀 들어라. 엄마 고생 좀 덜게.

팥죽을 국자로 퍼주면서 어머니가 동생에게 말했다.

— 새알을 먹으면 나이를 먹나요?

뜨거운 팥죽을 호호 불며 동생이 물었다.

― 그럼 새알 한 알에 나이가 한 살이지.

― 그럼 난 다섯 알 더 먹고 작은형보다 더 나이가 들어야지. 그럼 작은형도 나에게 꼼짝 못할 거 아냐.

소년은 어머니에게 이야기하고 팥죽을 따로 한 그릇 챙겼다. 노상 책을 빌려보는 동네 대학생 형에게 갖다 주기 위해서였다.

추운 바람을 맞으며 그 집을 찾았을 때 소년을 맞은 사람은 옆방에 세든 재수생 청년이었다. 대학생이 세든 방문은 잿빛 맹꽁이자물쇠가 굳게 입을 다물고 있었다.

― 벌써 닷새째 소식이 없네. 데모하다가 이상한 곳에 잡혀 갔다는 소문이 있는데 나도 잘은 모르겠어. 이틀 전에 수상한 남자들이 몇 명 몰려와서 집 안을 샅샅이 뒤지고 갔거든.

내복바람으로 쪽마루에 나온 재수생이 몸을 옹송그리며 말했다.

소년은 고맙다는 인사와 함께 가져간 책 몇 권과 팥죽을 넘겨주고 집을 나왔다. 책을 못 빌리게 된 것도 아쉽지만 대학생이 잡혀갔다는 말도 마음에 걸렸다. 왠지 심사가 울적해졌다. 소년은 생각을 바꾸기로 했다. 어쩌면 방학이 되어서 촌으로 내려갔는지도 모를 일이었다.

그날 밤, 소년은 이상한 기척에 잠에서 깨어났다. 방문 밖이 이상하게 환했다. 새벽녘에 긴 머리에 소복을 한 여인이 마당을 오가는 소리를 잠결에 들었던 기억이 났다.

옆자리의 동생이 깨지 않도록 조심스레 이불 속을 빠져나온 소년이 살짝 방문을 열자 눈앞에 전혀 낯선 세상이 펼쳐져 있었다. 온 천지가 일색으로 환했다. 마당도, 화단도, 건너편 지붕도 모두 흰색이었다. 새벽이었지만 소년은 소리죽여 동생을 흔들어 깨웠다.

— 눈 왔어. 많이.

소년과 동생은 서둘러 옷을 꿰입었다. 그리고 장갑과 모자, 그리고 토끼털로 만든 귓집까지 단단히 쓴 다음 방문을 나왔다. 그리고 함석대문을 나와서 하얗게 눈으로 덮인 골목을 내달았다. 세상은 눈이 만든 적막에 깊이, 아주 깊이 빠져 있었다.

소년은 불현듯 자신이 겨울의 한가운데에 서 있다고 느꼈다.

봄의 전령

아버지가 돌아왔다. 삼월 초순이었다. 대지를 스치는 바람에는 차가운 기운이 섞여 있었지만 하늘은 맑고도 높았다.

그날 아침 일찍부터 어머니는 머리를 쪽지고 화장을 한 뒤 옷장에서 아끼는 옥색 한복을 꺼내 입었다. 어디 갔다 올 데가 있다는 말 뿐이었다. 소년은 대강 짐작으로 어머니가 감옥에 있는 아버지 면회를 가는 거라고 여겼다.

그렇게 나갔던 어머니가 놀랍게도 아버지와 함께 대문 안으로 돌아온 것이다. 점심때를 훌쩍 지난 시간이었다. 진회색 코트에 상고머리를 한 아버지의 표정은 오랜만에 대하는 세상에 대해 좀 어리둥절한 듯했지만 또 뒤늦게 철이 든 사람처럼 의젓한 구석도 있어 보였다.

- 문수, 그간 잘 있었어?

인사차 마루에 나서는 소년을 보고 아버지가 굵직한 음성으로 말했다. 예전보다 여원 얼굴에 피부는 더 희어졌다. 햇빛을 못 본 탓일 거였다. 출소를 앞두고 면도를 한 것인지 턱 선이 푸르도록 말끔했다. 아버지를 보자 소년은 이유도 없이 코끝이 찡해지면서 눈물이 핑 돌았다. 소년은 눈물이 보일 세라 얼른 허리를 굽혀 인사를 했다. 지난 늦가을에 잡혀가서 지금 나왔으니 거의 넉 달여 만에 보는 셈이었다.

─ 한수는? 아 참, 입시학원에 다닌다고 그랬지.

마루에 엉덩이를 걸치고 구두끈을 풀던 아버지가 말했다.

지난겨울에 있었던 입시에서 형 한수는 성적이 좋지 않았다. 원서를 내면 이류 고등학교는 갈 수 있을 정도였지만, 그렇게 되면 아버지가 누차 말하던 서울의 일류대학에 진학하기 힘들어졌다. 당연히 아버지의 소원이었던 판검사의 길도 멀어지는 결과가 되었다. 그래서 며칠간의 숙고와 어머니와 의논 끝에 한 해 재수하기로 결정했고, 면회 간 어머니를 통해 아버지도 이 사실을 알고 있었던 것이다.

─ 문수도 그새 어른이 다 되었구나.

새가 둥지를 찾아들 듯 방 아랫목에 턱 하니 자리한 아버지는 우선 담배부터 폼 나게 빼어 물었다. 소년은 예전과 달리 아버지의 눈길이 왠지 서먹하고 쑥스러웠다. 아버지는 성냥을 켜서 담배에 불을 붙이곤 볼이 홀쭉해지도록 깊이 빨았다. 마치 담배에 굶주린 사람 같았다.

─ 거, 코밑에 시커먼 건 수염이냐?

길게 연기를 내뿜으며 소년의 얼굴을 보던 아버지가 놀리듯 빙글거리며 말했다. 아버지가 잡혀간 다음부터 아버지 면도칼로 간혹 면도를 하곤 해선지 겨울을 지나면서 수염이 제법 굵고 조밀해졌다. 그걸 보았던 모양이었다.

– 겨울에 아버지 노릇 대신하느라 쟤도 힘들었을 거예요.

옷장에 아버지 코트며 입고 나간 외출복을 가지런히 걸어놓던 어머니가 끼어들었다.

– 그래, 수고했어. 엄마한테 얘기 많이 들었다.

아버지가 고개를 끄덕거렸다.

– 저, 볼일이 있어서 나가봐야 돼요.

소년이 우물거리며 말했다. 정말 볼일이 있어서 그런 건 아니었다. 그냥 자리를 피해주는 게 좋겠다고 판단했던 것이다. 공부방에서 책이나 보고 있을 수도 있지만 그보다는 아예 집을 통째 비워주는 게 나을 것이다. 그동안 두 사람 사이에 밀린 얘기가 많을 터였다.

–점심은 먹었니?

오늘따라 유난히 얼굴이 상기된 어머니가 물었다.

– 예, 대충 찾아먹었어요.

소년은 되도록 천천히 골목을 나와서 동네 뒤편으로 난 길을 따라 걸어갔다. 동네 중앙의 공터에는 서너 명의 낯익은 동네 노인들이 나와 있었다. 노인들은 바람 없는 담벼락에 등을 붙이고 졸거나 한담을 나누며 낮아진 체온을 따사로운 봄볕으로 데우고 있었다. 소년은 가볍게 목례를 하고 노인들을 지나쳤다. 누런 똥강아지 한 마리가 꼬리를 흔들며 소년을 따라오다가 자리에 멈춰서서 멀거니 바라보았다.

골목길을 모퉁이를 돌자 보리밭이 눈에 들어왔다. 그동안 보리는 제법 자라 있었다. 지난 1월에 인근 중·고등학생들이 동원

되어 한차례 보리밟기를 한 덕분인지 올봄 보리는 죄다 싱싱하고 푸르렀다. 그 위에 잘디잔 유리알처럼 봄빛이 뿌려지고 있었다.

소년은 가슴을 열고 크게 심호흡을 했다. 아버지가 돌아온 것으로 새롭게 한 해가 열린 기분이었다. 비록 올해도 사정이 나빠서 학교에 가기는 글렀지만 그건 별로 신경이 쓰이지 않았다. 어머니 말대로 집에서 형의 교과서로 열심히 공부하면 될 것이었다.

제일 걱정되는 것은 아버지의 일자리였다. 벌써 이사 온 지 일 년째이지만 아버지는 마땅한 일자리를 구하지 못하고 있었다. 오히려 지난가을에 있었던 사건으로 인해 어머니는 적지 않은 빚까지 져야 했다. 소년은 자신이 일자리를 구해보면 어떨까 생각해보았지만, 아직 나이로 치면 중학생에 불과한 자신에게 마땅한 일자리란 없을 게 분명했다. 기껏해야 철공소 시다(보조)나 공장의 견습공, 혹은 가게 점원이 고작일 터였다. 그래서는 가계에 별 도움도 되지 못할 터였다.

소년은 마음에 서린 걱정을 거둬들였다. 그건 그때의 상황에 따라 결정하면 될 일이었다. 몇 번 몸을 움직이며 보건체조를 한 소년은 발길을 돌려 친구인 병태의 집으로 향했다. 지난 늦가을에 외항선원인 형이 선물해준 조그마한 일제 올림포스 카메라로 프로사진사가 되겠다며 들떴던 병태의 모습이 떠올랐다.

대본소가 있는 삼거리를 얼마 앞뒀을 때 어디선가 다투는 소리가 들려왔다. 여자의 앙칼진 고성에 남자의 굵직한 음성이 뒤를 이었다. 소년은 곧장 그리고 걸음을 옮겼다. 병태를 찾아가는 일은 언제라도 늦지 않았다. 낯익은 코흘리개 하나가 굴렁쇠를 굴리며 골목을 뛰어갔다. 뒤통수에 동전 크기로 하얗게 생긴 쇠버 짐자국이 희극적이었다.

다툼이 벌어진지 좀 되었는지 이미 주변에는 동네아이들을 포함한 이웃들이 칠팔 명 가까이 몰려들어 있었다. 시장에서 밤늦게 멍게장사를 하는 노씨와 상이용사 강씨의 모습도 눈에 들어왔다. 뜻밖으로 친구 병태도 거기에 끼여 있었다. 다들 담장 바깥 쪽에 서서 안을 들여다보고 있는 걸로 미루어 싸움이 난 곳은 반장인 정씨집 안마당이었다.

─ 누가 싸우는 거야?

목을 빼고 담 너머를 보고 있는 병태 곁에 다가간 소년이 물었다.

─ 쉿, 일단 보기나 해.

소년을 본 병태가 흥미진진한 얼굴로 입술에 검지를 가져다댔다.

마당에서 싸우고 있는 사람은 묘하게도 세 사람이었다. 앞집 부뜰이 엄마와 정 반장의 부인인 창석이 엄마, 그리고 웬 낯선 남자였다.

다투는 자세로 보아 낯선 남자 혼자서 동네의 두 여인을 상대하는 형국이었다. 감색 줄무늬 양복을 입은 남자는 앞머리를 파마한 탓에 약간 바람둥이 같은 스타일이었고, 나이는 마흔쯤 되어 보였다. 이미 한 번 멱살을 잡혔던 모양으로 와이셔츠 목 부분이 뜯어져 있었고 노란 넥타이가 비스듬하게 돌아가 있었다.

─ 이노무 여편네들이 정말!

남자가 목에 퍼런 핏줄을 돋우며 성질을 부렸다.

─ 지금 시방 이 사나자슥이 뭐라 카노. 이노무 여편네라니, 내

가 니 여편네가? 글고 여가 어디라꼬 찾아와서 행패고 행패가? 니가 여게 있는 부뜰이 에미 기둥서방이라도 되나? 엉, 이 문디 자슥아.

몸집이 코끼리처럼 뚱뚱한 창석이 엄마가 양팔을 걷어 허리춤에 대고 남자에게 기세 좋게 막말을 쏟아 부었다.

– 야. 이 얼빠진 머스마야. 지발 정신 차리래이. 내가 니캉 살자꼬 카드나 아니믄 결혼이라도 하자 카드나. 그냥 우연히 만나 술 한잔 묵고 헤어진 기 뭐 그리 대수라꼬 여까지 찾아와서 이 지랄이고, 지랄이. 동네 남우세스럽구로.

부뜰이 엄마가 말은 그렇게 둘러댔지만 그 전에 뭔가 수작이 있었던 모양이었다. 그렇지 않다면 왜 생면부지의 남자가 엉뚱하게 남의 동네에까지 찾아와서 난리를 피울 것인가.

– 이년아. 니가 요리조리 꼬리를 쳐서 내가 생돈까지 꿔주지 않았드나. 그래놓고 이자 와서 모린다 카머 되는 기가. 이 사기꾼 같은 년아. 어서 내 돈 내놔라.

– 사지 멀쩡한 사나자식이 시내서 여자캉 만나 놀다가 맴(마음)이 꼴려서 꼴랑(고작) 돈 몇 푼 쥐어져놓고 본전 생각에 그거 받을라꼬 이까지 찾아 왔드나. 아이 더러버라.

부뜰이 엄마가 땅바닥에 침을 퉤 하고 뱉었다. 그러나 얘기를 종합해 봐선 부뜰이 엄마가 시내에서 남자와 우연히 눈이 맞아서 논 것이야 좋았지만 달콤한 말로 돈까지 빌린 게 분명했다. 그리고 연락을 끊자 본전생각이 난 남자가 부뜰이 엄마를 찾아서 정 반장 집에까지 왔고, 돈을 내놓으라, 못 한다 옥신각신하다가 싸움이 붙은 모양이었다. 거기에 함께 있던 창석이 엄마가 부뜰이 엄마 편을 들고 나선 것이다.

- 그래, 맞다. 무슨 사내자식이 요리 쪼잔하노. 생긴 것 하고는 벼룩이 간을 빼 묵을 상판을 하고는…….

- 대체 이 여편네는 누고? 니가 저 년 언니라도 되나? 와 쌍심지를 켜고 달라드노? 사정을 모르마 죽으로 가만히 처자빠져 있기나 하지.

남자가 창석이 엄마에게 눈을 부라리며 말했다.

- 오야, 터진 입이라꼬 말 잘했다. 내가 야들 언니다. 와 잘못됐나? 니 겉은 건달은 열 놈이 와도 안 무섭데이. 어디 용기 있거든 함 덤비보그라.

창석이 엄마가 다시 남자의 멱살을 잡으려 들자 남자는 뒤로 물러서며 곤혹스런 표정을 지었다. 두 여자를 상대하기가 벅찬데다가 낯선 동네에서 이러다간 본전도 못 찾겠다고 판단했던지 결국 남자는 슬며시 꼬리를 내렸다.

- 치아뿌라. 내 더러버서 그 돈 안 받고 만다. 에잇, 재수가 없으려다 보니 별 거지같은.

남자가 신경질적으로 땅바닥에 떨어진 양복 윗도리를 집어 들고 마당을 가로질러 대문으로 나왔다. 사람들이 길을 열어주자 남자는 어깨를 으쓱대며 동네 앞길을 걸어 내려갔다. 남다른 무언가를 기대하고 있던 구경꾼들도 흥미를 잃고 하나둘 제 길을 찾아 뿔뿔이 흩어졌다. 남겨진 부뜰이 엄마와 창석이 엄마가 다정히 대청마루에 걸터앉았다.

두 사람이 친한 거는 말이다, 부뜰이 엄마가 한 남자의 사랑을 받고 있는 게 아니기 때문인 기라. 까놓고 말하마 과부인 부뜰이 엄마한테는 정 반장 말고도 다른 남자들이 많이 있는 기라. 여자들이 싸우는 거는 서로 한 남자의 사랑을 차지할라꼬 카는 기제, 사랑이 없다 카마 뭔 일로 머리 뜯어가며 싸우겠노. 그라이끼네 (그러니까) 부뜰이 엄마하고 정 반장 사이에 뭔 일이 있다 캐도 두 사람 사이에 사랑이란 게 없으끼네 두 여자가 서로 친하게 지내는 거 아니가.

처음 동네 이사 올 적에 보았던, 서로 원수처럼 머리채를 잡고 싸웠던 부뜰이 엄마와 창석 엄마가 동네 다른 아낙들보다 더 다정하게 지내는 모습을 본 소년이 마침 곁에 있던 병태에게 그 이유를 물었더니 그런 대답을 했던 것이다. 당시는 알 듯도 모를 듯도 한 이야기였는데 오늘 함께 편을 들어 싸우는 것을 보니 얼마간 이해가 갔다.

— 에이, 예상보다 시시하게 끝났네.

맘보바지 주머니에 손을 찌른 병태가 길바닥에 구르는 돌을 차며 투덜댔다. 제법 말끔한 복장을 보니 잠을 자다 나온 것 같지는 않았다.

— 그보다 너, 뭘 하고 있었어?

— 집에 있다가 하도 동네가 시끄러바서 구경나온 거 아니가. 안 그캐도 니를 찾아갈라꼬 카던 참인데 잘됐다.

— 나를?

— 그래. 니한테 보여줄 사람이 있다 아이가.

병태의 눈이 가늘어졌다. 재미난 상상을 하고 있을 때의 표정이었다.

- 혹시 여자 아냐?

- 서울내기 아니랄까봐 눈치 하나는 대개 빠르데이.

- 그 여자 예뻐?

- 말도 말거래이. 보마 알지마는 진짜 매력적이다. 남정임보다 더 예쁜 기라.

병태의 말 속엔 여자에 대한 자부심이 가득했다. 소년은 병태가 부러웠다. 나중에 병태에게 말해서 사귄다는 여자의 친구를 소개받아야겠다고 소년은 마음먹었다.

시간이 남았던지 이곳저곳을 어슬렁거리던 병태가 소년을 데려간 곳은 큰 시장으로 가는 길목의 다리 부근이었다. 콘크리트 다리 아래로는 제법 맑은 강물이 흘렀고, 그 옆으로 극장과 두 개의 다방, 양복점과 제화점이 줄지어 늘어서 있었다.

- 여서 기다리마 온다. 아직 시간이 쬐끔 남았네.

다리와 가까운 극장 앞에 도착한 병태가 형이 사다준 손목시계를 들여다보며 말했다.

- 누굴 만나는데 그래?

- 와보마 안다. 기다리 보그라. 내사마(나야) 조기 다방 같은 데서 만나믄 좋다마는 거기는 부끄럽다꼬 안 갈라 캐서 여기 길에서 만나기로 했다 아이가.

도로상에서 누굴 기다리는 게 보기 좋지 않다고 여겼는지 병태가 속보이는 변명을 늘어놓았다. 소년이나 병태나 무시로 다방을 드나들기에는 아직 나이가 어렸다.

– 내가 있으면 불편하지 않을까?

– 괜않다. 신경 쓰지 마라. 오히려 둘만 있으마 심심하다 아이가.

병태가 초조한 듯 극장 앞 보도를 서성거리는 동안 소년은 극장 간판을 올려다보았다. 이층 전면을 차지한 커다란 간판에는 콧대 높은 서양배우의 얼굴과 함께 〈돌아오지 않는 강〉이라는 영화 제목이 쓰여 있었다. 여우주연은 소년이 좋아하는, 금발에 얼굴이 유난히 하얗고 귀염성 있는 마릴린 먼로였다. 매표소 입구에는 단발머리를 한 처녀들과 청바지를 입은 청년들이 약속한 누군가를 기다리며 서성거리고 있었다.

– 어이, 저기 온다.

나타난 사람은 어깨까지 머리를 늘어뜨린 열여섯 정도의 여자애였다. 소년은 호기심을 품고 여자애를 바라보았다. 그러나 여자애가 가까이 다가왔을 때 적지 않게 실망을 느꼈다. 어느 동네에서나 흔히 볼 수 있는 찐빵처럼 동그란 얼굴에 요즘 유행하는 판탈롱 바지를 입은, 어떻게 보면 촌스럽게 여겨질 정도의 여자애였다.

그녀는 큰 얼굴에 비해 눈이 작았다. 웃을 때 입술 사이로 작은 덧니가 보였는데, 그걸 감추려고 손으로 입을 가리는 모습이 약간 매력적으로 보이는 정도였다. 윤곽이 없을 만큼 밋밋한 몸매 역시 그다지 좋아 보이지는 않았다. 소년은 병태의 미적 감각이 의심스러웠다. 무얼 보고 남정임보다 낫다고 했는지 이해가 되지 않았다.

소년의 마음도 모르는 체 친구 앞에서 여자와 데이트를 한다는 사실에 우쭐해진 병태는 수탉처럼 어깨를 잔뜩 세우곤 여자애와 소년을 이끌고 가까운 빵집으로 들어갔다. 실내는 허름했지만 격자형 유리문에 꽃무늬가 있는 망사커튼으로 외부와 차단되어 있어 비교적 아늑한 분위기였다.

병태는 서둘러 빵과 사이다를 시켰고, 음식이 나오기도 전에 여자애를 의식해선지 항간에 유행하는 별 우습지도 않은 이야기를 늘어놓았다. 또 가끔씩 화제가 궁해졌을 때는 소년에게 재미난 이야기를 해보라며 졸랐다. 그동안 탁자 맞은편에 앉은 여자애는 얌전하게 다리를 붙이고 앉아서 미소를 짓거나 아니면 덧니난 입을 손으로 가리며 웃고는 했다. 영락없는 어린 청소년들의 데이트였다.

두 사람을 지켜보던 소년은 불쑥 그동안 보았던 병태의 행동을 회상해보았다. 처음 만날 때부터 이상한 포르노잡지를 들고 온 친구였다. 그 뒤로 만날 적마다 자위니 몽정이니 변태니 오르가즘이니 하는 성적인 용어들을 누구보다 많이 구사하던 친구가 평범한 여자애 앞에서 어쩔 줄 몰라 하는 모습이 내심 우스꽝스러웠다.

그는 자신이 늘 입에 달고 다니던 이상적인 여성들을 모두 포기한 것일까. 젖가슴이 엔간한 멜론만큼 크고 늘씬한 다리에 매끈한 엉덩이를 가진 여인들은 잊어버렸을까. 문희나 윤정희, 김지미보다 더 아름다운 여인들로 가득한 하렘을 짓고 사는 게 평생의 꿈이라던 건 전부 허풍이나 허황된 망상에 불과했단 말인가.

이런저런 생각 끝에 소년은 한 가지 결론에 이르렀다. 그건 현실과 이상은 다르다는 단순한 진리였다. 소년이 자위를 할 적에 가까운 사람들인 선이누나나 부뜰이, 혹은 벽돌집 여학생을 떠올리지 않고, 저 바다 건너 서양의 금발이나 갈색머리를 한 몸매가 풍만한 포르노배우를 떠올리는 이치와 다를 바 없었다.

여자애의 눈에 들기 위해 열심히 우스갯소리를 주워섬기는 병태를 보자 소년의 마음에 실망감이 밀려들었다. 제법 어른스럽게만 여겨졌던 병태가 고만고만한 십대 청소년으로 보였던 것이다.

– 나 먼저 가볼게. 집에 할 일이 있어서 말이야.

소년이 빵집을 나오자 병태가 혼자 서둘러 뒤를 따라 나왔다.

– 문수야, 니 돈 좀 빌리 도고.

병태가 어색한 웃음을 머금고 말했다.

– 데이트 비용이 좀 모자라는 기라. 나중 갚아 주꾸마.

– 가진 게 얼마 없는데…….

소년은 가진 돈을 다 털어서 병태에게 건넸다. 병태가 엉큼한 미소를 머금고 손가락으로 브이 자를 그려 보인 다음 빵집으로 들어갔다.

소년은 천천히 거리를 걸어서 집으로 향했다. 아직 하늘에 해가 많이 남아 있었다. 일찍 집에 들어가서 좋을 건 없었다. 그동안 진수 녀석이 멋도 모르고 큰방 문을 왈칵 열지나 않을까 염려가 되었다.

철길 건널목이 있는 네거리에 이르자 학교가 파할 시간이었는지 검정교복을 입은 한 떼의 고등학생들이 어깨를 부딪치며 우르르 몰려갔다. 가슴에 붙은 명찰이 깨끗한 걸로 보아 올해 고등학교에 입학한 신입생들인가 보았다. 형이 입시고사를 잘 쳤으면 저들처럼 고등학교 신입생이 되어 있을 것이다.

동네의 작은 시장으로 가는 길 가장자리에는 머리에 수건을 쓴 아낙이 손수 들에서 캐어온 달래며 냉이 따위를 늘어놓고 팔고 있었다.

─삼천리강산에 새 봄이 왔구나. 농부야, 밭을 갈고 씨를 뿌려라.

한길에 나온 계집애들이 고무줄놀이를 하면서 노래를 불렀다. 노랫소리가 비눗방울처럼 맑고 투명했다. 허공엔 햇살이 은전처럼 내리고 있었다. 조그만 남자애들은 담 아래에 옹기종기 모여서서 구슬치기에 열중이었다. 그 광경을 보던 소년은 이유 모르게 기분이 좋아지는 걸 느꼈다.

아아, 이제 봄이다!

소년은 마음속으로 기지개를 켜듯 외쳤다.

다음 날 오후에 어머니의 심부름으로 한복이 든 보퉁이를 거래처인 영애집에 갖다 주고 왔을 때 아버지의 모습이 보이지 않았다. 오전까지만 해도 아랫목에서 내처 잠만 자던 아버지였다.

─네 아버지 출소를 축하한다고 동네사람들이 몰려와서 함께 나가셨다. 저 아래 최씨네 고물상에서 한다니까 문수 너도 한번 가보렴.

소년이 아버지의 행방을 묻자 어머니가 대답했다. 그건 아버지가 무얼 하고 있는지 확인하고 돌아오라는 말이나 다름없었다.

소년은 곧 골목을 나와서 고물상이 있는 동네 아래쪽으로 갔다.

깨진 사이다 병이며 자잘한 쇠붙이, 부서지고 망가져서 못 쓰는 각종 집기며 파지와 마분지 따위의 갖가지 잡동사니들이 곳곳에 어지럽게 쌓여 있는 고물상 마당에는 벌써 술판이 벌어져 있었다. 아버지를 포함하여 상이용사 강씨와 정 반장, 하도 말이 많아서 라디오란 별명을 가진 시청 청소부 곽씨와 공사장 타일공인 엄씨가 바닥에 가마니를 깔고 빙 둘러 앉아서 왁자지껄 이야기를 나누고 있었다.

조금 떨어진 옆에서는 오늘의 술판을 책임진 최씨가 모닥불을 피워놓고 무언가 가죽 같은 것을 불에 굽고 있었다. 짐승 털가죽이 타는 역겹고 노리끼리한 냄새가 나는 걸로 보아 개라도 잡았는가 보았다. 임시로 지은 고물상집 부엌에선 키가 조그마한 최씨 마누라가 큰 가마솥에 고깃국을 끓이고 있었다. 최씨는 고물을 사러 리어카를 끌고 다니다가 가끔 버려지거나 죽은 개를 발견하면 가져와서 술판을 벌였다. 오늘도 어디서 버려진 개라도 끌고 와서 때려잡은 것 같았다.

최씨가 고기를 굽는 주위엔 고물상집 둘째인 동식이와 열두 살남짓한 아랫동네 아이들 두 명이 고기를 굽는 것을 구경하고 있었다. 소년은 그리고 다가갔다. 아직은 곁불이 그리운 계절이었다.

— 곽씨는 인자 고마 이바구하고, 이자부터는 어디 우리 김 주사가 깜빵에서 겪었던 이바구나 들어 보입시다. 어떤교?

정 반장의 의견에 사람들 사이에 옳다 좋다 하는 소리가 터져나왔다. 엄씨가 한 말들이 막걸리 통에서 따른 술을 사람들에게돌렸다.

처음엔 쑥스러워하던 아버지도 술김인지 조금씩 이야기보따리를 헐어내었다. 감방에 있었던 갖가지 경험과 생활이 아버지의 입을 통해 그럴 듯하고 재미나게 흘러나왔다. 아버지로선 난생처음 겪는 특이한 경험이어서 할 얘기도 많은가 보았다.

– …내가 또 하나 이야기하지요. 감방에는 '4통 6조지'라는 그들만의 은어가 있는데 그게 무슨 말이냐 하면……6조지는 형사는 패 조지고, 검사는 불러 조지고, 판사는 미뤄 조지고, 간수는 세어 조지고, 죄수는 먹어 조지고, 집구석은 팔아 조진다는 뜻인데…….

불을 쬐며 소년은 이야기에 열중한 아버지를 건너다보았다. 어리석게 황씨라는 남자에게 속아서 감옥까지 갔다 왔으면서 그걸 마치 자랑인양 떠벌리는 아버지가 참 넉살도 좋다고 생각되었다. 아버지는 갇혀 있는 동안에 어머니가 친정집에 다녀온 사실을 아직도 모르고 있을 것이다.

따져보면 아버지가 집행유예로 일찍 풀려나게 된 것도 사기꾼이나 다름없는 황씨가 지난 세모에 형사에게 잡혀서 사실을 털어놓은 것도 있지만 그보다는 지방에서 알아주는 좋은 변호사를 산 덕분이었다. 물론 그것은 어머니가 자존심을 버리고 외할아버지를 찾아가서 읍소를 한 결과일 것이다, 소년이 그걸 안 것은 변호사 사무장이란 중년남자가 직접 집으로 찾아온 것을 보았던 때문이었다.

지난겨울에 어머니가 혼자서 친정집에 다녀온 지 얼마 지나지 않아서였다. 검정색 모직 코트에 구두까지 단정하게 갖춰 입은 중년남자가 집으로 찾아왔다. 미리 연락을 받았던지 마침 집에 있던 어머니가 남자를 맞아들였다.

머리가 반쯤 벗겨진 점잖은 말투의 남자는 자신이 모 변호사의 사무장이며, 위쪽에 계신 조씨 어르신으로부터 수임을 부탁받은 한 변호사 대신 출장을 나오게 되었다고 밝혔다. 그런 다음 어머니와 여러 가지 법률적인 의견들을 주고받았다. 언뜻언뜻 어려운 용어가 오갔지만 대강의 뜻은 아버지가 하루속히 감옥에서 풀려나올 수 있는 방법에 대한 의논이었다.

얘기 말미에 남자는 자신의 상관인 한 변호사가 조씨 어르신을 오래 전부터 몹시 존경하고 계신다는 말을 덧붙였다. 곁에서 듣고 있던 소년은 남자가 지칭하는 조씨 어르신이란 사람이 어머니의 부친, 그러니까 자신의 외할아버지란 걸 알고 남았다. 아마도 친정을 찾아간 어머니의 간곡한 부탁을 받고 이쪽 지역에서 제일 좋다는 변호사를 수소문하여 알아보고 선임했던 모양이었다.

─ …그라마 이제 김 주사는 별이 한 개가 되었네. 앞으로 강씨는 김 주사에게 장군님이라고 깍듯이 경례를 붙여야 안 되겠나. 별 하나면 준장인데 강씨 같은 새카만 육군하사는 감히 눈 뜨고 쳐다보지도 못하지.

무슨 이야긴가 끝에 최씨가 농담조로 말했다. 그러자 술에 취한 강씨가 비틀대며 자리에서 일어나더니 갈고리 의수가 달린 손으로 아버지에게 절도 있게 경례를 부쳤다. 지켜보던 사람들이 와그르르 배를 잡고 웃어댔다. 술기운에 얼굴이 불콰하게 달아오른 아버지 역시 기분이 무척 좋은지 연신 허허거리며 웃었다.

봄은 우여곡절을 겪으며 다가왔다. 느닷없는 황사가 세상을 뿌옇게 만들었고, 몇 번의 꽃샘추위가 지나가고 난 뒤에야 비로소 봄이 제자리를 찾아들었다. 남쪽의 개화소식과 함께 공동수도로 가는 비좁은 판잣집 골목길 옆의 담장에도 개나리가 노란 꽃잎을 내밀었다.

식목일을 며칠 앞두고 소년이 마당의 화단을 정리하고 있을 때였다. 학교에서 막 돌아온 동생이 양쪽 점퍼 주머니에서 조심스레 꺼낸 것은 네 마리의 노란 병아리였다.

– 그거 병아리 아냐?

– 왜 아냐. 그런데 이건 순전히 내 돈으로 샀으니 내 꺼야. 달라고 하지 마.

갓 부화된 병아리는 솜처럼 가볍고, 채송화처럼 연약했다. 그건 변덕 많고 허약한 봄날과 닮아 있었다. 병아리를 마루에 올려놓은 동생은 집 뒤란으로 돌아가더니 버려둔 국수박스를 가져와서 병아리를 담았다. 재재거리는 병아리 울음소리가 박스에 가득 찼다.

– 이거 곧 죽는다던데.

소년이 종이박스 안을 들여다보며 말했다. 감별하고 버린 수평아리를 모아서 파는 학교 앞의 장사꾼이 떠올랐다.

– 아냐. 내가 잘 키우면 죽지 않아.

동생은 미리 사 온 좁쌀을 안에다 골고루 뿌렸다.

– 죽지 않으면 뭐해? 어차피 크면 잡아먹을 거잖아.

– 절대 잡아먹지 않을 거야. 이 병아리를 키워서 팔고, 그 돈으로 작은 토끼를 사서 키울 거야. 그다음 토끼가 새끼를 많이 낳아서 번식하면 다시 그걸 팔아서 염소를 살 계획이야. 그리고 그 염소를 팔아서 다시 젖소를 사고, 그러면 나중에는 큰 목장도 할 수 있어.

동생이 잔뜩 흥분하여 떠벌였다. 그럴 때 보면 동생은 영락없이 아버지를 빼닮아 있었다. 어머니도 가끔씩 동생을 보고 어쩌면 저렇게 너희 아버지를 닮았는지 모르겠다는 말을 하곤 했었다. 어떤 일에 열중하다가도 금방 싫증을 내고, 금세 또 다른 일에 빠져드는 동생을 보면 저게 커서 무슨 일을 하려나 싶기도 했다. 보나마나 병아리 네 마리 역시 며칠 지나지 않아서 까맣게 잊어버릴 게 분명했다.

– 안에 주인 계십니까?

소년과 동생이 박스에 든 병아리를 조물조물하고 있으려니 대문 밖에서 누군가 부르는 소리가 났다. 얼마간 귀에 익은 음성이었다.

나지막한 함석대문 너머 반쯤 벗겨진 머리를 내민 사람은 몇 달 전에 집을 방문했던 변호사 사무장이란 중년남자였다. 소년은 순간적으로 며칠 전에 어머니가 당부한 말을 떠올렸다. 만일 일전에 집에 오셨던 사무장이란 분이 찾아오더라도 아버지 앞에서는 절대 아는 척하지 말라고 했던 것이다.

어머니는 아까 일 관계로 영애집에 가고 없었다. 소년은 서둘러 큰방으로 들어갔다.

감방에 다녀온 뒤 얼마 지나지 않았을 때 아버지는 아침이면 정확한 시간에 일어나서 세면을 했다. 하지만 그것도 일주일을 넘기지 않아서 예전 버릇으로 돌아왔다. 어머니가 밥상을 다 차려놓고 깨워야 겨우 부스스한 얼굴을 하고 자리에서 일어나 앉곤 했다. 그리고 종종 낮잠도 즐겼다. 하긴 할 일이 없는 아버지로선 낮잠을 자든, 온종일 아랫목에서 구들장을 지고 있던 뭐라고 할 사람은 아무도 없었다.

— 아버지, 손님 오셨어요.

— 웬 손님이야?

목침을 베고 낮잠을 즐기던 아버지가 부엉이가 쥐 굴을 뒤지다 만듯 부스스한 머리를 하고 마루로 나섰다. 마당에 들어선 낯선 중년남자를 발견한 아버지는 멋쩍은지 얼른 손가락으로 뒤엉킨 머리칼을 정리했다. 중절모를 벗어들던 사무장이 고소인지 실소인지 모를 미소를 머금었다.

— 아아, 지난번 일은 정말 고맙습니다. 그 한 변호사님께서 힘써주신 덕분에 이처럼 일찍 출소하게 되었습니다.

방에 들어온 뒤에 남자의 신분을 알게 된 아버지가 감사의 염을 드러내며 말했다. 가게에서 손님 접대할 과일이라도 사 오라고 소년을 시키는 아버지를 만류하며 사무장이 찾아온 용건을 꺼냈다.

용건이란 다름 아니었다. 지난번에 아버지의 변호를 맡은 한 변호사가 피의자였던 아버지가 불운하게 나쁜 사기꾼을 만나서 그런 고초를 겪게 되었지만 사실은 성품이 유순 성실하며 또 어느 정도 배움이 있는 사람이란 걸 알게 되었다. 그런데 이번에 한 변호사의 소유인 작은 식품회사에 일자리가 하나 나게 되었고, 때마침 아버지를 기억해낸 한 변호사가 다른 직장이 없다면 한번 와서 일해 볼 의사는 없는지 아버지에게 물어보라며 자신을 보냈다는 것이다.

– 식품회사라면?

– 간장과 조미료, 식용유 등을 생산하는 업체임니더. 우리 한 변호사님은 그것 말고도 시내 중심가에 빌딩 몇 개와 극장도 소유하고 있심더. 쉬운 말로 알부자 아임니꺼.

무엇 때문인지 모르지만 코 중동이 반쯤 내려앉은 사무장이 은근히 주인에 대한 자부심을 드러냈다. 원래 좀 과시욕이 있는 사람 같았다.

– 그런 좋은 직장을 주신다니 저로선 감지덕지할 따름이지요.

아버지의 표정이 주택복권에 당첨된 사람처럼 졸지에 환하게 밝아졌다. 듣고 있던 소년 역시 몹시 기뻤다. 아버지에게 새로운 일자리가 생긴 것이다. 그것도 어엿한 식품회사의 정규 직원이었다.

– 그라마 우예(어떻게) 함 다녀 보실랍니꺼?

사무장이 아버지의 얼굴을 정색하고 바라보았다.

– 하지만 제가 그 일을 맡아서 해낼 수나 있을지…….

갑자기 아버지의 얼굴에 근심이 어렸다. 아버지는 풀이 죽은 아이처럼 뒤통수를 손으로 긁적거렸다. 일을 맡긴다니 좋긴 했지만 뒷감당을 해낼 수 있을지 걱정이 앞섰던 것이다.

– 그런 건 걱정 안 하셔도 됩니더. 자재 담당이라니까 그리 힘

든 일은 아닐 겁니더. 또 다른 직원들도 있으끼네 다들 도와줄 낍니다, 그라이끼네 쪼매 신경만 쓰마 얼마든동 해내실 수 있지 싶습니더.

방구석에서 이야기를 듣던 소년은 어머니가 왜 사무장을 모르는 척하라고 했는지, 아버지를 식품회사에 취직할 수 있도록 뒤에서 일을 꾸민 사람이 누구인지 알 것 같았다.

— 어젯밤에 시원하게 귀지를 파내는 꿈을 꾸었더니 이런 좋은 소식을 들으려고 그랬나 보다.

사무장을 대문 밖까지 배웅하고 방으로 돌아온 아버지가 조울증에 걸린 사람처럼 어찌할 바를 모르고 몸을 뒤집힌 풍뎅이모양 방 안을 몇 바퀴나 돌고난 다음에 말했다. 기대와 긴장으로 몹시 설레는 표정이었다.

— 문수 넌 오늘 일 모른 척하고 있어라. 네 엄마한테는 내가 이야기하든지 하마.

아버지가 입에다 검지를 가져다대었다. 일자리가 확정될 때까지 어머니에게 비밀로 해두고 싶은가 보았다.

소년은 내심 쓴웃음을 머금었다. 애초에 이렇게 일이 되도록 꾸민 사람이 어머니란 사실을 아버지가 알았다면 어떤 인상이 될 지 궁금했다. 하지만 비밀은 비밀이었다. 괜히 알량한 아버지의 자존심이 다쳐서 좋을 일은 없었다. 소년은 크게 고개를 끄덕였다.

선거운동

– 여보, 나 이제 한동안 다른 일을 하게 됐어.

어린이날을 며칠 앞둔 어느 날이었다. 여느 날보다 이른 저녁
여섯 시경에 퇴근한 아버지가 모처럼 가족이 함께한 밥상머리에
서 툭 말을 꺼냈다.

– 그게 무슨 말씀이에요?

어머니가 하던 젓가락질을 멈추고 아버지를 바라보았다. 미간
에 우려의 빛이 스쳐가는 것을 소년은 놓치지 않았다. 아버지에
게 좋지 못한 일이 생겼을까 걱정이 된 모양이었다. 근 두 달간
별 탈 없이 회사를 다니던 아버지를 보고 마음을 놓고 있던 어머
니였다. 그런 터에 무슨 일이라도 생기면 적이 걱정이 아닐 수 없
었다.

뜸을 들이듯 숭늉으로 입가심까지 한 다음에야 아버지는 말을
이었다.

– 조금 있으면 총선이 있지 않아. 그 선거에 극장주인 한 변호
사님이 야당 국회의원으로 출마한 모양이야. 그래서 나보고 한동
안 자기를 도와 달라지 않아. 일손이 턱없이 딸린다면서 말이야.

– 선거운동 말씀이세요?

어머니가 갑자기 뒤통수를 맞은 사람의 얼굴이 되어 반문했다.

– 그래, 선거운동. 오늘 낮에 연락을 받고 한 변호사님 사무실에 갔다 왔어. 그리고 선거참모란 사람한테 선거운동에 대한 여러 가지 기술적 사항이랄까, 방법 같은 것을 얘기 들었어. 계속 이야기를 듣고 보니 그런 건 생전 처음이지만 엔간하면 해낼 수 있을 것 같아.

담배를 피워 물며 아버지가 말했다. 항상 새로운 일을 시작할 때 그러했던 것처럼 오늘도 역시 흥미와 자신감을 가진 듯 보였다.

사실 아버지가 왜 선거에 관심을 보이는지 소년은 어렴풋이나마 짐작하고 있었다. 식품회사에 다니는 달포여 동안 아버지는 조금씩 일에 진력을 내고 있었던 것이다. 소년은 그게 아버지의 변덕스런 성품 때문이라고 생각했다. 작년의 벽돌공장 일도 그렇지만 아버지는 단조롭거나 동일한 작업을 반복하는 걸 병적으로 싫어했다. 아버지가 식품회사 일에 싫증을 느끼는 것도 소년은 나름대로 이해할 수 있었다.

얼마 전, 아버지가 식품회사에 취직하고 얼마 되지 않았을 때 잔심부름할 일이 있어서 시장 부근에 있는 회사를 찾아간 적이 있었다. 길게 이어진 붉은 벽돌담장에 무슨 회사라고 한자로 적혀 있었지만 실은 공장건물이나 다를 바 없었다.

대문 입구에 옛날 기역자 한옥을 개조한 작은 사무실이 있었고, 그 뒤로 시멘트 블록으로 지은 커다란 건물 두 동이 전부였다. 사무실 여직원이 소년을 아버지가 일하는 공장 내부로 안내

했다. 소년은 아버지가 근무하는 모습을 구경할 수 있었다.

아버지가 맡은 일은 넓은 공장 내부에 쌓인 물품들의 내역을 파악하고, 입고와 출고를 일일이 장부에 기재하는 일이었다. 마침 출고가 있었는지 아버지가 손에 장부를 들고 커다란 트럭에 싣고 있는 물품을 하나씩 세고 있는 중이었다. 매일 생산되어 창고를 드나드는 물품의 수량을 헤아리는 일은 무척 간단했지만 그만큼 따분해 보였다. 규칙적으로 반복되는 그 일에는 어떤 변화도 있을 수 없었다.

날마다 세어 '조지는' 게 요즘 제 일입니다.

지난 일요일 날이던가, 집으로 찾아온 정 반장과 마루에서 막걸리를 나누던 아버지가 푸념처럼 던진 말이었다. 그 말에는 자신이 하는 일에 대한 불만이 깔려 있었다.

– 그런 정치적인 일은 한 번도 해보지 않았잖아요? 또 그 일을 하려면 지역적 연고나 사람들을 많이 알아야 하는데 뜨내기인 당신이 그런 게 있을 리도 없고…….

어머니의 말처럼 아버지는 전혀 정치적인 사람이 아니었다. 아예 정치적 성향이나 관심마저 없는 사람이라고 해야 옳았다. 소년이 아버지에게 들은 정치적인 이야기라면 기껏 이정재니 유지광, 임화수 같은 정치깡패가 김두한, 맨발의 장군, 시라소니 등과 시장판에서 활극을 벌였다는 게 전부였다. 그런 아버지가 정치판에 뛰어든다니 어머니론 당연히 걱정이 앞설 수밖에 없었을 것이다.

– 그런 거야 하면서 차차 배우는 거지. 태어날 때부터 잘한 사

람이 누가 있겠어.

평소의 아버지다운 낙천적인 응답이었다.

그렇게 아버지는 생면부지의 정치판에 뛰어들게 되었다. 그 일이 적성에 맞는지 모르겠지만 아버지는 직장에 다닐 때보다 훨씬 자유로움을 만끽하는 듯했다. 아침을 먹고 난 뒤에도 한동안 큰방에서 담배를 피우거나 해몽 책을 뒤적이며 꾸물거렸고, 아홉 시를 넘어서야 선거 사무실에 간다며 집을 나서곤 했다.

며칠을 그렇게 나다니던 아버지가 하루는 지친 모습으로 집으로 돌아왔다. 방에서 담배를 피우며 무슨 궁리인가를 골똘히 하던 아버지는 저녁 무렵에 어머니가 돌아오자 흉중에 있던 말을 꺼냈다. 아니, 그보다는 속마음을 꺼낼 기회를 노렸다고 보는 편이 옳을 것이다.

- 요즘 하는 일은 어때요?

어머니가 모처럼 시장에서 사 온 갈치로 찌개를 만들어 저녁을 배부르게 먹은 다음이었다. 진수는 숟가락을 놓기 바쁘게 친구 집에 숙제하러 간다고 도망치고, 소년은 큰방에서 장롱을 뒤져 일요일인 내일 병태와 들놀이에 입고 나갈 봄 셔츠를 찾고 있던 중이었다.

- 예상보다 힘들어. 온종일 사람들 만나러 돌아다니는 게 보통 일은 아냐.

- 그러게 지난번에 제가 뭐랬어요. 그 일이 힘들 거라고 했잖아요.

- 여보, 그래서 말인데, 자전거를 하나 사야겠어.

아버지는 이때를 기다렸다는 듯 얼른 용건을 꺼냈다. 무슨 중요한 부탁을 할 때면 아버지는 여보, 라는 말을 버릇처럼 앞에 붙였는데, 정작 아버지 자신은 그걸 모르고 있는 것 같았다.

— 자전거요?

어머니가 잠깐 하던 일을 멈추고 아버지를 건너다보았다.

— 그래, 자전거 말이야. 당신도 생각해 봐. 이 지역 선거구가 보통 넓어. 그 넓은 지역을 마냥 걸어 다니면서 선거운동을 해봤자 얼마나 효율성이 있겠어. 사람만 피곤하지. 그래서 자전거를 한 대 샀으면 해. 편리하고, 또 사람들 보는 눈도 그렇고…….

아버지가 공을 들여서 설명하는 동안 어머니는 잠자코 밥상을 부엌으로 내갔다. 즉각적인 반응이 없다는 건 그만큼 어머니가 그 일을 중요하게 여기고 있다는 증거이기도 했다.

사실 자전거는 시내에선 비교적 흔히 볼 수 있었지만 가난한 동네에선 쉽게 소유할 수 있는 물건은 아니었다. 소년이 사는 동네만 해도 자전거를 가진 사람이라면 고작 세 명 밖에 없었다. 정 반장 집에 세든, 우체국 집배원으로 근무한다는 삼십 대의 공무원 남자와 건널목 네거리에 있는 두꺼비상회의 주인남자, 짐자전거를 끌고 다니며 식당에서 잔반을 수거해서 돼지를 키우는, 동네에서 알부자로 소문난 양씨라는 남자였다. 그만큼 자전거는 귀중한 물건에 속했다.

— 그래서 오늘 낮에 큰 도로가에 있는 길씨네 자전거포에 가서 가격을 알아봤어. 좀 비싸긴 해도 내 월급에다가 당신이 조금만 도와주면 살 수 있을 것 같은데 말이야.

종용인지 부탁인지 모를 정도로 부드러운 어조였다. 항용 어머니에게 어려운 부탁을 늘어놓을 때 아버지가 자주 쓰던 말투였다.

귓등으로 부모의 대화를 엿듣던 소년은 과연 어떤 결말이 날지 궁금했다. 집안에 새 자전거가 생기면 좋긴 했다. 남보란 듯 친구들에게 자랑할 수도 있었고, 자전거가 있다면 나중에 자전거를 배워서 마음대로 탈 기회도 생길 터였다.

한참을 달그락거리며 부엌에서 설거지하던 소리가 들리더니 어머니가 방을 향해 조금 큰 소리로 말했다.

— 당신이 알아서 하세요.

어머니의 반승낙이 떨어지자 아버지는 그럴 줄 알았다는 듯 득의의 미소를 입가에 베물었다. 그 모습을 본 소년은 어쩐지 아버지가 좀 얄미운 구석이 있다고 생각했고, 한동안 그 생각을 지우기 힘들었다. 어머니는 모자란 돈을 마련하기 위하여 영애집에서 가불을 하거나, 지난번에 아버지가 고춧가루 사건으로 잡혀갔을 때처럼 시장에서 일수놀이 하는 춘식이네 아줌마에게 부탁해서 비싼 이자를 주고 곗돈을 당겨 쓸 지도 모를 일이었다. 그도 아니면 전당포에 결혼반지 같은 소중한 물건을 저당 잡히거나.

일단 집안에 자전거가 생기는 건 좋았지만 그에 따른 피해도 없지 않았다. 특히 그 피해를 제일 몸으로 느낀 사람은 소년이었다. 자전거를 몹시 아끼는 아버지가 소년에게 매일 자전거를 녹슬지 않게 기름걸레로 깨끗이 닦아두라는 지시를 내렸던 것이다.

처음엔 그런대로 괜찮았지만 날마다 하려니 보통 귀찮은 일이 아니었다. 몸체를 닦는 일은 비교적 간단했지만 번쩍이는 크롬

도금이 된 바퀴살 사이를 하나하나 닦는 일은 정교한 손질과 인내가 필요했다. 또 비가 오거나 흙탕물이 고인 땅을 달린 뒤에는 닦을 게 더 많았다.

그렇게 소년이 저녁마다 공들여 닦은 자전거를 타고 아버지는 매일 의기양양하게 동네를 돌아다녔다. 자전거 뒤의 짐칸에는 일 미터 남짓한 대나무 깃대를 세우고 거기에 선거에 출마한 후보의 기호가 적힌 노란색 깃발을 매달고 달렸다. 또 큰길가의 신문가판대에서 파는 신문을 한 부 사서 뒷주머니에 찔러 넣고 다녔다. 어디서 보았는지 모르지만 아버지는 그게 멋있다고 여긴 것 같았다.

봄 햇살에 반짝이는 자전거의 은륜과 펄럭이는 삼각의 깃발, 뒷주머니에 꽂힌 신문, 그리고 맞바람에 올올이 일어선 아버지의 머리칼은 매우 약동감이 있어 보였고, 마치 영화배우나 새로운 세상의 탄생을 알리는 전령처럼 보이기도 했다.

무엇보다 아버지는 그 일에 매우 신이 나 있었다. 길에서 남자들을 만나기라도 하면 끼익, 자전거를 세우고 손을 내밀어 악수를 청했다. 이어서 신민당 한 후보의 경력이 적힌 명함을 내밀고 잘 부탁한다는 말을 던졌다. 또 헤어질 때는 검지와 중지로 브이 자를 그려 보이며 '감언이설 속지 말고 사람보고 투표하자'라는 선거구호를 외치길 잊지 않았다.

그건 아버지가 선거운동을 하게 되면서 방 안에서 몇 시간을 끙끙대며 궁리한 끝에 새롭게 창안해낸 아버지만의 구호였다. 어쩐지 거리 전봇대에 나붙은 '아들딸 구별 말고 둘만 낳아 잘 기르자'라는 가족계획 표어와 닮아 있었지만, 그걸 의식하고 만든 것인지 아닌지는 아버지만이 알 수 있는 일이었다.

아버지가 선거운동에 뛰어들면서 집에 새롭게 생겨난 건 자전 거만이 아니었다. 그사이에 아버지는 라디오까지 하나 사들인 것이다. 라디오를 듣지 않고선 민심의 동향이나 대중들의 기호와 세상 물정을 알기 힘들다는 이유 때문이었다.

시내 유명 소리사를 찾아가서 아버지가 사 온 트랜지스터라디오는 귀가 처진 개가 축음기를 듣고 있는 마크가 그려진 빅터 사의 제품이었다. 크기는 벽돌만 했는데 제법 귀한 제품이었다. 아버지는 그 라디오 뒤에 엇비슷한 크기의 직사각 배터리를 절연테이프로 칭칭 감아 붙였다. 그날부터 집 안에선 수시로 라디오소리가 흘러나왔다. 여섯 시경에 시작된 국민체조 구령소리가 늦은 밤에 흥겨운 가락으로 바뀔 때까지 라디오는 집안사람들의 귀를 사로잡았다.

라디오가 생기면서 새로운 현상도 빚어졌다. 동네이웃들이 저녁이면 소년의 집으로 몰려들게 된 것이다.

가난한 변두리동네여서 라디오를 가진 집은 거의 없었다. 그러다 보니 주민들은 라디오의 신기함에 매료되어 저녁식사를 마칠 즈음이면 소년의 집 마루에 내어놓은 라디오 방송을 듣기 위해 하나둘씩 스스럼없이 대문 안으로 들어섰다. 선거운동을 하는 아버지로선 기꺼웠으면 기꺼웠지 마다할 하등의 이유가 없었다. 대민접촉이야말로 선거운동을 하는 아버지가 원하는 일이었고, 예상치도 않았던 부수적 효과를 얻게 된 셈이었다.

얻는 사람이 있으면 잃는 사람이 있다는 말처럼 반사적 피해를 입게 된 사람도 있었다. 그건 어머니였다. 내색은 않았지만 평소 조용한 환경을 좋아하던 어머니로선 번거로운 일이 하나 생긴 셈이었다. 다수의 주민들이 주인의 승낙도 없이 무시로 집 안을 들락거리다보니 자연 가족적인 공간이 없어지다시피 했고, 가끔씩은 그들에게 튀긴 강냉이나 볶은 보리 등속의 군것질거리를 내어놓거나 하다못해 사발에 냉수라도 떠다주어야 했던 것이다.

시간이 지나다보니 그것도 나름의 질서가 생겨났다. 대개 사람들은 저녁식사를 마친 여덟 시경이 되어서야 집으로 몰려왔다. 그때가 제일 한가한 시간이기도 했지만 그 시간대가 되면 〈인기가수 앨범〉이나 〈가요 반세기〉, 〈왕비열전〉 등 방송국에서도 제일 인기 있는 프로를 내보냈기 때문이었다.

밤이 깊어지면 〈김삿갓 북한방랑기〉에 이어 일일연속극을 들려주었다. 그렇게 정각 열 시가 되면 청소년의 귀가를 독촉하는 '청소년 여러분, 밤이 깊었습니다', 하는 방송이 나왔고, 삼십 분이면 기이한 음악과 함께 굵직한 남자의 멘트로 시작되는 〈전설 따라 삼천리〉가 뒤를 이었다.

동네사람들은 〈전설 따라 삼천리〉를 제일 즐겨 들었다. 기이한 음향소리나 귀신이 원한에 사무쳐서 우는 소리를 낼 때마다 사람들은 바짝 어깨를 움츠리고 무서워하면서도 은근히 그 공포를 즐겼다. 그리고 그 방송이 끝남과 동시에 귀신에게 홀렸던 정신을 되찾은 사람처럼 하나둘 제 집을 찾아 돌아가곤 했다.

집에 자주 들락거리는 사람도 일정하게 정해졌다. 제일 자주 찾아오는 사람은 라디오란 별명의 시청 청소부 곽씨였다. 소년의 집 대문과 대각선으로 십여 미터 남짓 떨어진 관계로 걸핏하면 찾아오곤 했다. 방금 저녁을 먹고 걸죽하게 트림을 하며 와서는 냉수를 찾기도 하고, 잠자리에서나 입는 허름한 옷차림으로 스스럼없이 드나들었다. 어떤 때는 술에 취해서 평상에서 라디오를 듣다가 잠이 드는 바람에 아들과 부인을 불러서 업어가도록 한 경우까지 있었다.

그다음으로는 두 칸 아랫집에 사는 아낙이었다. 시장에서 국밥 장사를 하는 오십 후반의 여자로 걸걸한 성격에다 걸핏하면 시장 바닥에서나 쓰는 막된 욕설이 튀어나와서 별명이 욕쟁이아낙이었다. 아낙은 욕설만큼이나 뜨개질을 잘했다. 저녁이 되면 아예 뜨개질 바구니를 들고 집으로 찾아와서 라디오를 들으며 두세 시간씩 뜨개질을 하다가 무거운 엉덩이를 떼어 집으로 향하곤 했다.

애청자 중에는 앞집에 세든 스물 남짓한 나이의 총각도 있었다. 인근 사기공장에 다닌다는 샌님처럼 생긴 남자였는데 원래 아홉 시 반경에 방송하는 〈왕비열전〉을 즐겨 들었다. 그러다가 나중엔 〈전설 따라 삼천리〉까지 애청했는데, 그 전만 해도 무릎이 나온 낡은 운동복에 월남샌들이라고 부르는, 타이어를 잘라 만든 '딸딸이'를 신고 소년의 집엘 드나들던 그가 어느 날부턴가 제법 깨끗한 차림으로 나타나기 시작했다.

다리미로 줄을 세운 외출복 바지에 말끔한 셔츠를 입고 와서는 연속극이 나오는 열 시경이 되면 라디오를 들으며 자주 대문 쪽을 흘끔거렸는데 소년은 왜 그러는지 짐작 가는 바가 있었다. 그 시간대가 선이누나가 야근을 마치고 돌아올 무렵이었던 것이다.

선이누나가 마당을 가로지르는 동안 그 사기공장 남자의 눈길은 계속해서 그녀의 뒤를 좇았다.

하지만 소년이 보기에 두 사람 사이에 어떤 인연이 발생하기는 거의 불가능한 일 같았다. 주위사람들의 눈도 그렇지만, 사기공장 총각은 선이누나가 먼저 말을 걸지 않는 한 평생 먼저 이야기를 해볼 엄두도 내지 못할 숫기 없는 사람이었다.

그 외에도 아이들과 연속극에 취미를 들인 아낙 몇몇이 교대로 소년의 집을 들락거렸다. 특히 국제적 타이틀이 걸린 권투중계를 하는 일요일 같은 날에는 동네 남자들이 마루와 평상을 가득 채우고 남았다. 아이어른 할 것 없이 모여 앉아서 '어퍼 컷', '잽잽' 소리를 내며 우리나라 선수를 응원하곤 했다. 결론적으로 아버지가 선거운동을 하게 되면서 소년의 집은 주변에서 가장 문화적인 혜택을 받는 집으로 변모하게 되었던 셈이었다.

라디오가 생기면서 소년의 문화적 취향도 조금 달라졌다. 그전까지 몰랐던 인기가수의 이름을 알게 되고, 유행가도 자연스레 따라 흥얼거리게끔 되었다. 옛날 가수인 이남영과 고복수, 남인수의 노래와 이미자나 배호, 최희준, 하춘화, 나훈아나 남진, 라나에스포의 노래도 즐겨 듣게 되었던 것이다.

한번은 병태와도 나훈아가 노래를 잘하느니, 아니면 남진이 노래를 잘하는지를 두고 언쟁을 벌이기도 했다. 병태는 저 푸른 초원에 그림 같은 집을 짓고 어쩌구 한 남진의 〈님과 함께〉를 좋아했지만 소년은 나훈아의 〈무작정〉이란 노래가 한층 구성지고 박력이 있어서 좋았던 것이다.

– 아무리 난쟁이들이래도 이 쬐그만 곳에서 살믄 얼마나 답답하겠노? 새댁이 좀 꺼내 놔주면 안 되겠는가?

어느 날인가 촌에서 도시로 시집온 딸네집에 들르러 왔다가 우연히 소년의 집에 놀러왔던 할머니가 라디오 연속극을 듣던 중에, 라디오를 이리저리 들여다보며 어머니에게 걱정스레 내뱉은 말은 여러 사람들을 웃게 만들었을 뿐만 아니라 동네에 두고두고 회자되었다.

소년이 형이 잠에서 깨지 않도록 조심스레 공부방을 나와 마당에 내려섰을 때 감청색 하늘엔 손톱달이 신비스레 떠 있었다. 기척을 느꼈는지 큰방 문이 한 뼘 가량 열리더니 어머니의 나직한 음성이 흘러나왔다.

– 부디 조심해서 다녀 오거라.

어머니의 말투엔 걱정이 어려 있었다. 아버지의 부탁으로 나가는 것이라서 내놓고 반대는 못했지만 아무래도 마음이 놓이지 않았던 것이다. 라디오를 듣던 이웃들이 모두 돌아간 열한 시경에 큰방에 불이 꺼지는 것을 보았지만 여태 잠을 자지 않고 있었던 것이다.

– 걱정하지 마세요.

소년이 작게 말했다.

함석대문을 나서자 길게 담벼락을 따라 이어진 골목길은 새어 나온 불빛으로 군데군데 얼룩이 져 있었다. 농밀한 어둠 속에서 코고는 소리만이 요란스레 들려왔다. 틀림없이 시청 청소부인 곽씨의 코고는 소리였다. 허리가 엔간한 드럼통 굵기인 곽씨의 코고는 소리는 시끄럽기로 이미 동네에서 정평이 나 있었다. 특히 술을 마신 날은 더욱 크고 요란했다.

니이미, 코에다 소련제 탱크 엔진을 달아 부쳤나. 이거 어데 시끄러워서 사람이 살겠나. 저놈의 콧궁게(콧구멍)에다 쌍말뚝을 박든지 해뿌야지 원.

작년 언젠가 주물공장에 다니는 차씨가 오밤중에 파자마바람으로 뛰쳐나와 곽씨가 사는 집을 향해 내뱉은 악담이었다. 차씨는 곽씨와 바로 담 하나를 이웃한 탓에 피해가 가장 극심했다. 차씨는 오늘밤에도 온전한 잠을 이루기는 힘들 것이다. 낮에 곽씨가 천변 유세장에서 얻어 마신 막걸리에 취해 발개진 얼굴로 양손에는 공짜로 얻은 고무신을 들고 의기양양해서 돌아왔던 것이다.

약속한 동네 공터에는 전봇대에 달린 방범등만이 어둠속에 둥그러니 빛을 뿌리고 있을 뿐 조용했다. 방에서 졸린 잠을 뿌리치고 큰방의 벽시계가 열두 점을 치는 것을 세고 나왔으니 시간이 틀리지는 않을 것이다.

소년은 전봇대 뒤편의, 불빛과 어둠의 경계에 서서 목 단추를 끼웠다. 오월 초순이라곤 하지만 살갗에 와 닿는 밤 기온이 쌀쌀맞았다. 어디선가 희미하게 시궁창 냄새가 풍겨왔다. 얼룩 고양이 한 마리가 어둠 사이로 나타났다가 인기척을 느끼고는 재빨리 공터 너머로 사라졌다.

조금 기다리고 있자 어둠 속에서 병태가 영화 속 갱이나 된 것처럼 담배를 피워 문 채 모습을 드러냈다. 병태는 예전 극장 앞에서 보았던 순복이란 여자애와 사귀면서 폼 나게 담배를 피우기 시작했고, 요즘은 시간만 나면 담배를 빼물었다. 입술 한쪽으로 담배를 무는 건 서부영화에 나오는 어느 영화배우의 폼을 흉내 낸 것이겠지만 소년이 보기엔 전혀 닮은 성싶지 않았다.

— 진짜로 극장 초대권 주는 기제?

병태가 물었다. 낮에 얘기해두었지만 잘 믿기지 않는 모양이었다.

— 내가 거짓말 하는 거 봤어?

소년이 대답했다.

— 하긴 그렇제.

병태가 고개를 끄덕였다.

어제 아침이었다. 마루기둥에 쇠사슬로 묶어두었던 자전거를 풀어내던 아버지가 소년을 불렀다. 형과 동생은 각각 학원과 학교로 갔고, 어머니는 일감을 받으러 영애집에 가고 난 다음이었다. 소년은 물뿌리개로 담장 밑 화단에 물을 주고 있었다.

눈을 끔벅이며 잠시 뭔가를 궁리하던 아버지는 소년에게 일을 하나 해보지 않겠느냐고 물었다. 아버지가 말한 일이란 게 좀 색달랐다.

아버지의 말은 요 근래에 아버지가 선거운동을 하고 있는 신민당 한 후보의 벽보가 자꾸 찢어지거나 사라진다는 것이었다. 다른 여타 후보들의 벽보가 멀쩡한 것에 비해 유독 기호 2번인 한 후보의 벽보만 훼손되거나 없어지는 것은 분명 가장 강력한 라이벌인 기호 1번 측의 소행이 분명하다는 얘기였다.

해당 파출소에 연락했지만 조사해보겠다는 무성의한 답변만 되풀이할 뿐 수사할 생각은 없어 보인다는 게 아버지의 결론이었다. 그래서 아버지 나름대로 궁리해낸 것이 직접 벽보를 지키는 것이었다. 하지만 그런 일을 맡을 사람은 소년 밖에 없었다.

마침 한 후보 측에서는 선거운동의 일환으로 한 후보가 소유하고 있는 극장 무료초대권을 잘 아는 투표권자들에게 비밀스레 나누어 주고 있었다. 아버지는 그 초대권을 나눠줄 테니 친구들과 함께 벽보를 지키는 야간순찰을 해보는 게 어떻겠냐고 물었던 것이다.

명색이 아버지인 내가 너한테 이런 얄궂은 일을 시켜도 될지 모르겠다. 하지만 일을 맡길 마땅한 사람이 너 밖에 없어서 그런다. 하기 싫으면 언제든 그만둬라.

이야기 말미에 아버지가 캥키는 얼굴로 말했다. 아버지로선 어른들 선거에 자식을 이용하는 게 떳떳하지 못했을 수도 있었다. 하지만 소년에겐 공짜 영화를 볼 수 있는 더없는 기회였다. 마다 할 마음은 추호도 없었다.

오늘 오후에 소년의 제안을 받은 병태 역시 뛸 듯이 기뻐했다. 안 그래도 사귀는 여자애와 마땅히 갈 곳이 없던 차에 매일 밤 순찰을 돌 때마다 초대권을 한 장씩 준다는 말이 귀에 솔깃했을 것이다.

- 혼자 왔어?

소년이 물었다. 다른 친구도 있으면 데리고 오라고 병태에게 일러두었던 터였다.

－아니다. 조금만 기다리 봐라. 철길 건널목 옆에 사는 창호도 올라꼬 캤다.

병태의 손가락 끝에서 튕겨나간 담배꽁초가 유성처럼 어둠을 가르고 날아갔다. 이어 병태는 찍하고 이빨 사이로 침을 쏘아냈다.

골목 쪽에서 지분거리는 발자국 소리가 나고 창호가 방범등 불빛 아래 모습을 드러냈다. 제 딴에는 준비를 한답시고 검은 점퍼에 검은 바지를 입고 있었다. 부모가 청과물시장에서 채소장사를 하는 창호는 중학교를 졸업한 뒤 철공소에 취직해서 일하다가 프레스라는 기계에 검지와 중지를 잘린 다음 직장을 쉬고 집에서 놀고 있는 처지였다.

소년과 두 친구는 발소리를 죽이고 골목을 빠져나갔다. 나직나직한 판잣집들이 어둠을 이불처럼 덮은 채 곤한 잠에 빠져 있었다.

동네 안에서 벽보가 찢어진 몇몇 곳을 제외하면 기호 2번 벽보가 남아 있는 곳은 그리 많지 않았다. 동생 진수가 다니는 초등학교 담장도 그중 한군데였다. 소년과 친구들은 오늘밤은 거기를 지키기로 결정했다.

소년과 친구는 벽보가 붙여진 초등학교 담벼락이 잘 바라보이는 골목 모퉁이 그늘진 곳에 몸을 숨겼다. 간헐적으로 개 짖는 소리만 들려올 뿐 밤은 제 스스로의 침묵 속에 깊이 침잠했다.

－나, 그 가스나하고 키스해봤다.

심심했던지, 아니면 소년에게 자랑이라도 하고 싶었던지 몸을 웅크리고 있던 병태가 뜬금없는 소리를 꺼냈다.

－정말이야? 처음에는 어떻게 했어? 그 애가 하자고 했어?

호기심이 당긴 소년이 작은 소리로 내처 물었다. 전번에 극장 앞에서 보았던 얼굴이 동그랗고 덧니 난 여자애. 웃을 때마다 손으로 입을 가리던 모습이 떠올랐다.

– 내가 큰맘 묵고 그 가스나한테 딱 까놓고 말했지. 키스 함 해도 되겠냐고.

– 그카이(그러니까) 갸가(그 애가) 뭐카드노?

곁에서 듣던 창호가 먼저 물었다.

– 무슨 생각인지 그냥 가만이 있드라. 그래서 슬쩍 입을 맞추었다 아이가.

– 기분이 어땠어?

병태가 막 대답하려는 찰나에 어디선가 딸랑거리는 방울소리가 들렸다. 소년과 친구는 이야기를 멈추고 소리가 들린 쪽으로 시선을 모았다.

어둠 사이로 나타난 것은 한 남자와 노새가 이끄는 마차였다. 마차에는 커다랗고 둥근 나무통이 실려 있었고, 그 통에 연결된 검은 자루 같은 게 밑동이 동여매인 채 달려 있었다. 그리고 마차 위에는 두 개의 통과 지게가 얹혀 있었다. 소년은 문득 지난겨울에 읽었던 러시아 단편소설의 한 장면을 떠올렸다.

– 저건 야미로 똥 푸는 사람이잖아.

창호가 소리를 낮춰서 말했다.

– 야미가 뭐지?

용어가 생소해서 소년이 물었다.

– 뭐긴, 불법적으로 밤에 몰래 똥을 퍼주는 사람을 두고 하는

말이제.

창호 대신 병태가 대답했다.

마차를 세운 남자는 학교 담벼락에 붙은 벽보 앞에 붙어 섰다. 한참 벽보를 들여다보던 남자는 크게 가래침을 긁어 올리더니 퇴 하고 벽보를 향해 뱉었다.

방울소리를 울리며 남자와 마차가 저만치 어둠 속으로 멀어지고 소년과 친구가 숨겼던 몸을 드러내려고 할 때에 다시 저쪽에서 누군가 걸어오는 발자국 소리가 났다.

어둠 속에서 나타난 것은 조그만 몸집의 아이였다. 주위를 둘러보던 아이는 잽싸게 손을 뻗어 벽보 한 장을 뜯어냈다. 소년보다 동작이 빠른 건 병태였다. 순식간에 뛰쳐나가 막 도망질치는 아이의 뒷덜미를 턱석 움켜잡았다. 놀란 아이가 새된 소리로 이것 놓으라며 몸부림을 쳤다.

– 이기 누고? 창석이 아니가?

손으로 아이의 턱을 치켜들던 창호가 놀라서 말했다. 소년이 보기에도 그랬다. 어두웠지만 아이는 분명 초등학교 6학년생인, 정 반장의 맏아들 창석이었다. 정 반장은 요즘 공화당인 기호 1번 후보를 위해 열심히 선거운동을 하고 다녔다. 상황이 어떻게 되었는지는 짐작만으로도 충분했다.

– 일마를 우짜믄 좋겠노? 파출소에 델꼬 갈 수도 없고…….

아이의 팔을 잡고 있던 병태가 곤혹스런 눈길로 소년에게 물었다. 소년은 병태의 마음을 헤아릴 수 있었다. 소년은 벽보 앞으로 가 보았다. 찢겨져 나간 것은 분명 기호 2번, 한 후보의 벽보였다.

– 지가 잘못 했심더. 제발 한 번만 봐주이소예.

무릎을 꿇은 아이가 울먹거리며 두 손을 비볐다.

– 너거 아부지가 시킨 거제? 바른대로 말해 보그라.

창호가 다그쳤다.

– 아임니더. 정말 아임니더.

– 그냥 내비둬라. 설사 정 반장이 시켰다 캐도 쟤가 아부지가 시켰다꼬 실토하긋나. 그보다 창석이 니 일로 와 보그라.

병태가 아이를 일으켜 세워 벽보 앞으로 끌고 갔다.

– 니가 2번을 찢었으니까 1번도 니 손으로 찢그라. 그래야 공평하다 아이가. 그리고 두 번 다시는 이런 짓 하지 마래이. 안 그라마 당장 파출소에 신고 해뿔 끼다. 알아 들겠나?

병태의 지시에 따라 아이가 1번 후보의 벽보를 찢어냈다. 병태가 잡고 있던 아이의 팔을 놓았다. 아이는 부리나케 어둠속으로 달려갔다.

소년은 병태의 결정에 내심 탄복했다. 역시 나이는 겉으로만 먹는 게 아니라는 생각이 들면서 소년은 병태가 부쩍 어른스럽게 느껴졌다.

– 문수야. 니 아부지한테 절대 이 이야기는 하지 말그라. 한 동네 어른들 사이에 의리만 나빠진다 아이가.

다시 담배를 입가에 피워 물며 병태가 의젓하게 말했다. 소년은 문득 병태가 액션영화에 나오는 배우를 닮았다고 생각했지만 그게 허장강인지 박노식인지는 잘 분간이 되지 않았다.

사흘 뒤였다. 공부방에서 형의 영어 자습서를 보고 있던 소년은 병태가 부르는 소리에 마루에 나섰다. 햇살이 마루 끝에 넓게 걸린 걸로 보아 네 시경쯤 되었을 성싶었다.

– 문수야, 내하고 어데 좀 가보자.

줄곧 뛰어왔는지 병태의 말소리가 거칠었다. 소년은 어리둥절해서 병태를 바라보았다.

– 무슨 일인데 그래?

– 아까 저쪽 철길 건너 동네에서 선거운동원끼리 싸움이 있었다 아이가. 그라고 니 아부지가 다쳤다 카는데, 문수 니가 가봐야 안 되겠나?

– 아버지가 다쳤다고?

오전에도 소년의 집을 찾아온 병태는 오늘 시민 체육관에서 무료 레슬링 경기가 열린다며 함께 가자고 꼬드겼다. 그곳에 가면 찬조 출연하는 인기가수들을 볼 수도 있고, 또 고무신에다가 빵까지 공짜로 나눠준다는 소문을 들었다고 했다. 소년은 내심 가고 싶은 마음이 없지 않았지만 애써 참기로 했다. 다들 나가고 없는 집을 비워두기도 어렵지만 아버지의 말이 마음에 걸렸던 것이다.

요 근래 들어 아버지는 아침 밥상머리에서 현 선거상황에 대해 자주 언급을 하곤 했는데 특히 여당인 공화당에 대하여 종종 분개하곤 했다. 벌겋게 열을 올려가며 어머니에게 하는 얘기를 들어보면 여당인 그들이 벌이는 선거부정과 방해가 자못 극심하며 그 방법 또한 치졸하면서도 조직적이라고 했다. 아버지 말을 빌면 '세상천지에 법도 없고, 도덕도 수치도 모르는' 형편없는 짓거리를 벌이고 있다는 것이다.

더욱이 선거가 막바지에 이른 요즘엔 그런 행위가 극에 달했으며, 반장이나 통장을 비롯한 공무원들을 동원하여 금품을 살포하고 표를 매수하는 건 보통이고 야당 후보의 연설이 있는 날에는 시민축제다, 야유회다, 동네 계모임이다 해서 유권자들을 야외로 몰고 나가는 수법을 주로 쓴다고 했다.

하도 그런 일이 잦다보니 지방에서는 유권자들이 '선거야, 선거야, 이제 가면 언제 오나. 내가 가면 아주 가나. 사 년 후에 다시 온다.'라는 괴상한 민요까지 부르며 춤을 추고 곳곳에서 술판이 벌어지고 폭력이 난무한다고 했다. 심지어 그런 자리에 초등학교 아이들까지 끼어들어서 공짜막걸리에 취해 비틀거리며 난리법석을 떨었다는 얘기가 돌았다.

정치야 사실 국민들 수준에 달린 거 아니에요.

한바탕 타락된 정치판에 대한 성토가 끝났을 때 어머니가 측은해하는 눈빛으로 아버지에게 던진 말이었다.

국민들이 무슨 잘못이 있어! 국민을 그렇게 이끄는 위정자가 나쁜 거지.

어느 편도 아닌 어머니의 대답이 마음에 들지 않았는지 아버지가 노기를 거두지 않고 투박스레 말했다.

당신 말이 옳아요. 그나저나 당신 몸조심이나 하세요. 저들이 야당 선거운동원인 당신에게 어떤 해코지나 하지 않을까 그게 걱정이에요. 이승만 정권 때도 그런 일이 많았잖아요.

그때 어머니의 예감이 적중한 것일까. 불안감에 시달리며 소년은 병태와 함께 동네 길을 따라 힘껏 달려갔다. 싸움이 있었다는 장소는 철길 건너편 동네였고, 시립아파트인가 뭔가가 들어선다는 소문이 도는 널따란 공터였다.

도착한 공터에는 버려진 선전지와 휴지만 어지럽게 흩어져 있을 뿐 사람들은 보이지 않았다. 주변에서 공을 던지며 놀고 있던 중학생에게 물어보니 싸우던 사람들은 다들 흩어졌고, 다친 사람은 인근 병원으로 데리고 갔다고 했다.

병원을 찾았을 때 아버지는 병실 침대에 걸터앉아 다른 선거운동원 몇 사람과 이야기를 나누고 있었다. 왼쪽 눈 부위가 퉁퉁 부어 있었고 멱살을 잡힌 듯 목 주변도 붉게 생채기가 나 있었다. 아버지는 찾아온 소년을 보자 얼굴을 찡그렸다. 미소를 지으려고 한 게 낯이 부어서 잘 안 되는 모양이었다.

– 별것 아니다. 무식하고 못된 놈들이 할 짓이 주먹질 밖에 더 있겠냐.

어쩐지 아버지는 두들겨 맞은 게 속이 후련한 듯 보였다. 주위에 있던 다른 사람들이 아버지 말에 낄낄거리며 웃었다.

나중 뒤늦게 아버지가 입원한 병원을 찾아온 어머니에게 한 얘기를 종합해보면 사건은 다음과 같았다.

한 후보의 연설이 있기에 앞서 미리 후보 선전지를 나눠주고 있던 한 후보 측 운동원에게 공화당 측 선거운동원들이 몰려와서 야유를 퍼붓고, 그도 모자라 심한 욕설과 함께 시비를 걸었다고 했다. 그래서 한 후보 측 운동원과 언쟁이 벌어졌는데, 곧 얼굴이 험상궂은 사내들이 대여섯 명 달려들어 곁에서 말리던 아버지의 멱살을 잡고 폭행을 가했다는 것이다.

이런저런 얘기 끝에 아버지는 어머니와 소년을 가까이 불렀다. 그리고 작게 귓속말로 사정을 이야기해주었다.

－사실 난 하나도 안 아파. 주위사람들이 하도 그냥 있으라기에 마지못해 병원에 있는 거니까 절대 걱정하지 마.

다음 날 아침 아버지가 상대편 후보 운동원들에게 폭행을 당한 사건이 지방지 조간신문에 크게 보도되었다. 야당 성향의 신문은 아버지가 당한 일을 두고 '정치적 테러'라는 선정적 제목으로 내보냈다. 아울러 아버지가 병원에 입원한 사진과 그 사건의 전말을 지면에 크게 보도했다. 아무리 지방신문이라곤 해도 아버지가 그처럼 크게 사진까지 실리기는 처음이었을 것이다.

그때부터 아버지는 지역에서 알아주는 정치투사가 되었고, 동네사람들도 그런 아버지를 얼마간 존경하는 눈길로 바라보곤 했다. 사흘간 병원에 입원해 있던 아버지는 곧 몸을 털고 일어나 다시 선거운동에 뛰어들었다. 예의 그 '감언이설 속지 말고 사람보고 투표하자'라는 아버지 특유의 구호를 외치며 자전거를 타고 이 동네 저 동네를 바람처럼 돌아다녔다.

신성극장

　－ 요즘은 동네사람들이 덜 찾아와서 조용하긴 하네.

해가 뉘엿할 무렵에 저녁을 마친 어머니가 걸레로 마당에 내어놓은 평상을 닦으며 혼잣말처럼 말했다. 서녘 하늘에 노을이 자주색 커튼처럼 드리워져 있었다. 겨울 같으면 한밤이겠지만 해가 길어져서 그런지 저녁밥을 먹은 지 한참 지났음에도 사위는 아직 그다지 어둡지 않았다.

　－ 다들 〈여로〉라는 TV연속극을 보러 간 거죠. 저녁마다 하는데 요즘 인기가 최고라던데요.

운동화를 신으며 소년이 말했다.

　－ 저 골목 어귀의 푸른 철대문집 말이냐?

어머니가 고개를 들었다.

　－ 그 집 말고 우리 동네에 텔레비전이 있는 집이 어디 있어요. 진수도 여섯 시만 되면 그 집에 좇아가서 〈밀림의 왕자 레오〉라는 만화영화를 본다고 하던데…….

　－ 너도 그 집엘 가봤니?

　－ 아뇨. 전 그 집에 안 가요.

─ 주인여자가 미국 군인과 산다면서…….

어머니가 완곡하게 말했다. 하지만 동네사람들은 모두 그 집을 양갈보집이라고 불렀다. 올 봄에 미군부대 군무원으로 근무하던 가족이 이사 간 뒤 새로 이사 온 여자였다.

진흙을 바르듯 두텁게 화장을 한 덕에 약간 젊어 보이긴 했지만 주름진 목을 봐서는 마흔은 넘겼을 여자였다. 그녀는 연갈색으로 염색한 머리에 타이트한 양장을 즐겨 입었다. 무릎까지 오는 치마에 뾰족구두라고 부르는 하이힐을 신고 다니는 모습은 좀 위태롭고 부조화해 보였다. 그 나이에 양장을 한 여자는 보기 드물었기 때문에 생긴 위화감일지도 몰랐다.

그 여자의 집 앞에는 군용 지프가 서 있는 것을 자주 볼 수 있었고, 땅딸막한 키에 카키색 군복을 입은 곱슬머리 흑인상사가 무시로 드나들었다. 그래서 사람들은 뒷전에서 그 여자를 향해 은퇴한 양갈보라고 멸시하듯 말했다.

소년이 본 흑인들 중에서도 피부가 검정 구두약처럼 유난히 검은 흑인상사는 동네 어린아이들을 보면 어금니까지 흰 치아를 드러내며 웃곤 했는데 어쩐지 아이들을 놀려먹기 위하여 그러는 것 같았다. 실제 나이가 어린 꼬맹이들은 그런 흑인을 보면 놀라서 울음을 터트리기도 했다. 병태의 말로는 그 흑인상사는 흑인 중에서도 가장 흑인계층에 속하는 아프리카 만딩고 족이 분명하다고 했다.

양갈보라는 소문과 달리 여자는 미군부대 PX물품을 몰래 내다 파는 장사꾼이라고 했다. 그 집엔 미제깡통맥주부터 미제화장품,

미제담배, 미제통조림, 미제약품, 미제과자 등등 미군물품이라면 없는 것이 없다는 게 그 집을 다녀온 사람들의 전언이었다.

그중에서 그 집에서 단연 인기 있는 것은 안방에 있는 텔레비전이었다. 주인여자는 흑인상사가 오는 날을 제외하곤 대부분 대문을 열어놓고 지냈다. 그리고 텔레비전을 놓아둔 안방 문을 활짝 열어두어 동네사람들이 볼 수 있도록 했다.

그렇게 되자 동네사람들이 하나둘 그 집으로 모여들기 시작했고, 재미난 연속극을 방영할 때는 마루는 물론이고 마당에 커다란 멍석을 깔고 봐야 할 만큼 동네사람들이 많이 모여들었다.

그 바람에 한산해진 건 소년의 집이었다. 그 전까지 저녁방송 시간만 되면 모여들던 동네사람들이 하나둘 발길을 끊었고, 이제 소년의 집을 찾아와서 라디오를 듣는 사람은 건너편 곽씨와 앞집 사기공장 총각 정도였다. 사기공장 총각이 라디오를 들으러 오는지 선이누나를 보러 오는 건지는 알 수 없지만.

— 그런데 이 시간에 어딜 나가니?

세면대에서 평상을 닦은 걸레를 빨며 어머니가 물었다.

— 그냥 바람 좀 쐬려고요.

— 늦게 다녀서 좋을 건 없다. 시간 나면 공부나 좀 하렴.

알았다는 대답을 남기고 소년은 집을 나섰다. 이미 병태는 먼저 와서 기다리고 있을 터였다.

예상대로 동네 뒤쪽 보리밭 중간의 담배 건조장에는 병태가 먼저 와서 기다리고 있었다. 소년을 본 병태는 손가락으로 담배꽁초를 멀리 튕겨 보냈다. 어두운 허공을 날아간 꽁초의 불빛이 보리밭 속으로 사라졌다. 오월 말의 훈훈한 바람이 불어왔고, 멀리 동네의 불빛이 야광충처럼 빛났다.

 ― 오늘도 잔치를 벌일까?

소년이 어둠 속에 길게 펼쳐진 넓은 보리밭을 둘러보며 물었다.

 ― 좀 기다리보마 누구든 안 오겠나.

소년과 병태는 요즘 날이 어두워지면 자주 보리밭 중간의 버려둔 담배 건조장으로 나왔다. 이슥한 밤이 되면 남녀가 보리밭에서 뒤엉켜 재미를 보는 모습을 훔쳐볼 수 있었기 때문이었다. 날씨가 온화해지면서 마땅히 데이트할 장소나 갈 곳이 없는 부부나 애인들이 인적이 드물고, 몸을 숨기기 쉬운 보리밭을 밀회의 장소로 삼았던 것이다.

보리밭을 찾는 사람은 비단 인근 동네사람들뿐만 아니었다. 밤늦게 거리를 헤매고 다니던 아베크족이나 휴가를 나온 군인들도 가끔씩 보리밭을 찾아들곤 했다. 병태는 그것을 잔치라고 불렀다. 소년은 그 표현이 그럴 듯하다고 생각했다. 오뉴월의 푸른 보리밭에서 남녀가 서로의 몸을 안고 있는 걸 보면 마치 자연 속에서 사람이 원초적인 성의 잔치를 여는 것처럼 보이기도 했던 것이다. 그리고 숨어서 그 잔치를 지켜보는 것도 꽤나 흥미롭고 재미난 일이었다.

 ― 내가 이야기 하나 해줄까?

건조장 담 뒤편 보리밭 사이에 고라니처럼 머리만 내놓고 앉아서 주위를 바라보던 병태가 심심했던지 말을 꺼냈다.

 ― 부부간에 우째서 보리밭엘 찾아오는지 니는 아나?

– 그걸 내가 어떻게 알아.

– 그라마 내가 알려줄게. 그건 말이다. 방은 단칸방인데 아이들은 많고 그리 되마 부부간에 잠자리를 할 시간이 거의 없는 기라. 눈치 빠한 아이들이 잠들기를 기다리다가는 피곤한 남자나 여자가 먼저 잠이 들고, 그때 바로 보리밭이 필요한 기라. 그란데 보리밭에 오는 것도 요령이 약간 필요한 기라. 먼저 남편이 그 생각이 나믄 저녁밥을 묵은 뒤에 으흠 하고 신호를 하면서 집을 나오는 기라. 그라마 부인이 아, 남자가 보리밭에서 기다린다는 신호구나 하고 퍼뜩 설거지를 해놓고 뒤를 따라와서 두 사람이 보리밭에서 만나는 기제. 그라고 뭐 꼭 보리밭만 있나, 사과밭도 있고, 물레방앗간도 있제. 옛날에는 다 그래 살았다 안 카나.

이야기를 듣던 중에 저만치 어둠 속에서 한 사람이 보리밭으로 들어서는 게 보였다. 소년과 병태는 얼른 보리이삭 사이로 몸을 숨겼다. 보리이삭 사이로 걸어오는 사람은 키가 작았다. 분명 여자 같았다.

여자는 보리밭 중간으로 들어서서 곧장 소년이 있는 담배 건조장으로 걸어왔다. 어두워서 얼굴은 잘 보이지 않았지만 어렴풋이 옷차림은 볼 수 있었다. 헐렁한 저고리에 월남치마를 입어 있어 좀은 나이가 든 여자 같았다.

– 저 여자는 누고? 분명 많이 본 사람이 분명한데,

귀에 닿을 듯 가까이서 병태가 고개를 갸웃거리며 혼잣말을 중얼거렸다.

여자가 건조장으로 들어간 지 얼마 되지 않아 남자 하나가 보리 이랑을 타고 소년이 있는 쪽으로 걸어왔다. 호리호리한 몸피에 키가 큰 남자였다.

– 저거, 시구리 왕 아이가?

바짝 몸을 붙이고 상황을 보던 병태가 놀란 음성으로 말했다.

– 난 잘 모르겠어.

남자는 곧 앞서 여자가 들어간 건조장으로 들어갔다. 소년과 병태는 몸을 낮추고 건조장 건물로 접근해갔다. 벽에 난 구멍으로 안을 들여다보았지만 내부는 바깥보다 더욱 어두웠다. 사람은 보이지 않았지만 다행히 안에서 나는 소리는 작게나마 들을 수 있었다. 부스럭거리는 소리에 이어 웅얼대는 듯한 작은 속삭임, 그리고 여자의 입에서 흘러나오는 기묘한 신음소리, 살과 살이 맞부딪치는 소리가 어둠 내부에서 진한 독액처럼 끈적거리며 흘러나왔다.

그다지 길지 않은 시간이 흐른 뒤 건조장 문으로 여자가 빠져나왔다. 여자는 풀숲으로 기어드는 뱀처럼 슬그머니 보리밭 이랑을 타고 사라져갔다. 이어 조금 뒤에 다시 건조장을 나온 남자가 어슬렁거리며 보리밭 사이를 뚫고 동네가 있는 쪽으로 걸어갔다. 그 뒷모습이 왠지 허전해 보였다.

– 오늘은 재미 별루다.

두 사람이 사라진 뒤 보리밭에 엎드려 있던 병태가 몸을 일으키며 말했다. 소년은 병태의 말투에서 이유모를 불안과 불쾌함이 묻어나는 것을 감지했다.

– 아까 그 여자, 너 아는 여자지?

– 아이다, 내는 모르는 여자다. 그만 가자.

병태가 보리밭을 헤치며 앞장서 걸었다. 소년은 어둠 속에서 슬쩍 병태의 표정을 살폈다. 그건 분명 보지 않아야 할, 께름칙한 무언가를 본 사람의 표정이었다.

– 너도 아버지가 극장 일을 맡게 된 게 기쁘지?

마루에 걸터앉아 담뱃불을 붙이려던 아버지가 재삼 기쁨을 감추지 못하고 말했다. 햇살이 점차 열기를 더하는 시간이었다.

아버지가 돌아온 것은 조금 전이었다. 아침에 식품회사에 출근한다며 나간 아버지가 점심시간도 되지 않아서 자전거를 타고 집으로 돌아왔다. 제 몸처럼 아끼던 자전거를 아무렇게나 담벼락에 척 기대어 세워놓은 아버지는 먼저 고개를 빼고 어머니부터 찾았다.

하지만 어머니는 영애집 일로 한 시간쯤 전에 나가고 없었다. 잠깐 김이 빠진 얼굴을 하던 아버지가 무슨 생각에선지 금세 싱글거리며 소년에게 말을 붙였던 것이다.

– 문수야. 이 아버지가 내일부터 극장 일을 맡아보게 되었다.

아버지 말로는 오늘 아침 식품회사로 출근했더니 식품회사 대표이사이자 국회의원이 된 한 변호사에게서 직접 전화가 왔다고 했다. 한 변호사는 지난 선거에 이겨서 서울에 가 있었는데, 전화로 아버지에게 극장 일을 맡아보라고 했다는 것이다. 그건 아버지가 남다른 열성을 갖고 선거운동을 한데다가 공화당 측이 동원한 깡패들에게 테러까지 당한 것을 높이 평가해서 맡기는 일자리라고 했다.

─ 문수 너도 기쁘지?

아버지는 아까 물었던 말을 다시 물었다.

─ 그럼요.

소년의 대답에 아버지가 만족스레 고개를 끄덕거렸다. 마루에 걸터앉아 기쁨에 벅찬 듯 허공을 바라보며 뭔가를 궁리하던 아버지가 소년을 향해 돌아앉았다.

─ 무릇 극장이나 영화란 게 무어냐? 그게 바로 문화 사업 아니냐. 문화란 게 얼마나 소중한지 문수 넌 아직 잘 모를 거다. 선진국과 후진국의 차이가 뭔지 아니? 그게 바로 문화란 말이다. 그러니까 문화란 바로 삶의 꽃이라고 할 수 있지. 사람들이 살아가는 데 문화가 없다면 그건 식물에 꽃이나 열매가 없는 것처럼…….

아버지가 긍지와 기쁨이 묻어나는 말투로 문화란 것에 대해 한참 동안 장광설을 늘어놓았지만 제사보다 떡이라고, 소년은 문화적 가치나 문화 사업이란 그런 거창하고 복잡한 것보다 앞으로 아버지 덕분에 영화를 실컷 보게 되었다는 사실이 내심 뛸 듯이 기뻤다. 그것도 삼류극장이 아닌, 시장으로 가는 다리 옆의 신성극장이 아닌가. 소년은 이 사실을 자신이 아는 모든 사람들에게 알리고 싶었다.

하지만 소년은 정신없이 날뛰려는 마음의 고삐를 다잡았다. 아직 확정된 일은 아니었다. 친구인 병태에게나 용운, 삼원이, 창호, 그리고 다른 아이들에게 알리는 일은 서서히 해도 늦지 않았다. 다락의 곶감을 빼먹듯, 입안의 알사탕을 녹여먹듯 날마다 조금씩 알려줘야 더욱 재미날 것이다.

하지만 어머니의 말은 달아오른 소년의 마음에 찬물을 끼얹는 바가 되었다. 저녁에 집으로 돌아와서 극장 일을 맡아보게 되었다는 아버지의 말을 다 듣고 난 어머니는 곁에 앉은 소년과 진수를 똑바로 바라보며 다짐을 놓았다.

– 앞으로 너희 둘, 제멋대로 신성극장에 가거나 하면 안 된다. 거긴 엄연히 아버지의 직장이다. 거길 너희들이 뜬금없이 들락거리면 아버지 체면은 뭐가 되고, 극장에 있는 다른 사람들 보기에 그 모양이 어떻겠니? 그러니 거기에 갈 생각은 하지 말거라. 만약 가고 싶으면 나한테 상의하고 난 뒤에 가던지 하고. 만약 그러지 않았다가는 혼이 날 줄 알아. 둘 다 알았지?

어머니의 충고에 다소 기쁨이 줄었지만 그렇다고 아버지가 극장 과장이 되었다는 사실이 변한 건 아니었다. 우선 동네친구들에게 높아진 아버지의 위상을 알리는 것만 해도 충분히 기뻐할 가치가 있었다. 극장 과장이라면 이 동네에선 그래도 제일 멋진 직업일 것이었다. 더불어 아무려면 극장 직원의 아들인데 영화보기가 다른 때만 같을 수는 없을 거라는 얄팍한 계산도 한몫했음은 물론이었다.

그러나 기대한 만큼 극장 과장이라는 게 화려한 직업은 아니었다. 나중 알게 되었지만 아버지는 명색이 과장이지 실은 극장 관리인이라고 불러야 적당했던 것이다.

신성극장에는 그전부터 일하는 직원이 열한 명쯤 있었다. 영화

필름을 배급받거나 요청하고, 인쇄나 홍보를 책임진 삼십 후반의 남자부장, 매표소를 맡아 교대로 표를 판매하는 중년의 아줌마와 서른 남짓한 노처녀, 출입구에서 표를 검사하는 덩치 큰 삼십 대의 남자, 그리고 상영기사와 조수, 또 극장 간판을 그리는 베레모 쓴 중년의 화가 한 사람, 극장의 전기설비와 의자를 비롯한 물품들을 수리하거나 냉난방을 조절하는 관리기사, 극장 내부와 화장실 청소를 맡은 나이든 아줌마 둘, 여기에 극장의 수입과 지출을 비롯한 모든 금전관계를 다루는 이십대 후반의 여경리 한 사람, 이렇게 도합 열한 명에 아버지를 포함하면 열두 명이 극장의 전 직원이었다.

그 외에 극장 안 매점에서 과자 따위를 팔거나 관객들 사이로 나무판을 들고 다니며 음료수와 빵이나 깨엿을 파는 판매원도 있었지만 그건 극장주가 따로 업자에게 임대를 내준 것으로 직원이라고 할 수 없었다. 또 영화프로가 바뀔 때마다 시내 각처를 돌아다니며 포스터를 붙이는 일 역시 직원들이 아닌 외부용역에 맡겨두고 있었다.

아버지가 맡은 임무는 뭐랄까, 좀 애매한 데가 있었다. 영화로 치면 직접 영화를 찍거나 화면에 등장하지는 않지만 모든 자잘한 일들을 뒤에서 처리하는 섭외와 소품담당쯤 된다고 할 수 있었다. 그도 그럴 것이 아버지가 맡을 만한 적당한 재능이나 기술이 필요한 부서는 극장에 없었기 때문이었다.

극장에서 제일 중요한 일인 영화필름을 배급받고 교체하는 핵심적인 업무는 극장가에서 오랜 경력을 가진 부장이, 모든 극장 내외의 금전관계는 극장주와 가까운 친척간인 여경리가 맡고 있었기에 실상 아버지는 직능과 권한을 가지지 못한 허울뿐인 과장에 지나지 않았다.

그렇다고 아버지의 역할이 전혀 없는 건 아니었다. 일정한 포지션이 없다는 말은 그만큼 다양한 일을 맡아야 한다는 뜻과 동일했다. 아버지의 일은 대체로 종합적인 것이었다. 약방의 감초처럼 아버지의 도움이 필요한 곳은 많았다. 영화프로가 바뀌어 극장 간판을 올리고 내릴 때에, 매표소 여직원이 집안에 급한 일이 생겼을 경우나 관객이 넘쳐나서 표를 검사하는 사람이 손이 부족할 적에, 외부에서 암표상이나 동네건달들이 문제를 일으킬 때나 관리기사가 혼자서 할 수 없는 힘든 일을 처리할 경우에도 아버지의 도움이 필요했다.

소년이 극장 부근에 갔다가 간혹 아버지를 볼 적이 있었다. 극장 밖에서의 아버지는 커다란 극장 간판을 이층 높이의 전면에 걸 적이나, 혹은 입구에 서서 표를 가지고 들어오는 사람들을 지켜보거나 매표소에서 줄을 서지 않고 새치기 하는 얌체는 없는지, 또는 극장 앞을 어정거리며 함부로 버려진 담배꽁초와 휴지를 줍거나 하는 모습을 보여주었다.

어쨌거나 소년의 눈에 아버지는 엄연히 신성극장을 관리하는 과장이었다. 다들 출근하는 아홉시가 넘어서야 출근하고, 업무에 얽매이지 않고 극장 안팎을 자유롭게 돌아다니는 것만 봐도 그랬다.

되도록 극장 출입을 말라는 어머니의 엄명이 있었지만 그렇다고 손을 놓고 그냥 있을 수는 없는 일이었다. 소년은 일주일에 한

번 정도 시간이 날 때를 기다려서 산책도 겸해서 극장으로 갔다.
대개는 저녁을 먹고 난 다음이었다.

 - 문수가 여긴 어쩐 일이냐?

극장에서 약간 떨어진 곳을 배회하고 있다가 아버지가 입구 부
근에 모습을 보일라치면 얼른 극장으로 다가갔다. 그러면 아버지
는 소년의 출현을 반갑게 맞았다.

하얀 와이셔츠에 줄 세운 바지를 입은 깨끗한 차림으로 극장
안을 오가는 모습을 언뜻 보아도 극장 직원의 분위기를 풍겼다.
냉차장사를 하거나 고춧가루 제분소 할 때와는 전혀 달라진 모습
이었다. 예전보다 좀 더 점잖고 의젓해진 것 같았다. 소년은 언
뜻 어느 책에서 읽은, 직위가 사람을 만든다는 말을 떠올렸다.

 - 요 앞 서점에 필요한 책이 있는지 알아보러 나온 길에 아버
지가 계신지 들러봤어요.

그렇게 사전 방어를 쳐놓는 데야 어머니가 알았대도 별 트집을
잡지 못할 거였다.

 - 일단 들어오렴.

소년은 잊지 않고 입구를 지키는 덩치 큰 곰보남자에게 고개
숙여 인사를 했다. 언제는 간판그림을 그리는 걸 구경하고 싶다
고 졸라서 극장 뒤편의 화실에 있던 화가에게 인사를 해놓은 것
도 물론이었다. 그렇게 미리 얼굴을 익혀두면 나중에 아버지가
없을 때라도 무상으로 극장출입을 할 수 있으리란 엉큼한 계산속
에서였다.

예상대로 그 방법은 효과가 있었다. 때마침 극장에선〈도라 도

라 도라〉라는 태평양전쟁을 다룬 영화를 상영했다. 올 컬러에 70밀리 대형스크린으로 상영되는, 무척 보고 싶은 영화였다. 소년은 친구 병태를 불러냈다. 공짜로 영화를 보여주겠다고 큰소리친 다음이었다. 밑져야 본전이란 생각도 없지 않았다.

마음을 졸이며 극장에 갔지만 운 나쁘게 아버지가 보이지 않았다. 병태는 그냥 돌아가자고 했지만 소년은 거기서 물러나지 않았다. 소년은 극장 앞에서 표를 받던 덩치 큰 곰보남자에게 다가갔다.

— 저 모르시겠어요? 김 과장의…….

잠깐 소년을 바라보던 남자가 알겠다는 듯 빙긋 웃음을 보냈다. 그리고 무슨 일이냐고 물었고 아버지를 만나러 왔다는 말을 하자 쉽사리 극장 안으로 들여보내주었던 것이다. 그리고 잽싸게 안으로 들어가는 소년의 뒤통수에 대고 소리쳤다. 과장님한테는 말하지 않으마. 얼른 보고 가거라. 그리고 나중엔 혼자 오너라.

몇 번이나 다녔지만 그때마다 극장 안은 묘한 분위기를 풍겼다. 어둠이 주는 안도감이랄까, 거기에 낯설고 새로운 삶을 기다리는 동경과 기대가 있었다. 또한 빛으로 드러나는 하얀 영사막 위에는 아직까지 접하지 못한 낯선 세계와 낯선 풍경들과 낯선 사랑이 있었다. 무서운 폭력과 냉엄한 정의가 있고, 사악한 배반과 음침한 증오가 있었다.

그리고 고통과 절규, 눈물과 기쁨, 사랑과 이별, 거짓과 진실, 전쟁과 평화, 가난과 풍요가 번갈아가며 넓은 화면을 채웠다. 자장면 값과 같은 160원을 지불하고 극장에 들어온 관객들은 현실에서 이루지 못한 많은 것들을 영화 속에서 찾았고, 맛보았다. 그리고 동조하고 즐기고 비판했다.

꼭 재미있는 영화가 아니더라도 소년은 극장이 주는 안락하고 기이한 분위기가 좋았다. 밝은 세상과 달리 오직 어둠으로 메워진 넓고 음침한 실내, 벽면을 따라 괴물처럼 줄지어 매달린 대형 선풍기, 극장 중앙에 위치한 영사기의 렌즈를 통해서 화면을 향해 쏟아지는 반짝이는 빛의 입자들, 바닥과 천장을 울리며 퍼져 나가는 온갖 음향들, 놀란 사람들의 비명과 소곤거리는 소리, 뒤편에서 몰래 수음에 빠진 덥수룩한 머리의 총각과 대낮에 혼자 들어와서 소리 내어 껌을 씹는 늙은 창녀, 서로의 어깨에 얼굴을 파묻고 수군대는 수상한 젊은 남녀, 앞좌석에 다리를 올리고 잠에 빠진 실업자 청년, 감동에 겨워서 손수건으로 눈물을 훔치며 나가는 중년의 여자. 영화는 인간 감정을 끓여내는 도가니였고, 인간 감정을 흡수하는 스펀지였다. 인간들의 온갖 복잡한 감정과 삶의 희비극이 거기에 있었다.

– 문수 너, 혹시 극장에 가는 건 아니겠지?

오늘도 저녁을 먹고 바깥으로 나서려던 소년의 등 뒤에서 어머니가 물었다.

마루에서 운동화 끈을 조이던 소년은 내심 움찔했다. 그렇지 않아도 슬슬 극장에나 가볼까 하던 참이었다. 어제 새로 들어온 영화는 제임스 딘과 나탈리 우드가 출연하는 〈이유 없는 반항〉이란 미국영화였다. 꽤 볼만한 영화라는 소문이 돌고 있었다.

– 그냥, 이 앞에 산책 나가는 중이에요.

아까부터 슬슬 눈치를 살핀다 싶던 동생 진수가 소년의 뒤를 따라 나왔다.

— 넌 왜 따라오고 그래?

소년이 물었다.

— 형, 나도 형 따라 극장구경 가면 안 되나?

동생이 소년을 빤히 쳐다보며 물었다. 소년은 놀라서 동생을 바라보았다.

— 내가 언제 극장구경 간다고 했나? 바람 쐬러 나오는 길이야.

속이 뜨끔했지만 소년은 일단 시치미를 뗐다.

— 거짓말 하지 마. 형은 내가 그 정도도 모를 줄 알고.

동생의 말에 소년은 아까 어머니가 한 준엄한 경고를 떠올렸다. 동생마저 알고 있다면 어머니가 모를 리 없었다. 분명 무언가 알고 한 말일 것이다.

어쩜 아버지로부터 이야기를 듣고 있는지도 몰랐다. 그렇다면 예삿일이 아니었다. 평소의 어머니는 더없이 자상했지만 어떤 때 무서울 만큼 냉정한 구석이 있었다. 한번 잘못 보이면 눈물이 쑥 빠질 정도로 호된 꾸지람을 하는 어머니였다. 망설이던 소년은 한동안 극장 출입을 삼가기로 마음먹었다.

이밥처럼 하얗게 피어난 아카시 꽃향기가 꿀벌들을 불러 오는가 싶더니 때 이른 초여름 더위와 함께 보리가 누렇게 머리를 숙였다. 성급한 아이들은 벌써 개울가를 찾아들고, 시장에 참외와 수박이 흔해졌다.

– 이자(인제) 저녁까지 방 안에 들어가마 안 됩니더. 그라고 저녁때가 되더라도 방문을 확 열어갖꼬 한참 환기를 시킨 다음에 들어 가이소. 디디티(DDT)는 약이 독해서 그래야 할 낍니더.

큰방에 이어 공부방까지 두루 살충제를 친 젊은 남자가 마루에 나와 마스크를 벗으며 당부했다. 소년은 주머니에서 어머니에게 미리 받아둔 돈을 꺼내 내밀었다. 돈을 받은 약장수는 입으로 뿜는 분무기를 넣은 작은 비닐가방과 약통을 챙겨들고 대문을 나섰다.

여름이 다가오면서 방 안에 빈대와 벼룩이 극성을 부렸다. 진수는 늘 가렵다고 종아리며 허벅지를 피가 나도록 긁어댔고, 형인 한수조차 물것 때문에 밤에 잠을 못 이루겠다고 투덜거렸다. 그러자 어머니는 약 치는 사람이 지나가면 불러서 살충제를 뿌려두라고 소년에게 부탁해두었던 것이다.

방 안의 벽시계가 뎅뎅거리며 열점을 쳤다. 유월 하순의 햇살이 마당 가득 고여 있었다. 소년은 어디로 갈까 망설였다. 살충제 기운이 흩어질 때까지 종일 마루에 진치고 있을 수는 없는 노릇이었다. 그렇다고 대낮부터 아버지가 있는 극장으로 놀러갈 수도 없는 노릇이었다.

궁리 끝에 소년은 문득 머리를 깎을 때가 다 된 것을 알았다. 달포 전에 머리를 깎은 뒤로 아직 한 번도 이발소에 가지 않았던 것이다. 소년은 마침 잘되었다고 생각했다. 이참에 부뜰이가 일하는 모습을 보아두고 싶었다.

두어 달 전이었다. 앞집 부뜰이가 이용소의 면도사가 되어 있더라는 소문을 물고 온 것은 창호였다. 우연히 철길 건널목 너머에 있는 동네 이용소에 머리를 깎으러 갔다가 거기서 앞집 부뜰이가 하얀 가운 차림으로 남자들의 턱을 면도해주는 것을 보았다고 했다.

그 소문을 들었을 때 소년은 불현듯 부뜰이의 처지에 적잖게 마음이 아팠다. 그녀가 겉보기엔 좀 앙큼하고 맹랑한 구석이 있어 보이긴 해도 나름대로 순수한 면도 없지 않았다. 어쩌면 그녀가 음탕하다거나 남자를 밝힌다고 하는 것은 행실이 좋지 않은 부뜰이 엄마에게서 받은 선입관 때문일 수도 있었다.

따져보면 부뜰이가 어느 남자와 사귄다는 소문이 돌았지만 그건 소문일 뿐, 누구도 정확하게 본 것은 아니었다. 작년 봄에 병태가 말한 아랫동네 탁구장의 종만이란 청년과 사귄다는 얘기도 얼마 지나지 않아서 헛소문으로 밝혀지지 않았던가. 부뜰이가 순진하다는 건 그녀의 태도만 봐도 그랬다. 그건 소년이 직접 목격한 일이었다.

지난달에 부뜰이가 면도사가 되어 있더라는 소문을 들은 소년은 몇 번을 망설이던 끝에 그녀가 일하는 이용소를 찾아간 적이 있었다.

이용소 간판을 바라보며 한참을 주저하다가 용기를 내어 안으로 들어갔을 때 소년을 발견한 부뜰이의 볼이 순식간에 새빨개졌다. 자신의 못난 모습을 보여주게 된 게 부끄러운 모양이었다. 그러나 그녀는 애써 모른 척하며 이발의자에 앉은 다른 남자의 얼굴에 뜨거운 물수건을 꾹꾹 눌러댔다. 이발사의 안내에 따라 제일 구석에 있는 이발의자에 앉은 소년은 벽에 붙은 커다란 거울을 통해 부뜰이가 하는 일을 훔쳐보았다.

간호사처럼 하얀 가운을 걸친 그녀는 아직 일에 서툴러 보였다. 그럴 때마다 서른 후반의 이용소 주인남자가 그녀에게 이건 이렇게 하라는 식으로 일을 가르쳤고, 그녀는 꾸중을 들은 여학생처럼 어찌할 바를 모르고 몸을 비비 틀곤 했다. 동네에서 보던 앙큼한 모습과는 전혀 딴판이었다.

소년이 면도할 차례가 되어서야 부뜰이는 마지못한 걸음새로 다가왔다. 의자가 뒤로 반 넘게 젖혀졌다. 면도를 하는 내내 그녀는 아무 말도 하지 않았다. 소년 또한 아무런 할 말도 찾지 못했다. 잘못 말하다간 그동안 서로 간에 유지하고 있던 무언가가 거울처럼 깨어질지 모른다는 조바심 때문이었다.

그녀가 면도를 하는 동안 소년은 줄곧 눈을 감고 있었다. 그녀의 느낌은 오직 감촉으로만 다가왔다. 뜨거울 만큼 따뜻한 수건으로 면도할 부위를 덮힌 그녀는 곧 솔을 들어 소년의 얼굴 전체에 비누거품을 칠했다. 이어서 면도칼을 손가락 사이에 끼우고 소년의 얼굴을 면도하기 시작했다. 솜털을 간질이는 따뜻하고 부드러운 손가락의 감촉, 누운 얼굴에 느껴지는 그녀의 달고 가녀린 호흡, 그리고 이리저리 자세를 바꿀 때마다 머리와 어깨에 닿는 그녀의 크고 탄력 있는 젖가슴, 게다가 이상하게 여름날 뒤란에서 목욕하던 그녀 모친의 하얀 나체까지 머릿속에 겹쳐지면서 기묘한 흥분을 자아냈다. 그건 유혹적이면서 또한 견디기 힘든 성질의 감정이었다. 목과 얼굴 위를 지나다니는 날카로운 면도날의 위협 때문인지도 몰랐다.

소년은 면도를 하는 내내 그만하라는 말을 내뱉고 싶은 충동에 사로잡혔다. 그리고 꽤나 길게 느껴지던 면도가 끝났을 때 소년은 일종의 허탈감마저 맛보았다. 다시 하고 싶다는 감정과 다시는 하고 싶지 않다는 감정이 모순되게 교차했던 것이다. 왜 그런 이율배반적인 감정을 느꼈는지 알 수가 없었다.

그녀는 왜 하필 면도사가 되었을까? 다른 직업을 구할 수도 있지 않았을까? 철길 네거리를 건너면서 소년은 그런 의문을 가졌다. 하긴 초등학교를 겨우 졸업한 여자애가 갈 곳은 많지 않을 것이다. 기껏해야 버스 차장이나 공장의 여직공, 또는 식모살이나 할 터였다.

그렇지만 아직 열일곱 살 밖에 안 된 그녀가 처녀의 몸으로 외간 남자들의 턱수염을 깎아주는 면도사가 된 것은 전적으로 그녀 어머니의 잘못일 터였다. 동네사람들 말대로 '색정'에 눈이 뒤집힌 여자 때문에 딸내미만 불쌍하게 된 꼴이었다. 그녀의 어머니가 지난 삼월에 공사장에 일하는 젊은 인부와 눈이 맞아서 그녀를 혼자 버려두고 떠나가지 않았다면 그녀는 좀 더 나은 직업을 가졌을 수도 있을 것이다. 또 정붙이고 살던 앞집을 떠나 다른 자취방으로 옮겨 가지도 않았을 것이다.

– 문수 왔어?

약간의 설렘을 품고 이용소 문을 밀고 들어섰을 때 소년을 본 부뜰이가 냉큼 던진 인사였다. 마치 손아래 동생을 대하듯 가벼운 태도였다. 예상치 못했던 반응에 소년은 뜨악해서 그녀를 바라보았다. 그녀는 별일 아니라는 듯 싱글거리며 손가락으로 이발

의자를 가리켰다.

– 그쪽 의자에 앉아. 이발 끝나면 면도해 줄게.

시키는 대로 의자에 앉았지만 소년은 어떻게 된 일인지 영문을 알 수 없었다. 무슨 일이 있었기에 본 지 한 달 만에 부뜰이가 저토록 변했는지 짐작조차 가지 않았다. 소년은 남자 이발사가 바리캉으로 머리를 깎는 내내 곁눈질로 부뜰이가 하는 양을 훔쳐보았다.

마침 그녀는 소년보다 먼저 온 마흔 남짓한 남자의 턱을 면도하고 있었다. 부뜰이가 남자의 목 부위를 면도하기 위해 자세를 옆으로 옮겼을 때 남자의 손이 올라와서 슬그머니 치마 입은 그녀의 엉덩이를 더듬었다. 아니 주물렀다고 하는 표현이 더 옳을 것이다.

– 아저씨. 거긴 출입금지 구역이에요.

부뜰이가 코맹맹이 소리로 말했다.

– 우리 아가씨, 시집갈 때가 되었는지 이 아저씨가 확인해 봤지.

중년남자가 유들유들하게 농지거리를 늘어놓았다.

– 아이, 아저씨도. 우리 오빠가 알면 큰일 나요.

부뜰이가 부러 간드러진 음성으로 말했다. 곁에서 다른 손님의 머리를 만지던 주인남자가 히죽 기분 좋게 웃었고 다른 손님들도 얼굴에 느물거리는 미소를 떠올렸다. 다들 은근히 그녀를 놀리는 것을 즐기는 분위기였다.

소년은 갑자기 참을 수 없는 모욕감이 들었다. 이어 웃고 있는 다른 어른손님들에 대해 맹렬한 증오를 느꼈다. 그와 동시에 의문 하나가 불쑥 솟구쳐 올랐다. 무엇이 그녀를 한 달여 만에 저렇게 바꾸어놓은 것일까. 앙큼했지만 순수했던 그녀를 저렇게 늙은 작부처럼 음탕하고 능청맞게 만든 건 대관절 무엇일까. 혹 사람들이 말하듯 피로 이어지는 유전적 음탕함일까. 아니면 이발소 주인남자가 그렇게 하도록 밤마다 교육을 시킨 것일까.

그 뒤로도 그녀와 손님들 사이에 음탕한 농담과 짓궂은 손짓이 몇 번이나 오갔다. 그럴 때마다 부뜰이는 흥흥거리는 소리로 손님을 대했고, 주위의 손님들은 엉큼한 눈빛을 하고 실실거리며 웃었다.

그런 그녀를 지켜보는 소년의 마음은 오만가지 상념으로 착잡했다. 하지만 소년이 할 수 있는 건 하나 밖에 없었다. 기이하게 변한 그녀의 모습을 보지 않기 위해서는 앞으로 다시는 그녀가 일하는 이용소는 가지 않겠다는 결심을 마음에 아로새겼을 뿐이었다.

매혈과 바캉스

라디오에서 나는 연속극 소리와 함께 흥흥거리는 허밍소리가 들려왔다. 분명 아버지가 마루기둥에 걸린 거울 앞에서 면도를 하며 부르는 콧노래일 것이다. 지금 아버지의 표정이 어떨지 소년은 보지 않고도 알 수 있었다.

극장에 나가면서부터 아버지는 날마다 유쾌한 얼굴이었다. 전에 없던 허밍을 하게 된 것도 요 근래부터였다. 아버지는 매일 아침마다 어머니에게 세숫대야에 물을 떠달라고 시키곤 마루기둥에 걸린 면경 앞에서 일제 면도칼로 턱이 푸르도록 말끔히 면도를 했다. 야릇한 냄새가 나는 포마드기름을 발라 머리를 올백으로 넘기고 얼굴에도 관심을 쏟았다. 피부가 나빠지면 나이가 들어 보인단 말이야. 시내에서 사 온 남성용 로션을 바르며 아버지가 말했다.

옷차림에도 적지 않게 신경을 썼다. 날마다 와이셔츠를 새로 갈아입었고, 몇 개 안되는 넥타이도 그날의 옷이나 분위기에 맞게 바꾸어 매곤 했다. 소년은 그런 아버지가 자랑스럽고 멋있게 보였다. 예전에 냉차장사나 고추제분소 일을 할 때와 비교하면

말 그대로 천양지차였다. 어쩌면 매일 영화를 보는 덕분에 그런 건지도 몰랐다.

당신, 요즘 너무 멋 내고 다니는 것 아니에요?

어허, 극장이란 게 소위 시대의 문화를 파는 곳인데, 그 극장 지배인이란 자가 노동자처럼 후줄근한 모습을 하고 있어서야 체면이 서겠어.

아버지는 옷을 잘 입어야 하는 이유를 그렇게 둘러댔다. 사흘 전인가 아침에 아버지가 미국 갱영화에 나오는 배우처럼 하얀 셔츠 위에 양어깨 위에 매는 멜빵을 하고 서서 어머니에게 괜찮은지 보아달라고 했을 때 어머니와 아버지가 나눈 대화였다.

— 문수야, 내 자전거 좀 꺼내놓을래.

큰방에서 아버지가 외쳤다. 앉은뱅이책상에서 영어단어를 외우던 소년은 마루로 나갔다. 초여름이라지만 아직 아침이어서 바깥기온은 신선하고 상쾌했다. 연노란 햇살이 마루 안까지 깊숙하게 들어와 있었다.

마루 아래 댓돌에는 반질반질하게 닦여진 검정 가죽구두가 놓여 있었다. 동생 진수가 학교에 가기 전에 닦아놓았을 것이다. 요즘 진수에겐 아침에 할 일이 하나 생겼는데 그건 아버지의 구두를 닦아놓는 일이었다.

얼마 전에 가족들이 저녁상 앞에 둘러앉았을 때 진수는 문득 신문팔이를 해보겠다고 나섰다. 반 친구 하나도 그 일을 하고 있다며, 자신도 그렇게 해서 용돈을 벌어보겠다는 것이다. 듣고 있던 아버지가 대견한 눈길로 진수를 바라보았다. 그리고 신문팔이

하는 대신에 아버지 구두를 닦아놓으면 일정하게 얼마씩 용돈을 주마고 했다.

그날부터 진수는 매일 아침 잊지 않고 아버지의 구두를 닦았다. 아버지에게 받은 돈을 저축해서 자신이 어른이 되었을 때 요긴하게 쓰겠다는 게 진수의 남다른 포부였다. 그 결의가 얼마나 갈 지는 미지수였지만.

소년은 마루기둥에 쇠사슬로 채워놓은 자전거를 마당에 꺼내어 마른걸레로 대강 닦았다. 그간 아버지도 자전거에 대한 애착은 처음보다 많이 옅어져서 자전거에 묻은 기름이나 흙먼지만 닦아놓으면 그만이었다.

— 요즘 들어 퇴근이 자주 늦어지네요.

안방에서 아버지의 옷을 챙겨주던 어머니가 말했다.

— 그야 일이 바쁘니까 그렇지.

— 전에는 당신이 늦는 날은 극장 간판 바꿀 때뿐이잖아요. 그런데 요즘은 자주 늦어지니까 하는 말이죠.

어머니의 말투엔 얼마간 의심쩍어 하는 기운이 섞여 있었다.

— 늦게 퇴근하는 직원들을 기다렸다가 회식을 하고 오려니까 그런 거야.

— 당신, 혹시 저 위에 살 때처럼 나쁜 짓하고 다니는 것 아니죠?

— 아냐. 그런 거 없어. 괜한 걱정하지 마.

— 당신을 믿긴 하지만, 전과가 있잖아요.

— 그건 이미 지난 일이잖아.

– 하지만 요즘 당신이 그렇게 멋을 내고 다니니까 동네 아낙들
이 혹 남편이 바람난 건 아니냐고, 나보고 조심하라고 하던 걸요.

– 하여간 여자들이란, 모여서 그런 이상한 이야기나 하고.

– 여자들 직감이 얼마나 무서운 줄 당신은 몰라요. 아무튼 난
당신을 믿지만 안 그러면……하여간 알아서 하세요.

어머니의 말은 반 협박에 가까웠다.

– 알았어. 그것보다 저 아랫방 선이란 처녀 말이야. 아버지가
화제를 슬쩍 다른 곳으로 돌렸다.

자전거 바퀴를 닦던 소년은 선이라는 말에 바짝 귀를 세웠다.
비록 그녀와 관계가 소원해졌더라도 여전히 그녀는 소년의 관심
의 대상이었다.

– 어제 저녁에 우리 극장에 영화를 보러 왔던 걸. 그런데 웬 남
자가 곁에 붙어 있었어.

– 남자가요?

– 그래. 한 서른쯤 되었나.

– 하긴 그 처녀도 남자를 사귈 때가 되었잖아요. 모르긴 해도
스물은 넘었지, 아마.

– 그야 그렇지. 그런데 남자가 영 아니던 걸. 인상도 험악하고
하는 태도나 옷차림도 보통사람 같지는 않았어.

아버지의 말을 듣는 순간 생각나는 게 있었다. 지난주 일요일
이었다. 공부방에서 동생 진수를 시켜 빌려온 만화책을 보고 있
으려니 낯선 사람이 마당에 들어서 있는 걸 보았다. 군인들처럼
바투 깎은 머리에 몸에 달라붙는 검은 셔츠를 입은 남자였다. 서

른쯤 돼 보였는데 딱 벌어진 어깨에 질겅질겅 껌을 씹는 모습과 가늘게 찢어진 눈길이 예사롭지 않았다.

여가(여기가) 선이 집 맞나?

남자는 대뜸 반말로 소년에게 물었다. 그날은 모처럼 선이누나가 집에서 쉬는 날이었다.

어느 방이고?

소년이 그렇다고 하자 남자가 턱을 치켜들며 물었다. 남자는 주머니에 한 손을 찌른 채 소년이 손가락으로 가리켜 준 아랫방으로 갔고, 안에서 놀란 듯한 선이엄마의 짧은 음성이 흘러나왔다.

궁금증을 참지 못한 소년은 살며시 슬리퍼를 끌고 마당으로 나왔다. 뒤란으로 돌아간 소년은 아랫방과 면한 담에 귀를 바짝 붙였다. 안에서 두런거리며 이야기 소리가 흘러나왔다. 들리는 건 주로 걸걸한 남자의 음성이었는데 선이엄마가 예의 뾰족한 음성으로 잠깐씩 대거리를 할 뿐 분명 방 안에 있을 선이누나의 음성은 들리지 않았다.

장모님은 그딴 소리 하지 마소. 지가 책임진다고 안 카능교.

선이엄마가 아직 어린 선이가 어쩌고 했을 때 남자가 버럭 내지른 소리였다. 소년은 그즈음 선이누나에게 커다란 변화가 생기고 있다는 걸 알고 있었다. 그건 이미 보름여 전부터 시작된 일이기도 했다.

이 주 전인가, 늦은 밤에 요의를 느낀 소년이 변소에 가려고 아랫방 앞을 지나갈 때 돌연 방 안에서 낮게 흐느끼는 소리와 더불어 선이엄마의 한탄이 새어나왔다.

아이고, 이년아. 어쩌다가 그런 못된 놈한테 걸려서는. 이판에 너 죽고 나 죽자, 이년아.

그 뒤에 뭔가 이불을 두드리는 듯한 둔탁한 소리와 함께 선이누나가 흐느껴 우는 소리가 한층 낮고 애절하게 들려왔던 것이다.

- 그 사람 우리 집에도 왔었어요.

소년이 어머니와 아버지가 나누는 이야기 사이에 끼어들었다. 그 점은 분명히 이야기해두어야 할 것 같았기 때문이었다.

- 그래? 그 남자가 이 집엘 왔었단 말이지. 그게 언제냐?

출근준비를 마친 아버지가 마루에 나서며 물었다.

- 지난주 일요일이에요. 그날 어머니가 아버지 여름 남방셔츠를 사 주신다고 함께 나간 날이잖아요.

- 하여간 남녀관계는 알 수가 없어. 쯧, 내가 관여할 일도 아니지만······.

아버지가 혀를 찼다. 소년은 문득 얼마 전까지 라디오를 듣는 척하며 밤늦도록 선이누나가 퇴근해 오기를 기다리던 앞집 사기 공장 총각을 떠올렸다. 그 숫기 없던 총각이 선이누나와 어울리는 건 아니었지만 그래도 지난주에 집으로 찾아온 남자보다는 훨씬 나았다. 그 사기공장 총각은 얼마 전부터 소년의 집에 모습을 나타내지 않았다. 직장을 그만뒀는지 아니면 선이누나를 포기했는지 소년으로선 알 길이 없었다.

- 문수야. 네 아버지 요즘 좀 변한 것 같지 않니?

아버지가 자전거를 끌고 대문을 나선 뒤 배웅을 위해 마당에 나왔던 소년에게 어머니가 물었다.

－ 뭐, 보기는 좋은데요.

소년이 대답했다.

뭔가 할 말이 있는 듯 입을 달싹이던 어머니는 그냥 말문을 닫았다. 그러나 눈길에는 무언가 의심쩍어 하는 빛이 역력했다.

며칠 날씨가 맑았다가 다시 비가 오는 식으로 열흘 가까이 머물던 7월 장마가 물러난 뒤 본격적인 여름이 찾아들었다. 동네 가장자리의 미루나무와 아카시 나무에선 매미소리가 소나기처럼 요란스러웠고, 라디오에선 여름 노래가 주를 이루었다. 뇌염모기가 극성을 부린다는 뉴스와 산과 들에 피서인파가 몰려든다는 뉴스도 함께 들려왔다.

소년은 마루에서 부채질을 하며 슬쩍 대문간을 바라보았다. 약속한 시간이 넘었지만 아직 병태와 창호는 나타나지 않고 있었다. 직설적인 한여름 햇볕이 내리쬐는 담장 옆 화단에는 분꽃과 채송화가 한창이었다. 마당의 후끈한 열기가 마루에 앉은 소년의 얼굴에까지 끼쳐왔다.

－ 오늘도 무척 덥구나. 어쩜 바람 한 점 없으니…….

더위 탓에 마루에 재봉틀을 내어놓고 일을 하던 어머니가 일손을 멈추고 부채를 들어 겨드랑이며 목덜미를 부쳤다. 도드라진 이마에도 옅게 땀이 내비치고 있었다.

－ 아까 라디오 뉴스에서 오늘은 38도까지 올라간다던데요.

소년이 말했다.

－ 이럴 때 수돗물이라도 나오면 좀 좋아. 아쉬운 대로 목물이

라도 할 수 있으련만.

어머니가 세면대 중간에 설치된 수도에 불만스런 눈길을 주며 말했다.

마당에 수도를 들인 건 칠월 초였다. 아버지가 실세 있는 국회의원 지구당 위원이어선지 아님 다른 이유에선지 모르지만 시에 수도를 신청하자 얼마 지나지 않아 턱하니 수도가 설치되었다. 그 덕분에 소년이 매일 공동수도에 물을 길러가는 수고는 덜 수 있었지만 한여름에 접어들면서 물 수요가 늘어나자 제한급수를 한다며 대낮에는 물을 보내주지 않았다.

– 그나저나 넌 무슨 약속 있니? 아까부터 계속 대문 쪽을 힐끗 거리는 걸 보니…….

– 친구들과 잠깐 어디 가기로 했어요.

거짓말하는 게 내키지 않아 소년은 솔직히 털어놓았다.

– 설마 아버지가 계신 극장에 가는 건 아니겠지.

– 에이 어머니도, 제가 어린애인 줄 아세요?

어머니가 곧은 눈길로 소년을 바라보았다. 소년은 표정을 단속하며 무심한 척했지만 내심 마음이 켕겼다. 어머니는 소년이 어디를 가려고 하는지 알면 놀랄 것이다. 그리고 그 이유를 안다면 더욱 놀랄 것이다. 사실 소년 스스로도 그런 곳엘 간다고 생각하니 적지 않게 긴장이 되었다.

– 그럼 다행이네.

어머니가 다시 일을 시작했다. 자르르, 재봉틀 돌아가는 소리가 조용한 한낮의 적막을 깨트렸다.

불쑥 대문 앞에 병태의 모습이 보였다. 이어 구멍 난 밀짚모자를 쓴 창호의 얼굴도 나타났다. 그들은 손을 들어 소년에게 나오라는 신호를 보냈다. 병태는 푸른 무늬가 들어간 알로하셔츠를 입고 있었다. 나이가 더 들어보이게끔 형의 옷을 꺼내 입었을 것이다.

어머니에게 나갔다 오겠다는 인사말을 남긴 소년은 운동화를 꺾어 신고 얼른 대문으로 뛰어나갔다. 뜨거운 햇살이 이마에 부딪혔다. 판자담장의 콜타르가 열기에 녹아 번들거리며 흘러내렸다. 오후의 강렬한 햇살에 모든 사물들이 어쩔 줄 모르고 제자리에 붙잡혀 있었고 길가의 풀들도 생기를 잃고 축 늘어진 모습이었다.

동네 골목을 빠져나온 소년과 친구들은 큰 도로 쪽으로 걸어갔다. 길을 잘 아는 창호가 앞장을 섰다. 제일 더운 시간대라서 거리를 다니는 인적도 뜸했다. 도로에 나오자 간간히 버스가 검은 매연을 내뿜으며 더위 속을 지나다녔다.

소년과 친구는 시내로 가는 버스에 올랐다. 더위로 인해 버스 안도 텅 비다시피 했다. 뒤쪽 출입구에 앉은 얼굴빛이 검은 남자 차장이 피곤했던지 의자에 기대앉아 꾸벅거리며 졸았다. 차가 달리는 동안 그나마 열어둔 창을 통해 바람이 드나들었다.

— 정말 우리 피를 돈 주고 산단 말이지?

뒷좌석에 나란히 앉아서 소년이 병태에게 귓속말로 물었다. 아무래도 믿어지지 않았다.

— 그 형이 헛된 거짓말 할 사람은 아이다. 속는 셈치고 한번 가

보마 될 꺼 아니가.

병태가 힘주어 말했다.

어제 오후였다. 더워서 웃통을 벗고 마루에 있을 때 병태가 찾아왔다. 얼굴에 득의의 빛이 완연했다. 집에 다른 사람이 없는 것을 확인한 병태는 드디어 바캉스를 갈 방법을 찾았다며, 당장 바캉스를 떠날 수 있는 사람처럼 들떠서 떠벌였다.

사실 바캉스 이야기가 나온 건 일주일쯤 전이었다. 병태와 함께 집으로 놀러왔던 창호가 이런저런 얘기 끝에 우리도 이번 여름에 바닷가로 바캉스를 떠나보면 어떻겠느냐고 처음 운을 뗐던 것이다.

바캉스란 단어는 뉴스에서 몇 번 듣긴 했지만 친구의 입에서 나온 말이어선지 아니면 불어여서 그런지 좀은 생경스러웠다. 하지만 묘한 상상과 매력을 불러일으키는 단어였다. 티 없이 푸른 하늘과 새의 깃털처럼 죽죽 찢어진 야자수 잎들, 그리고 수평선을 따라 드문드문 늘어선 하얀 돛단배들, 비키니수영복을 입은 늘씬한 팔등신의 미녀들과 모래사장에 꽂힌 다양한 색깔의 비치파라솔들. 언젠가 외국영화에서 본 해변 풍경이 소년의 머리에 파노라마처럼 펼쳐졌다. 그건 정말이지 시원하고 아름다운 풍경이었다. 어릴 적에 바다를 보지 않은 건 아니었지만 바캉스란 단어를 들으니 그 장면만 떠올랐다.

그러나 바캉스에 가려면 제일 필요한 건 뭐니 뭐니 해도 돈이었다. 어림계산으로 이틀 일정으로 제일 가까운 동해바다로 갔다 온다 쳐도 적어도 한 사람당 천 원 이상은 지녀야 가능했다.

천 원이라면 쌀 한 말 값이 넘는 돈이었다. 일이백 원이라면 어찌 구해볼 수도 있겠지만 천 원이라면 얘기가 달라졌다. 가난한 집안에서 일없이 놀고 있는 세 사람의 처지로선 꿈도 꾸지 못할 돈이었다. 더욱이 바캉스를 가기 위한 돈이라면 어디 가서 함부로 말도 꺼내지 못할 터였다. 그랬다간 정신이 나가도 한참 나간 녀석으로 몰릴 게 뻔했다.

그날 세 사람은 머리를 맞대고 바캉스 자금을 마련할 방도를 연구했다. 어디 가서 사나흘 날품을 팔면 어떠니, 소년의 집에 있는 라디오를 몰래 전당포에 잡히면 되지 않겠느니 의견이 분분했지만 어떤 시원한 해답도 결론도 얻을 수 없었다. 어느 공사장에서 아직 '머리에 쇠똥도 안 벗겨진' 중고생 또래의 소년들에게 선뜻 일자리를 줄 것이며, 아침저녁으로 끼고 살다시피 하는 라디오를 몰래 저당 잡힌다는 것도 말도 안 되는 얘기였다. 결국 서로 시간을 두고 연구해보자는 말로 얘기는 일단 끝이 난 것이다.

어제 병태가 가지고 온 이야기에 따르면 시내에 일제 때 지은 오래된 병원이 있는데, 거기 가면 환자들에게 수혈하기 위한 피를 매혈한다는 것이다. 그 얘기는 우연히 동네 잘 아는 형에게서 들었다고 했다. 380씨씨짜리 채혈백에 피를 가득 채우기만 하면 그 자리에서 천이백 원을 내준다는 얘기였다.

결국 소년은 병태와 피를 뽑기로 합의했다. 피를 너무 뽑으면 어지럽지는 않을지, 혹 주사기를 통해 전염병이 옮는 것은 아닌지 하는 걱정으로 마음이 께름칙했지만 그보다는 바캉스의 유혹이 훨씬 강했다.

버스에서 내린 소년과 두 친구는 전장에 나가는 사람처럼 잔뜩 긴장한 채 매혈을 한다는 병원이 있는 곳으로 몰려갔다. 목덜미에서 흘러내린 땀이 등짝에 칙칙하게 달라붙었다.

병원과 가까운 곳에 이르렀을 때 거리에서 얼굴이 부황이 든 것처럼 누렇게 뜬 사람들을 몇이나 볼 수 있었다. 그들은 주택가 골목이나 대문 앞의 그늘에서 피곤한 모습을 하고 졸고 있거나 맥을 놓은 채 앉아 있었다. 병태의 설명으로는 너무 상습적으로 피를 판 탓에 맥을 못 추는 거라고 했다.

간호사에게 물어서 겨우 찾아들어간 매혈실은 병원과 맞붙은 두 평 남짓한 별실이었다. 작은 침대를 한쪽에 두고 그 옆으로 직사각형의 작은 창구가 나 있었다. 그 침대에 한 야윈 남자가 누워 있고 그 주위로 열 명도 넘을 불량스레 보이는 청년들이 빙 둘러서 있었다. 얼핏 봐도 놀라운 광경이었다. 마치 재단 위에 올려놓은 양이나 염소 따위의 재물의 피를 나눠먹기 위해 기다리는 악마의 사제나 흡혈귀들 같았다.

더럭 겁이 난 소년은 병태를 바라보았다. 병태나 창호 역시 겁을 집어먹은 것 같은 표정이었다. 하지만 그대로 도망치듯 나갈 수는 없었다. 여기를 오가는 노력도 아까웠지만 남자의 자존심이 걸린 문제였다. 소년은 친구들과 계속 상황을 지켜보기로 눈짓으로 약속했다.

때마침 침대 위에서 한 서른 가량의 남자가 피를 뽑고 있는 중이었다. 검붉은 피가 채혈백을 반쯤 채우자 작은 창구에서 돈이 지불되었고, 남자는 독수리가 쥐를 움키듯 그 돈을 받아 쥐었다.

매혈이 끝나고 그 남자가 침대에서 일어나자 단박에 주위에 둘러서 있던 청년들 중 대여섯이 그 남자를 에워쌌다. 그리고 술을 한잔 사라고 남자를 윽박질렀다. 남자는 하는 수없이 청년들에게 포위되듯 둘러싸인 채 매혈실을 나갔다.

소년은 병태를 바라보며 어찌할까 망설였다. 피를 팔아봤자 우악스런 청년들에게 피 같은 돈을 빼앗길 게 분명했다. 그렇다고 여기까지 와서 그냥 돌아갈 수도 없었다. 진퇴양난, 어찌할 바를 모르고 서 있자니 한 청년이 창호의 이름을 부르며 아는 척을 했다. 스물너덧 살의 청년으로 이마에 상처가 있고 낯빛이 유난히 검고 얼굴이 넙데데했다.

─ 창호, 니도 피를 팔러 온 기가?

묻던 청년의 시선이 옆으로 옮겨지더니 소년의 얼굴에 와서 멎었다. 소년은 청년의 얼굴이 어딘가 낯익다고 생각했다. 아무래도 동네에서 한두 번 지나치며 본 적이 있는 사람이었다.

─ 보자, 니는 요번 국회의원선거에서 다른 당원들한테 테러 당했다는 김 뭐라는 사람 아들아이가? 내 니 얼굴을 보니까 쪼께 기억이 난데이.

나중 창호의 얘기를 들어 알게 되었지만 그는 이름이 나동팔이어서 이웃사람들 사이에서 똥파리란 별명으로 불리는 남자였다. 아내는 난쟁이똥자루라 불릴 만큼 키가 작았는데 어느 봄날에 허기에 지쳐서 동네 뒤편 보리밭에 쓰러져 있는 것을 발견한 동팔이 달랑 업어 와서 아내로 삼았다고 했다. 그렇게 두 사람이 딸을 둘씩이나 낳고 그럭저럭 살았는데 갑자기 아내가 큰 병이 드는 바람에 치료비를 구하려고 부산 어딘가에 가서 신장을 떼어 팔았다는 소식을 동네사람들에게 들었다고 했다.

– 야들, 내하고 잘 아는 아들(아이들)이다. 피 팔구로 그냥 놔두거라.

청년이 주위에서 상황을 지켜보던 다른 사람들에게 말했다. 그리고 소년과 병태, 창호가 모두 피를 팔은 돈을 움켜쥐고 매혈실 밖으로 나왔을 때 배웅하듯 뒤를 따라 나왔던 동팔이 청년이 소년의 귀에 대고 비밀이나 털어놓듯 속삭였다.

– 너거 아부지도 작년 여름에 여게(여기) 피 팔러 온 적이 있었데이.

그 말에 소년은 작년 여름 아버지가 일자리를 찾으려고 날마다 외출하던 기억을 떠올렸다. 갑자기 낯이 뜨거워지는 느낌과 동시에 당시 집에서 놀고 있던 아버지의 빈곤하고 막막한 처지를 이해할 것 같았고, 바캉스를 간답시고 피를 팔러온 자신이 좀은 한심스럽게 여겨졌다. 아울러 요즘처럼 신나게 직장을 나가는 아버지가 얼마나 다행한지 뒤늦게 깨달은 기분이었다.

동해바다로 병태와 창호와 함께 바캉스를 다녀온 뒤로 갑작스레 세상엔 가을이 찾아온 것 같았다. 집요하게 내리쬐던 햇볕도 예전 같지 않았고, 삼십칠팔 도를 오르내리는 늦더위도 견딜 만했다. 마음에서부터 여름이 저만치 물러간 느낌이었다. 그동안 태풍이 한차례 지나간 뒤로 대기가 건조해진 덕분인지도 몰랐다.

라디오에서는 남북적십자사가 남북이산가족찾기 회담을 위해 분단 이십여 년 만에 자리를 함께 했다는 뉴스가 흘러나오고 있었다. 공부방에 누워서 잠이 들락 말락 할 때 대문이 열리는 소리가 났다. 누군가 집에 온 모양이었다.

소년은 눈을 뜨고 이 시간에 집에 올 사람이 누굴까 생각해보았다. 조금 전에 자위를 한바탕 하고나선지 심신이 풀어져서 모든 게 마땅찮았다. 아까 일본 소설책을 읽다가 우연히 남녀가 정사를 가지는 장면을 읽게 되었고, 다리 사이가 후끈해지는 느낌이 들더니 결국 참지 못하고 거기에까지 이르게 된 것이다.

평소 자위가 별로 좋지 않다는 선입관을 가지고 있고, 단단한 긴장과 명정한 정신을 잃어버리는 게 좋지는 않았다. 그러나 몇 초에 불과하지만 사정할 때의 그 짜릿한 쾌감과 욕정이 가져다 준 끈질긴 조바심에서 풀려난 뒤의 나른한 안식 또한 그렇게 나쁘지는 않았다.

소년은 엎드린 채 손을 뻗어 방문을 열었다. 뜻밖으로 아버지가 자전거를 끌고 마당에 들어서고 있었다. 아직 오후 네 시도 안 된 시각이었다. 소년은 얼른 몸을 일으켜 주변에 널린 젖은 휴지부터 감추고 흐트러진 책들을 가지런하게 정리했다.

– 문수야. 네 엄마 집에 안 왔니?

소년을 보자 대뜸 아버지는 그 질문부터 던졌다. 무슨 연유인지 황급해하는 모습이 역력했다.

– 오전에 나가서 아직 돌아오지 않았는데요.

마당 가운데 자전거를 세워놓은 아버지는 주머니에서 담배부터 찾았다. 그리고 낭패한 얼굴로 담뱃불을 붙여 물고 볼이 패이도록 깊숙이 빨았다.

－젠장. 재수가 없으려니…….

－왜요, 아버지? 무슨 일이 있었나요?

－아니다. 아무것도.

마루에 나간 소년이 묻자 아버지는 서둘러 손을 내저었다. 아버지는 초조한 듯 연달아 담배를 피우며 마당을 서성거렸다. 소년이 보기에도 보통 일은 아닌 성싶었다.

－안 되겠다. 문수 넌 나가서 막걸리 좀 사 오너라.

두 대째의 담배를 피우던 아버지가 말했다. 소년은 아버지가 주는 돈을 받아들었다.

막 나가려던 찰나에 어머니가 안으로 들어섰다. 힐끗 소년의 손에 들린 주전자를 본 어머니는 아무 말 없이 찬바람을 일으키며 집 안으로 들어섰다. 마치 원수의 자식이나 보듯 쌀쌀한 태도였다.

소년은 어찌할까 망설였다. 그대로 술을 사 와야 하는지 앞으로 일어날 상황을 지켜보아야 할 지 결정하기가 어려웠다. 어머니의 태도로 보아 아버지와 어떤 갈등을 빚고 있는 건 분명했다. 소년은 얼른 술을 사 온 뒤에 상황을 봐야겠다고 마음먹었다.

주전자에 술을 사들고 집에 돌아왔을 때 어머니는 방 안에서 주섬주섬 보따리를 싸고 있었고 아버지는 어정쩡한 자세로 어머니를 만류하고 있었다. 놀러나갔다가 돌아온 동생 진수도 부모의 싸움에 어찌할 바를 모르고 마루기둥을 부여잡고 안절부절하며 서 있었다.

- 여보, 그건 당신이 잘못 본 거야.

- 흥, 제가 직접 본 건데도 그런 거짓말이 나오세요?

- 글쎄, 그건 함께 식사하려고 간 거야.

- 대낮에 여자와 중국집 이층에 함께 있던 게 볼일이라고요? 대체 그 말을 누가 믿겠어요.

언제 울었는지 눈시울이 붉게 충혈된 어머니가 날카롭게 따졌다. 소년은 어찌된 일인지 어림짐작이 갔다. 전번에 어머니가 지나가는 말처럼 요즘 아버지가 변한 것 같지 않느냐고 소년에게 물어왔을 때부터 이상하기는 했다. 절대 허투루 말을 낼 어머니가 아니었다.

- 그 여자가 잠깐 이야기 할 게 있다니까 식사도 겸해서 따라간 거라니까.

- 거짓말도 정도껏 하세요. 분명 문을 열었을 때 당신이 그 여자 손을 잡고 있는 걸 두 눈으로 똑똑히 보았는데도 거짓말이나 하고…….

- 그 여자 처지가 딱해서 위로를 해주느라 그런 거지, 다른 뜻이 있는 건 아니었어.

- 그 전에도 동네아낙이 당신이 어떤 여자와 이상한 곳에서 나오는 걸 보았다는 얘기를 하던데, 그건 어떻게 설명할래요?

- 어느 못된 여자가 그런 생사람 잡을 얘기를 흘리고 다녀? 어디 그 여자를 내 앞에 당장 데려와 보아. 그래서 물어보면 알 거 아냐.

아버지가 버럭 역정을 냈지만 벌게진 얼굴이 어딘가 캥키는 구석이 있는 건 분명했다.

－그만두세요. 어떤 핑계를 대든 이제 당신 말은 콩을 콩이라 해도 못 믿겠어요.

어머니는 장롱에서 끄집어낸 옷을 차곡차곡 가방과 보따리에 챙겨 넣었다. 가방을 닫고 보따리를 묶는 손길에 단호함이 묻어났다. 두 개의 짐을 싼 어머니는 작은 손지갑까지 찾아들고 몸을 일으켰다.

－여보, 제발 이러지 마.

지켜보던 아버지가 어머니의 가방 든 손목을 잡았다. 어머니가 신경질적으로 팔을 뿌리치며 아버지에게 와락 소리쳤다.

－여기 이사 올 때 뭐랬어요? 한 번만 더 그 짓을 하면 성을 간다고 했죠. 그런 말까지 한 사람이 ……나 참, 기가 막혀서. 암튼 당신과는 이제 끝장이에요. 더 이상 보고 싶지도 않아요.

어머니가 양손에 짐을 들고 마루에 나섰을 때 진수가 달려가서 어머니의 팔에 매달렸다. 그리고 종내 참았던 울음을 터트렸다.

－어머니, 제발 가지 마세요. 가려면 나도 데려가요. 난 어머니 없으면 못 살아요.

어머니는 팔에 매달려 우는 진수를 물끄러미 내려다보았다. 표정이 착잡했다. 지금의 처지가 슬픈 듯도 하고 여인으로 태어난 것을 한스러워 하는 것처럼 보이기도 했다.

소년은 그 모습에서 나무꾼에게 날개옷을 빼앗긴 선녀가 나중엔 아이들 때문에 천상으로 올라가지 못하는 처연한 장면을 상상했다. 상황에 걸맞지 않게 그런 엉뚱한 상상이 왜 떠올랐는지 알

수 없었다.

　－ 그래, 여보. 자식들을 봐서라도 제발 이러지 마.

　어머니가 아버지를 쏘아보았다.

　－ 자식들 생각하는 사람이 그런 나쁜 짓을 하고 다녀요?

　어머니가 진수의 팔을 뿌리치고 마루에서 내려섰다. 급해진 아버지가 맨발로 마당에 내려서서 어머니의 앞을 가로막았다.

　－ 가려면 차라리 나를 죽이고 가. 난 당신 없이는 하루도 못 살겠어. 정말이야.

　돌연 바닥에 무릎을 꿇은 아버지가 양팔로 덥석 어머니의 하반신을 끌어안았다. 소년의 눈에 그런 아버지의 태도가 매우 유치하게 보이면서 한편으로 표정만큼은 진실로 애절해 보였다.

　어머니는 다리를 잡힌 채 한참을 물끄러미 앞집 지붕을 바라보며 아무 소리도 않았다. 진수의 울음소리만 낮게 들렸다. 구름 한 점 없는 하늘을 한 번 쳐다보고 난 뒤 다시 다리를 끌어안은 아버지의 머리를 내려다보던 어머니가 마음을 정리한 담담한 음성으로 말했다.

　－ 문수야, 물 한 그릇 가져오너라.

　소년이 움직이려 할 때 아버지가 퍼뜩 몸을 일으켰다.

　－ 아니다. 물은 내가 떠다주마.

　황급히 부엌으로 들어가는 아버지의 등을 지켜보던 어머니가 땅이 꺼질듯 한숨을 내쉬었다. 그리고 천천히 안방으로 들어갔고, 꾸렸던 짐 보퉁이를 방바닥에 내려놓았다.

　소년은 어쩐지 어머니의 삶이 좀은 안쓰럽다고 생각했다. 골목에서 빈 병이나 고무신, 못 쓰는 양은그릇 따위를 외는 엿장수의 걸걸한 음성과 짤각거리는 가위소리가 들려오는 저녁나절이었다.

첫사랑

퇴근할 시간이 되지 않았음에도 아버지가 집으로 돌아왔다. 얼굴에 환한 미소를 머금고 있었고, 와이셔츠 소매를 걷어 올린 어깨도 사뭇 당당했다.

나지막한 건넛집 함석 슬레이트 지붕 너머로 불그스레한 해가 떨어지고 있을 무렵이었다. 창공에는 수많은 고추잠자리들이 셀로판지처럼 투명한 날개를 펼치고 구월 중순의 청초한 햇살을 만끽했다.

─ 오늘은 어쩐 일로 이렇게 일찍 오셨어요?

마루에 보자기를 펼쳐두고 시장에서 사 온 도라지를 다듬던 어머니가 어리둥절한 얼굴로 아버지를 맞았다. 평소라면 여덟 시는 넘어야 집으로 돌아오는 아버지였다.

─ 그럴 일이 좀 있었어.

지난번 바람을 피우다가 걸린 사건이 있은 후로 아버지는 유난히 어머니에게 싹싹하게 대했다. 목소리도 부드럽고, 태도도 전에 없이 정겨웠다.

─ 무슨 좋은 일이라도 있었나 보죠? 표정이 밝은 걸 보니⋯⋯.

－그래. 오늘 한 의원님 자택에 갔다가 곧장 집으로 오는 길이야.

아버지가 팔에 걸쳤던 감색 양복 윗도리를 마루에 던져두고 넥타이를 풀며 말했다.

－한 의원님 자택엘 말이에요?

－그래.

와이셔츠마저 벗은 아버지는 러닝셔츠바람으로 마당의 세면대에서 소리 내어 세수를 했다. 공부방에 있다가 아버지 기척에 나왔던 소년이 얼른 큰방에 걸린 타월을 가져다 건넸다.

－거기는 왜요?

－오늘 오후에 극장으로 비서관을 보냈더군. 자가용까지 딸려서 말이여.

아버지의 말속에 은근한 자긍심이 내비쳤다. 소년은 아버지가 검은 승용차 뒷좌석에 의젓하게 앉아 있는 광경을 머릿속에 그려보았다. 그건 아마 꽤나 폼이 나는 모습이었을 것이다.

얼굴과 손을 닦은 타월을 목에 건 아버지가 마루에 비스듬히 걸터앉았다.

－그래서 차를 타고 갔더니 글쎄, 말은 들었지만 집이 아주 으리으리하더군. 대대로 천석꾼 집안이었다니까 설명 안 해도 대충 알겠지. 한옥인데 방만 해도 스무 칸을 넘을 것 같았어. 대문에다 중문까지 있고 말이야. 마당에는 커다란 연못도 있고 집 옆에 별당까지 있더군.

－한 의원님이 왜 당신을 댁에까지 불렀죠?

어머니는 그게 아버지에게 어떤 변화를 가져오는 일인지 가늠

하려는 눈길이 되어 아버지의 입을 바라보았다.

ー글쎄, 방으로 오래서 들어갔더니 웃으면서 나보고 극장 지배인을 맡아보면 어떻겠냐고 묻지 뭐야. 그래서 좀 고려하는 척하다가 그러마고 했어. 사실 나야 불감청이언정 고소원이지.

아버지는 짐짓 태연한 척 말했지만 눈가에 어리는 기꺼움은 차마 감추지 못했다.

ー어머. 그럼 과장에서 지배인으로 승진하신 셈이네요. 축하해요, 여보.

어머니의 얼굴에 기쁜 빛이 보름달처럼 환하게 떠올랐다. 듣고 있던 소년 역시 기뻤다. 지배인이 되었다면 이제 극장 사람들 눈치 볼 필요도 없어진 것이다. 또 남들 앞에서 아버지의 직함을 신성극장 지배인이라고 말할 수 있게 된 것도 마음에 들었다.

ー맞아. 승진한 거지. 직책에 맞게 봉급도 얼마간 올려줄 모양이야.

아버지가 기쁜 얼굴로 고개를 끄덕였다. 오늘 낮에 있었던 일을 반추하는지 눈빛이 가늘어졌다.

ー그래서 하는 말인데, 이참에 당신 삯바느질 일 그만두면 안 되겠어?

뜻밖의 말에 어머니의 미간이 살짝 접혔다.

ー그냥 집에서 놀면 뭐해요? 한수 학원비며 작년 가을에 당겨 쓴 곗돈도 아직 한참을 더 들어가야 하는데. 그리고 이참에 당신 하고 나하고 돈을 좀 모아서 이 집을 사는 게 어때요? 그래야 매달 들어가는 월세도 아낄 수 있고, 마음 놓고 집도 꾸밀 수 있을 거 아니에요.

어머니의 대꾸에 아버지의 기세가 약간 수그러졌다. 특히 작년 가을에 당겨 쓴 곗돈이란 말이 마음에 걸렸을 것이다. 그건 아버지가 고춧가루 사건으로 구속되었을 때 변호사 비용으로 들어간 돈이었다.

― 그럼 그건 천천히 생각해보기로 하지. 그나저나 오늘처럼 기쁜 날 가족끼리 중국집에 가서 저녁이라도 한 끼 먹는 건 어떨까? 문수야. 나가서 동생 좀 찾아오지 그래.

언제나처럼 당장 뭔가를 시작할 듯 흥분하여 서두는 아버지였다.

― 그 식사, 내일 하면 어떨까요?

어머니가 급하게 제동을 걸었다.

― 왜 하필 내일이야? 오늘 해치우지.

― 당신 몰라요? 내일이 한수 생일이잖아요. 내일은 그 애도 집으로 올 거예요.

― 그랬어? 몰랐는걸.

미안했던지 아버지가 머쓱한 표정을 지었다.

― 그러니 내일 생일축하도 겸해서 가족들이 함께 나가서 식사라도 하면 좋잖아요.

― 좋아, 그렇게 하기로 해. 그런데 한수 녀석 요즘 학원과 독서실에 나다니면서 공부나 제대로 하고 있나 몰라.

아버지가 장남에 대한 은근한 걱정을 늘어놓았다. 요즘 형은 시내의 사설 재수학원에서 수업을 듣고 그 외의 시간에는 거의 학원 인근의 독서실에서 지냈다. 세 끼 식사도 독서실 부근의 밥

집에서 해결했다. 그러다보니 집에 돌아오는 건 사나흘에 한 번 꼴이었다. 갈아입을 옷을 가지러 올 때뿐이었다.

– 제가 한수가 다니는 독서실이라는 곳엘 한번 찾아가볼까요?

– 아냐. 그냥 둬. 공부는 자기가 알아서 해야지. 그리고 잘하던 못하던 그 책임은 자기가 지는 거야. 그게 바로 어른이 되는 공부지. 참, 그건 그렇고 우리 집에도 가훈이 하나쯤 있어야겠어.

돌연 아버지가 역사적 사명을 받은 사람처럼 엄숙해졌다.

– 가훈 말씀이세요?

– 그렇지. 가훈. 집 가에 가르칠 훈. 그래도 집안에 가훈이 턱 하니 있어야 자식들도 어떤 정신적 지주나 삶의 목표를 세울 거 아니야. 문수야. 너 가훈에 대해 생각나는 거 없니? 가령 정직하게 살자 라던가 아니면 시간은 금이다, 혹은 건강한 육체에 건전한 정신 이런 것 말이야.

보나마나 아버지는 한 의원 집에 갔다가 벽에 걸린 가훈을 보았을 것이다. 거기에 충동을 느껴서 집에 가훈을 정해야겠다는 즉흥적인 결정을 내린 게 틀림없었다. 그렇지 않다면 여태까지 가훈이란 단어 자체조차도 입에 올린 적이 없는 아버지가 느닷없이 가훈을 세우겠다고 나설 리는 만무할 터였다.

– 잘 먹고 잘 살자, 하는 건 어떨까요? 간단하고 명확하잖아요.

소년의 말에 아버지와 어머니가 함께 웃음을 터트렸다.

– 문수, 저 녀석이 머리가 굵었다고 이 아비한테 농담을 다하고⋯⋯.

세 식구가 화기애애하게 이야기를 나누고 있을 때 아랫방에서 한 사내가 나왔다. 그걸 본 어머니가 얼굴을 굳히고 시선을 외면했다.

마당에 나온 사내는 소년과 부모를 보고도 아는 척도 하지 않았다. 그저 힐끗 한 번 바라보곤 바지주머니에 손을 찌른 건방진 자세로 휘파람까지 불면서 마당을 가로질러 대문으로 나갔다. 사내가 완전하게 골목 밖으로 사라진 것을 확인하고서야 아버지는 미편한 마음을 눈길에 드러냈다.

— 저런 몹쓸 자가 있나. 나이든 사람을 개 닭 쳐다보듯 하고.

아버지가 화가 난 듯 담배를 빼물었다.

도라지를 까는 척하며 머리를 숙였던 어머니가 고개를 들고 정색해서 아버지를 바라보았다.

— 저도 속상해 죽겠어요. 저 남자만 보면 등골이 다 오싹해요. 어쩌다 저런 남자가 우리 집에 들어왔는지…….

말끝에 어머니가 나직한 한숨을 내쉬었다.

사내가 아랫방 선이네를 찾아든 건 지난 팔월 초순경이었다. 처음엔 선이누나를 만나러 온 듯 굴더니 얼마 지나지 않아서 아랫방을 자기 집처럼 여기고 아예 갈 생각을 하지 않았다. 선이누나가 출근한 뒤에도 하루 종일 집에 처박혀 낮잠을 자거나 하릴없이 빈둥거리다가 오후가 되면 어슬렁거리며 어디론가 외출을 나가곤 했다.

어쩌다 대낮에 더울 때면 사내는 마당 세면대에서 웃통을 벗고 세수를 하고는 했는데, 그때 단단해 뵈는 상체에는 시퍼렇게 용문신이 휘감고 있었다. 또 팔뚝에는 하트 모양의 문신이 새겨져 있었고, 배에도 유리로 자해한 듯 굵직한 흉터가 죽죽 나 있어서 보기만 해도 끔찍스러웠다.

사내의 흉포한 외양 때문인지 성정이 까탈스러운 선이엄마도 족제비 만난 닭처럼 꼼짝 못하고 죽어지냈다. 가끔씩 남자가 심부름이라도 시켰는지 술이나 담배를 사러 바깥에 나갔다 오기도 했다. 또 오후에 나들이를 할 적에도 꼭 남자의 밥상을 챙겨두고 나가는 눈치였다.

어떤 날에는 남자의 고함과 함께 밥상을 엎지르는 와당탕 소리가 났고, 조금 후에 선이엄마가 풀죽은 얼굴로 다시 음식을 만드는 꼴사나운 모습이 보이기도 했다. 사내는 두 약한 모녀 앞에서 가히 왕처럼 지내는 형국이었다. 어쩌다 그 사내를 만나게 되었는지 모르지만 선이누나 모녀로선 참으로 불행한 일이 아닐 수 없었다.

사내가 집으로 온 지 얼마 안 되어서였다. 공부방에 있던 소년은 우연히 어머니와 동네 소식통으로 알려진 아낙인 태호 엄마가 마루에서 나누는 이야기를 들은 적이 있었다. 그때 태호 엄마 얘기로는 선이누나가 밤늦게 공장에서 잔업을 하고 돌아오는 모습을 눈여겨 본 깡패사내가 골목에 기다렸다가 퇴근하는 선이누나를 여관으로 끌고 가서 강제로 욕을 보였다는 것이다. 그리고 그 뒤로 선이누나의 서방행세를 하며 지내는 거라고 했다.

소년으로선 선뜻 이해하기 힘든 얘기였다. 만일 그렇다면 파출소에 신고를 하면 될 것이지, 저렇게 꼼짝없이 사내에게 잡혀서 살 필요가 어디 있는가 싶었다. 그러나 어쩌면 사내의 거칠고 폭력적인 태도에 겁을 먹어서 그럴지도 모른다는 생각이 들기도 했다.

– 선이네를 내보내면 어때?

담배를 피우며 궁리하던 아버지가 말했다.

– 그럼 좋긴 하지만 지난 유월 말에 벌써 열 달치를 다 받은 걸요.

– 그 돈을 돌려주면 되잖아.

– 그런 돈이 어디 있어요? 봄에 당신이 자전거를 산다고 해서 빌린 돈을 갚는데 다 줘버린 걸요. 그리고 월세를 돌려준다고 해서 해결이 되겠어요? 아까 그 남자가 자기 때문에 선이를 내보내려는 걸 알게 되면 잠자코 그냥 있겠어요. 안 그래도 우리 식구를 보는 눈이 영 못마땅한데 무슨 흉한 짓을 저지를지도 모르잖아요.

– 그게 걱정이군.

성정이 흉포한 사내가 저지를 여러 나쁜 행위에 대한 상상이 되었는지 아버지가 양미간을 접었다. 소년은 아버지의 그런 태도가 적이 미덥지 못했다. 아무리 상대가 못된 깡패라고 해도 지레 겁을 집어먹을 필요는 없을 터였다. 자신이라면 죽든 살든 상대와 한판 붙으면 붙었지, 싸워보지도 않고 꼬리를 내리지는 않을 것이었다.

– 그나저나 우리는 그렇다 쳐도 당사자인 선이는 얼마나 딱해. 죽어라고 공장에 다녀서 저런 막돼먹은 인간을 먹여 살리는 처지가 되었으니 말이야.

– 그러게 말이에요. 아침에 공장에 간다고 대문을 나서는 선이를 보면 제가 눈물이 다 나요. 홀어머니 봉양하려고 하루도 쉬는

법이 없이 밤늦도록 공장엘 다니더니 이젠 어쩌다가 저런 못된 남자까지 만나서 그 고생을 하고 있는지…….

– 그래서 운명의 장난이라는 말이 있는가 보지.

아버지가 쓸쓸한 얼굴이 되어 후하고 허공을 향해 담배연기를 내뿜었다.

아버지가 승진과 형의 생일을 축하하기 위해 가족을 데려간 곳은 시내 중심가에 있는 제법 큰 중화 요릿집이었다. 입구부터 실내장식까지 중국의 요정처럼 화려하게 만들어져 있었다.

듣기론 사장도 요리사도 화교사람이라고 했다. 이십 년이 넘은 전통으로 맛으로도 소문난 집이라고 아버지가 설명을 곁들였다. 어머니는 가난한 우리 사정에 너무 비싼 집을 찾아온 것 같다며 입구에서부터 내키지 않아 했지만, 특별히 오늘 하루인데 그깟 돈이 중요하냐는 아버지의 강한 설득에 마지못해 응하는 모습이었다.

제복을 입은 오동통한 여점원이 나와서 소년의 가족을 안내한 곳은 문이 각기 따로 된 내실이 아닌 중앙의 일반 홀이었다.

다섯 가족은 붉은 테이블보가 씌워진 탁자에 빙 둘러 앉았다. 주변에 손님들이 몇 명 있었는데 다들 잘사는 사람들처럼 입성이 번듯했다. 주위를 보던 진수는 점심을 먹을 때 옷에 묻은 음식 얼룩이 신경 쓰였는지 손가락에 침을 묻혀서 얼룩을 닦아냈다. 음식을 만드는지 안쪽에서 탕, 탕, 탕 나무를 두드리는 소리와 함께 중국음식 특유의 고소하고 기름진 냄새가 홀로 흘러나왔다.

소년은 빨리 음식이 나왔으면 하고 목을 빼고 기다렸다. 중국집에서 잘 먹으려고 점심을 적게 먹었더니 아까부터 배가 몹시 고팠던 것이다.

– 여기 식사 값이면 우리 가족 반 달치 생활비는 되겠어요.

붉은 색조의 벽지에 금박무늬로 화려하게 치장된 실내를 이리저리 둘러보던 어머니가 다시 한마디 내놓았다.

– 어허, 또 그런다. 보기에는 그래도 생각보다 비싼 집은 아냐. 게다가 우리가 요리를 시킬 것도 아니고, 고작 자장면과 탕수육만 시킬 건데 그게 비싸야 얼마나 비싸겠어. 또 내가 누구야. 명색이 신성극장 지배인이자 신민당 지구당 부위원장이잖아. 그런데 가족들에게 기껏 중국음식 하나 못 사주겠어.

아버지가 손까지 흔들며 호기롭게 말했다. 아버지의 큰소리치는 버릇은 여전했다. 그 뒷감당은 결국 어머니가 맡아야 하겠지만.

– 어이, 여기 메뉴판 가져와.

아버지가 손바닥으로 탁자를 두드리며 외쳤다.

곧 여점원이 메뉴판을 가져왔다. 소년과 형, 동생은 자장면 곱빼기를 시켰고 어머니는 짬뽕, 아버지는 울면에 탕수육과 튀긴 만두, 그리고 배갈 한 병을 주문했다. 진수는 무얼 더 주문했으면 하는 얼굴이었지만 어머니가 눈짓으로 제지했다.

– 그런데 당신이 어떻게 이런 비싼 요릿집을 알고 있었어요?

– 음, 그건 지난번에 극장 직원들하고 회식할 때 한 번 온 적이 있었어.

– 극장 직원들이 이런 좋은 곳에서 회식을 해요?

– 그러니까 딱 한 번이라잖아.

아버지가 곤혹스런 표정으로 우물쭈물 얼버무렸다.

문득 어머니의 눈초리가 묘해졌다. 혹시 다른 여자를 데리고 여기를 온 것은 아닌지 의심하는 눈빛이었다. 아버지는 짐짓 다른 쪽으로 보며 딴청을 부렸다.

– 어머, 과장 아저씨. 여기서 보네요.

느닷없이 들여온 맑은 음성에 소년이 고개를 돌리자 의자 뒤편 가까운 곳에 한 여자애가 서 있었다. 연하늘색 블라우스에 종아리까지 오는 감청색 치마를 입고 있었는데 열일곱 살쯤 되어 보였다. 여자애는 아버지를 보며 생글거리다가 다른 가족들이 있음을 알고는 가볍게 고개 숙여 인사했다.

– 어, 이게 누군가. 영양이 여긴 어쩐 일이야?

중국집에 음식 먹으러 온 거야 당연했지만 아버지는 그렇게 엉뚱하게 물었다.

– 친구와 저녁 먹으러 왔어요. 언뜻 과장 아저씨가 보이기에, 가족들과 함께 계시는 줄은 모르고 그만……

여자애는 사투리가 아닌 표준말을 썼다. 해맑은 이마에 고운 눈썹, 그리고 크고 검은 눈동자에 웃을 때 드러나는 치아가 몹시 고르고 희었다. 가르마를 타서 양쪽으로 묶어낸 머리가 갸름한 얼굴과 잘 어울렸다. 순수하면서 세련된 모습이었다.

소년은 눈을 깜박였다. 분명 어디선가 본 적이 있는 여자애였다. 곧 생각이 떠올랐다. 여름 어느 날인가 극장에 영화를 보러 갔을 때 입구에서 기도(문지기)를 보는 곰보아저씨와 웃으며 얘기를 나누던 여학생이었다. 그때는 세일러복처럼 생긴 하얀 교복을 입고 있었다. 곰보아저씨는 여학생에게 매우 다정하고 친절했다. 그때는 왜 그런지 알 수 없었다. 아마 곰보아저씨와 잘 아는 사람의 자식인가 여겼을 뿐이다.

— 이 여학생은 한 의원님 영양이야. 이쪽은 우리 가족들이야, 여긴 내 집사람이고 쟤가 큰애, 옆의 얘가 둘째, 그리고 조기 꼬마가 우리 집 막내야.

아버지의 손가락을 따라 가족을 둘러보던 여자애의 눈길이 소년의 눈과 마주쳤다. 여자애의 검은 동공 속에 잠깐 멈칫하는 게 있었다. 여자애는 물속을 들여다보듯 빤히 소년의 눈을 들여다보았다. 짧은 순간에 불과했지만 꽤 긴 시간이 흐른 것 같았다. 여자애는 분명 소년을 아는 눈치였다. 소년은 순식간에 얼굴에 열기가 솟구쳐 오르는 걸 느꼈다. 가슴이 심하게 방망이질 쳤다. 여자애는 곧 눈길을 거두어갔다.

— 맛있게 드시고 가세요. 전 이만…….

여자애가 귀엽게 인사를 하고 다른 자리로 또박또박 걸어갔다. 커튼이 드리워진 구석자리에 비슷한 또래의 여자애 하나가 빤히 이쪽을 바라보고 있었다.

— 참 예쁘네요. 밝으면서 귀염성도 있고…….

구석자리에서 친구와 얘기를 나누는 모습을 보며 어머니가 말했다.

— 부잣집 딸이라서 아무래도 다르지? 아들 둘에 딸 하나인데 집안의 막내여서 귀여움을 많이 받는가봐.

－그러네요. 나중 우리 한수가 저런 여자를 만나면 얼마나 좋아.

어머니가 아쉬운 듯 말했다. 아버지와 어머니가 대화를 나누는 동안 소년은 아까 멈칫해서 건너보던 여자애의 눈길을 뇌리에서 잊을 수가 없었다. 그건 내부에서 켜진 등불 같았다. 그 불은 오래도록 꺼지지 않았다.

곧 주문한 음식이 나왔다. 아버지는 기분 좋게 배갈부터 작은 사기잔에 따랐다. 자장면을 먹으면서 소년은 맛이 있는지도 몰랐다. 여자애의 뽀얀 얼굴과 밝은 웃음만이 머릿속을 가득 채웠던 때문이었다.

다음 날 오전에 열 시도 되지 않아서 병태가 소년의 집을 찾아왔다. 그동안 입이 근지러웠던지 마루에 앉자마자 이야기를 꺼내놓았다.

－어제 동네에 살인사건 벌어지는 거 아나?

－살인사건?

－그래, 살인사건 말이다. 경찰들도 몰리오고 한바탕 난리였다 아이가.

소년은 문득 칠월 초에 있었던 사건을 떠올렸다. 동네 뒤편 보리밭에서 여자의 시체가 발견된 사건이었다. 이십 중반의 여자가 하체가 벗겨진 채로 발견되었는데, 경찰들 말로는 죽은 지 일주일가량 지났다고 했다. 죽은 여자는 아랫동네 유부녀로 질투에 의한 치정살인이라는 말도 있었고, 혹은 밤길 가는 여자를 끌고 와서 강간한 뒤 목 졸라 죽였다는 소문도 돌았다. 그 사건으로 인해 한동안 소년과 병태는 보리밭으로 나가지 않았다. 그리고 얼마 지나지 않아서 보리밭은 추수를 했던 것이다.

– 우리 동네 영천댁이라는 아줌마가 칼에 찔려 죽었다 아이가. 그란데 그 영천댁을 누가 죽있는지 아나? 바로 남편인 마일수란 아저씨다. 니도 그 아저씨 알고 있제?

마일수라면 처음 이 동네에 집을 구하러 왔을 때 싸움판에서 만났던 남자였다. 아버지와 악수를 나눈, 눈 밑에 팥알 크기의 점이 있던 중년남자로 그 뒤에도 몇 번 동네에서 마주친 적이 있었다. 듣기엔 공사장 트럭운전사로 자주 집을 비우고 전국을 떠돌아다닌다고 했다.

– 와(왜) 지(자기) 마누라를 죽있는지 아나?

– 내가 그걸 어떻게 알아.

– 마누라가 외간남자와 바람을 핀다는 걸 알고는 질투심에 눈이 뒤집힜는 기라. 그래서 식칼을 갖고 숨어 있다가 두 사람이 함께 있는 현장을 덮쳤다 아이가. 그란데 상대남자는 재빨리 도망치고 여자만 그 자리에서 남편에게 칼을 맞았는 기제. 헌데 여기서 제일 중요한 거는 뭐냐 카머(하면) 그 아줌마의 상대 남자가 누구냐 하는 건기라.

병태가 수수께끼놀이나 하듯 이야기에 뜸을 들였다. 소년은 누굴까 추리하며 희고 통통한 병태의 얼굴을 바라보았다.

– 놀라지 말거래이. 바로 그 남자가 시구리 왕인기라. 내도 그걸 알고 얼매나 놀랬는지 모린다.

병태의 입에서 시구리 왕이란 소리를 듣자 소년은 놀랍기보단 어쩐지 올 게 왔다는 생각이 들었다. 언젠가 그가 동네아이들을 모아놓고 했던 성에 관한 얘기가 기억의 표면에 떠올랐다.

너거들은 모를 기다. 아담과 이브가 에덴동산에서 쫓겨나온 건 선악과를 따먹어서 그런 게 아니라 성적인 쾌락을 알게 되었기 때문인 기라. 아담과 이브에게 쾌락을 알도록 유혹한 건 그놈의 사악한 뱀이고, 쾌락을 알자 그만 수치도 생겨나고, 질투와 욕망도 생겨난 기라. 그래서 부끄러움을 모르던 이브가 아래를 나뭇잎으로 가린 거 아이가. 사실 그 전에는 인간도 짐승과 똑같이 성적인 쾌락을 몰랐던 기라. 그런데 그걸 알고 나자 하느님이 보기에 화가 잔뜩 난 거라. 성적 욕심이란 게 사실 모든 탐욕과 죄의 근원이라는 건 하느님은 잘 알고 있었거든. 그래서 타락한 아담과 이브를 성스러운 에덴에서 쫓아내고 만 것이라 카이.

– 그럼 시구리 왕은 어떻게 됐어?

소년은 호리호리한 몸집에 우울한 눈빛을 가진 시구리 왕을 떠올렸다. 에덴동산에 대한 얄궂은 해석처럼 자기 자신도 지나치게 성적 쾌락을 밝히다가 결국 세상에서 쫓겨난 셈이 된 것이다. 그건 분명 아이러니한 일이었다.

– 그야 내가 우찌 아노. 지금 어디에 숨어 있기는 할 끼다. 그라고 이자(이제) 이 동네에는 남우세스러버서도 다신 못 나타날 기다. 어데 가서 다른 여자들이나 꼬드기며 살아가겠제.

– 그럼 마일수란 아저씨는 어찌 되었어?

– 지발로 경찰에 자수했다 카데. 그라고 네 니한테만 말해 주꾸마. 예전에 우리 보리밭에 갔다가 시구리왕을 본 것 같다꼬 내

가 말한 날 안 있나.

— 그래, 기억나. 유월 말경이었어.

— 그날 건조장에 들어가는 여자를 봤는데, 분명히 영천댁이라 카는 그 여자인 기라.

— 그런데 그날 너는 모르는 여자라고 그랬잖아.

— 그기사 괜히 아는 척해서 좋을 거 없다는 생각이 들어서 안 그캤나. 세상에는 몰라도 좋은 것도 많다 아이가. 그라고 설마 시구리 왕이 나이든 영천댁하고 몰래 그 짓을 하고 있을 줄은 낸들 우찌 알았겠노. 그카고 보마 시구리 왕도 참 희한한 사람인 기라.

소년은 병태의 말이 옳을지도 모르겠다고 생각했다. 세상에는 몰라서 좋은 일도 있는 것이다.

소년은 여자애의 옆얼굴을 옆 눈으로 훔쳐보았다. 영화가 시작되면서 그녀는 줄곧 정면만 바라보고 있었다. 소년은 무슨 말을 해볼까 궁리했지만 당최 아무 생각도 나지 않았다. 마치 머리가 텅 빈 백치라도 된 것 같았다.

소년은 손바닥의 끈끈한 땀을 무릎 위에 문질러 닦았다. 넓은 영사막 위에서는 한 여인의 애잔한 삶이 그림처럼 펼쳐지고 있었지만 그건 아예 눈에 들어오지도 않았다. 오직 신경이 쓰이는 건 옆자리의 여자애였다. 지금 그녀는 갸름한 두 손을 가지런히 무릎 위에 올려놓고 영화를 감상하고 있었다. 하얀 목선과 융기된 가슴이 어둠 속에서도 뚜렷이 보였다.

— 영화, 재미없니?

돌연 여자애가 상체를 소년 쪽으로 기울이고 작은 소리로 물었다. 왼쪽 귀에 그녀의 부드러운 숨결이 느껴졌다. 소년은 황급히 고개를 가로저었다.

– 아냐, 재미있어.

영화는 '리칭'이라는 예쁘장한 중국 여배우가 등장하는 〈스잔나〉였다. 근래 들어 최고 감동적인 영화라고 했다.

– 그래?

여자애는 다시 화면에 눈길을 주었다. 소년은 영화보다 그녀가 자신을 어떻게 생각할지 그게 못내 궁금했다. 자신을 나이가 어리다고 얕보는 건 아닐까. 학교에 다니지 않는 걸 좋지 않게 여기는 건 아닌지 등등의 온갖 불안과 조바심, 걱정과 회의가 내면에서 용암처럼 부글거리며 끓어올라서 영화에 집중할 수가 없었다. 그중에서 아까부터 마음이 쓰이는 건 과연 그녀가 자신이 우연을 가장해서 극장 앞에서 기다리고 있었던 걸 눈치챈 걸 아닐까 하는 거였다. 또한 나흘 전에 그녀가 먼저 아버지에게 영화 얘기를 꺼낸 건 소년에게 극장으로 자신을 만나러 나오라는 암시를 주기 위한 것은 아닐까 하는 것이었다.

아까 저녁 무렵에 소년은 극장에서 조금 떨어진 다방 입구에 서서 그녀가 나타나길 기다렸다. 틀림없이 여자애가 극장 앞에 나타날 거라는 예감을 가졌기 때문이었다. 그건 일종의 무언의 약속과도 같았다.

나흘 전에 아버지의 승진을 축하하기 위해 갔던 중국집에서 우연히 보았던 그녀는 무슨 생각에선지 식당을 나가기 전에 다시 소년의 가족이 있는 식탁을 찾아왔다. 그리고 아버지에게 돌아오는 토요일에 무슨 영화를 상영하느냐고 물었고, 저녁 일곱 시쯤에 영화를 보러가겠다고 얘기했다. 말을 하던 도중에 그녀는 소년에게 짧은 눈길을 주었다. 그 순간적인 눈빛에서 소년은 여자애가 자기에게 무언가 메시지를 전달하려고 한다는 것을 본능처럼 깨달았다.

극장에서 조금 떨어진 위치에서 십여 분을 기다리고 있을 때 저만치 사복을 입은 여자애가 나타나는 것을 소년은 보았다. 소년은 용기를 내어 곧장 여자애가 있는 곳으로 어슬렁거리며 다가갔다. 그냥 바람 쐬러 나온 사람처럼 한가한 걸음으로 주머니에 두 손을 찌르고 입술을 오므려서 휘파람으로 〈검은 고양이 네로〉를 불어댔다.

소년을 본 여자애는 눈을 깜빡이며 잠시 놀란 얼굴을 했다. 그러더니 은근한 미소를 떠올리며 인사를 건넸다.

전에 우리 봤지?

소년이 고개를 끄덕였다. 얼굴이 홧홧하게 달아올랐다.

영화 보러 왔니?

여자애의 반말에 소년도 가볍게 응 이라고 대답했다.

잘되었네. 그럼 같이 볼래? 여자애가 먼저 물었다.

극장 입구에 나와 있던 아버지가 소년과 그녀가 함께 나타난 것을 보고 놀란 눈을 했을 때 그녀가 먼저 말했다. 우연히 요 앞에서 만났어요. 소년은 우연이라는 말이 마음에 들었다. 다행히 아버지는 소년에게 극장에 어쩐 일이냐고 묻지 않았다.

곧 영사막에 엔드라는 영어자막이 떠올랐다. 여자애가 치마 주머니에서 손수건을 꺼내 눈물을 닦았다. 감동한 모양이었다. 소년은 그녀의 그런 때 묻지 않은 순수함이 마음에 들었다. 천천히 실내에 조명이 들어왔다. 관객들이 하나둘 자리를 차고 일어났다.

소년과 여자애는 몰려나가는 많은 군중들 틈에 끼여서 극장을 빠져나왔다. 바깥에는 어둠이 내려와 있었다. 도로의 수은등이 푸르게 늦여름 밤을 지키고 서 있었다. 산책하기 알맞은 청량한 밤 기온 때문인지 거리를 오가는 행인이 적지 않았다.

밀려나가는 사람들과 함께 극장 앞에서 저만치 멀어졌을 때 여자애가 걸음을 멈추었다. 소년이 어떡할까 망설이던 중이었다. 여자애의 집은 소년의 집과 반대편인 시내 방향에 있었다. 여자애가 큰 눈길로 빤히 소년을 바라보았다. 긴 속눈썹이 고혹적이라고 소년은 생각했다.

– 우리 집까지 좀 바래다주지 않을래.

그건 소년이 아까부터 애타게 기다렸던 말이었다. 소년은 퉁명스럽게 그래, 하고 대답했다. 소년과 여자애는 보도를 나란히 걸어갔다. 길이 좁아질 때 가끔씩 서로의 어깨와 손이 스치듯 부딪혔다. 가슴이 놀란 토끼마냥 제멋대로 쿵덕거렸다.

– 우리 서로 이름도 모르지. 난 한은혜야. 너는?

갑자기 멈춰선 여자애가 소년을 건너보며 말했다.

– 문수, 김문수.

이상하게 목이 말라서 목소리가 갈라져 나왔다. 자신의 목소리 같지 않았다.

－좀 천천히 걸으면 안 돼. 난 빨리 못 걷거든.

여자애가 말했다. 소년 역시 천천히 가고 싶었지만 그게 마음대로 되지 않았다. 성난 사람처럼 마구 걸음을 옮기고 있었던 것이다. 소년은 되도록 걸음을 늦추었다. 그녀의 하얀 다리가 곁눈에 들어왔다. 예쁜 종아리라고 소년은 생각했다.

－학교 다니는 것 아니지?

마침내 그녀가 소년이 미리 마음속으로 수없이 답을 만들어보았던 질문을 던졌다.

－응, 집에서 놀고 있어. 검정고시 준비하면서…….

어쩐지 떳떳하지 못한 대답 같았지만 거짓말을 하고 싶진 않았다. 정직하게 대답하고 나자 외려 속이 후련해지는 느낌이었다.

－그런 것 같았어. 학생이라기엔 머리가 좀 길었거든.

소년은 자신도 무슨 말인가 해야겠다고 생각했지만 막상 할 말은 없었다. 그렇다고 나이를 물어볼 수도 없었다. 그녀가 소년보다 두 살 많은 여고 1년생이란 건 대강 알고 있었다. 나이를 물어서 이익될 건 없었다.

－키가 얼마야? 쳐다보려니 목이 아프네.

여자애가 살짝 미소를 띠고 말했다. 소년은 대답하지 않았다. 지나가던 행인들이 밤늦게 걸어가는 소년과 여자애를 불량 청소년을 보듯 힐끔거리며 지나쳤다.

－저쪽에 보이는 골목 안이 우리 집이야. 여기까지 와주어서 고마워. 그리고 오늘 만나서 반가웠어. 영화도 정말 재미있었고…….

여자애가 높다란 담장을 두른 기와집들이 늘어선 말끔한 골목길을 손으로 가리켰다. 반듯반듯한 한옥들 사이에 커다란 수목들이 어둠 속에 울창했다.

- 응, 그래.

소년이 짤막하게 대답하고 돌아서려고 할 때였다.

- 주소 좀 알려주면 안 돼? 심심하면 편지라도 할게.

소년이 돌아보자 검고 큰 눈이 소년을 빠히 올려다보고 있었다. 그 눈 속에는 소년이 알고 싶은 세상의 많은 이야기와 비밀이 숨어 있는 듯 보였다. 소년은 너무 기뻐서 하마터면 그녀의 손목을 덥석 움켜잡을 뻔했다.

아버지의 여자

대문이 열리는 소리가 나고 날밤을 세운 아버지가 초췌한 얼굴
로 마당에 들어섰다. 어제 저녁 늦게 초상집에 간다며 나갔던 아
버지였다. 소년은 아까부터 보던 수학 자습서를 덮어두고 마루로
나갔다. 오전 아홉 시가 조금 넘은 시각이었다.

　－네 엄마는 나갔니?

마루에 올라서며 아버지가 물었다. 어머니는 아까 영애집에 간
다며 나가고 없었다. 소년의 대답을 듣자 아버지는 곧장 큰방으
로 들어가더니 조금 뒤에 마루로 나왔다.

　－문수야. 심부름 좀 해야겠다. 너, 자전거 탈 줄 알지?

소년이 고개를 끄덕였다. 여름에 아버지가 집에 있는 시간을 틈
타 가끔씩 자전거를 끌고나가 공터에서 연습을 해두었던 것이다.

　－먼저 극장에 들러서 아버지가 초상일이 있어서 오늘 출근 못
한다고 얘기하고, 이 약도에 그려진 집을 찾아가서 정인숙이라는
여자에게 이 쪽지를 주거라.

아버지가 내민 것은 백지에 대강 그린 약도와 착착 접힌 작은
쪽지였다.

- 그렇게만 하면 되요?

소년이 약도를 들여다보며 물었다.

- 그래. 그리고 이건 너와 나만의 비밀이니까 절대 누구에게도
말해선 안 된다. 알았지?

둘만의 비밀?

당부가 예사롭지 않아서 소년은 아버지를 올려다보았다. 진지
한 눈빛을 한 아버지가 다짐을 주듯 소년을 향해 두어 번 고개를
끄덕였다.

- 특히 어머니가 알면 안 되니까 조심해라. 그리고 이건 용돈
으로 써라.

입막음이라도 하듯 아버지가 주머니에서 지폐 한 장을 내밀었
다. 소년은 마지못한 척 아버지가 내민 돈을 받아 넣었다. 그리
고 대체 아버지가 이토록 중요하게 여기는 약속이 무엇인지, 그
상대가 누군지 궁금했다.

- 지금 가거라. 난 대강 세수나 하고 다시 초상집에 가야 되니
까. 그럼 부탁하마.

소년은 방으로 들어와서 외출복으로 갈아입었다. 아버지가 아
끼던 자전거까지 내주며 심부름을 보내기는 처음이었다. 아마
도 긴요한 약속인 것 같았다. 그런 약속까지 어겨가며 남의 초상
을 치는 아버지를 이해하기는 힘들었다. 그것도 다른 사람도 아
닌 동네사람들에게 지탄받는 양갈보 여자의 초상이 아닌가 말이
다. 하긴 그런 모습이 어쩌면 가장 아버지다운 모습은 아닐까 하
고 소년은 생각했다.

동네 골목 어귀에 있는 푸른 철대문집 양갈보 여자가 미안하다는 유서 한 장을 달랑 남겨놓고 대들보에 목을 매어 자살한 것은 이틀 전이었다. 우연히 그 집에 놀러갔던 한 아낙이 문을 열었다가 알게 되었던 것이다. 원래부터 혼자 사는 여자라 아무도 장례를 치러줄 사람이 없었다. 게다가 동네사람들 모두 여자의 죽음을 내놓고 고소해 했다. 그건 여자가 동네사람들에게 적지 않은 돈을 빌렸기 때문이었다.

나중에 병태를 비롯한 다른 사람들에게 들어서 알게 된 사실은 이랬다. 흑인상사와 살던 여자는 텔레비전을 보려고 집을 드나들던 여러 동네 아낙들에게 미제물품을 팔기도 하고, 또 사 주기도 했다. 그리고 미제물건을 사다가 팔면 이문이 많이 남는 거라며 꼬드겼다. 실제 시중에 은밀히 나도는 미제담배와 깡통맥주는 물건이 없어서 못 팔 만큼 인기가 좋았다.

여자는 몇 번이나 동네 아낙들에게 미제물건을 사두었다가 팔아서 이익을 나눠주는 일을 반복했다. 차츰 입소문을 통해 그 사실이 알려지면서 돈을 투자하려는 아낙들이 상한 음식에 파리가 꾀이듯 갈수록 늘어났다. 돼지를 키우는 양씨 아내를 비롯하여 시장서 국밥집을 하는 욕쟁이아낙, 정 반장 아내인 창석이 엄마, 청소부 곽씨 아내, 동네소식통인 태호 엄마까지 거기에 가담했다. 거의 동네 아낙들 절반 가까이 그 일에 자진해서 남편 몰래 숨겨둔 돈을 꺼내 투자를 했던 것이다.

처음부터 양갈보 여자가 그렇게 동네 아낙들이 투자한 돈을 챙겨서 미국으로 도망칠 속셈이었는지 알 수 없지만 여하튼 여자는 그 돈을 내연관계에 있던 미군 흑인상사에게 맡겼던가 보았다. 그러나 흑인상사는 이미 그 여자를 등칠 흑심을 품고 있었던 모양이었다. 제대한 사실을 숨기고 있다가 여자가 맡긴 돈을 들고 몰래 미국으로 튀어버린 것이다. 그것도 여자가 잠시 며칠간 어딜 다녀오는 사이였고, 집에 돈이 될 만한 물건은 모두 처분한 뒤였다.

결국 여자는 돈도 잃고 애인도 잃고 미국으로 가려던 꿈마저 잃은 꼴이 되었다. 여자에게 남겨진 것은 양갈보를 하며 시든 육체와 동네 아낙들의 원망과 빚더미뿐이었다. 결국 삶의 의지가 없어진 여자는 나일론 끈에 목을 매달아 가장 안전한 세상 바깥으로 도망친 것이다.

졸지에 생돈을 떼인 동네 아낙들의 분노는 가히 하늘을 찌를 듯했다. 그 전까지 언니 동생하며 지내던 사람들의 입에서 밑이 썩어질 양갈보 년, 죽어서 무간지옥에 떨어질 년 따위의 비난과 욕설이 한꺼번에 쏟아졌다. 그 더러운 년 잘 죽었다는 악담이 돌았고, 당연히 그 여자의 장례를 치러줄 사람이 있을 리 만무했다

그럴 때 아버지가 나선 것이다. 어머니는 동네사람들의 이목을 생각해서라도 이번만큼은 나서지 말라는 입장이었지만 아버지는 개의치 않았다. 앞장서서 동네 남자들을 설득했다.

─ 밉든 곱든 어쨌건 그 여자는 죽었고, 우리는 살아 있지 않습니까. 남편도 자식도 없는 여자, 불쌍하게 여기고 보내 줍시다.

결국 아버지의 주도로 고물상 최씨와 상이용사 강씨를 비롯한 몇몇 남자들이 십시일반 힘을 모아서 간소하게나마 장례를 치르

기로 했다. 그러다보니 아버지가 발을 뺄 틈이 없었고, 소년에게 심부름을 시키게 된 것이다.

극장에 찾아가서 아버지가 출근을 못한다는 이야기를 전한 소년은 곧장 약도에 그려진 집을 찾아 나섰다. 약도에 그려진 동네는 극장에서 걸어서 이십여 분 거리에 있는 시내 학원가 뒤편의 낡고 오래된 동네였다. 근래에 신축한 삼사층 건물들이 들어선 도로 뒤편으로 돌아가면 낮고 허름한 한옥들이 좁은 골목을 사이에 두고 밀집된 지역으로, 골목이 미로처럼 나 있고 문패의 번지수마저 들쭉날쭉 고르지 않아서 집을 찾기가 여간 어렵지 않았다.

동네 입구의 구멍가게 주인에게 물어서 겨우 찾아간 집은 밤색 나무대문이 달린 한옥이었다. 대문을 두드리자 안에서 가녀린 여자의 응답소리가 났고, 하늘색 스웨터를 입고 등에 아기를 업은 여자가 나왔다. 야윈 얼굴에 눈매가 왠지 슬퍼 보이는 삼십 대 중반의 여자였다.

소년을 본 여자가 놀란 듯 흠칫했다.

— 저, 혹시 문수라는 학생?

심부름을 왔다고 말하자 소년과 자전거를 번갈아 보던 여자가 물었다. 이름까지 아는 걸로 보아 아버지가 여자에게 가족에 관해 이야기를 했던가 보았다. 소년이 주머니에서 아버지가 준 쪽지를 꺼냈다. 여자는 쪽지를 펴 볼 생각은 않고 소년의 소매를 잡았다.

— 여까지 왔는데, 일단 들어왔다 가이소.

여자는 이상하게 높임말을 썼다. 소년은 여자의 등에 업혀 정신없이 잠든 아이를 보았다. 두 살은 넘어 보였다. 머리를 양쪽으로 묶고 그 위에 예쁜 꽃모양의 핀을 꽂고 있었다. 아버지의 아이가 아닌 건 틀림없었다.

소년은 뿌리칠까 하다가 용기를 내기로 했다. 어떤 여자인지, 아버지와는 어떤 사이인지 알고 싶었다. 아까 여기 집을 찾아오다가 궁금함에 못 이겨 나쁜 짓인 줄 알면서 몰래 펴 본 쪽지에는 아이의 생일을 축하하며 점심 약속을 지키지 못해서 미안하다고 적혀 있었다. 초상만 아니었다면 아이와 함께 생일 점심식사라도 할 셈이었는가 보았다.

본채와 돌아앉은 곳에 여자의 방이 있었다. 단칸방이었는데 작은 쪽마루에 방 입구에 부엌이 있었다. 좁은 마당에는 수도가 있었고 햇살이 잘 들었다.

여자가 부엌에서 차를 준비하는 동안 소년은 방에 앉아서 주변을 둘러보았다. 방은 작지만 여자의 성품을 반영하듯 깔끔하고 정갈했다. 벽에 눈에 익은 영화 포스터가 두 장 붙어 있었는데 아버지가 갖다 준 게 분명했다. 구석에 놓인 작은 사각소반에는 양은재떨이와 헐어놓은 담뱃갑이 있었다. 아버지가 요즘 피우기 시작한 청자였다. 분명 여자는 남편 없이 아이와 둘이 살고 있는 것 같았다. 그리고 아버지는 여기에 가끔씩 들렀을 것이다.

소년은 아버지가 참 대단하다고 여겨졌다. 또 한편으로 이해하기 힘들었다. 달포쯤 전에 중국집에서 여자와 수작을 벌이다가 어머니에게 현장을 들켜서 그렇게 잘못했다고 무릎까지 꿇어가며 사정한 터에 또다시 다른 여자를 몰래 숨겨두고 사귀고 있다

는 사실이 놀라웠다. 대체 아버지의 그 바람기는 어디에 연유하
는지 궁금하기조차 했다.

－유자차밖에 없어놔서…….

여자가 방으로 찻잔에 차를 들여오며 미안한 표정을 지었다.

－집이 좀 누추하지예?

여자가 부끄러운 듯 말했다. 아버지가 사귀는 여자와 둘만 마
주앉아 있다고 생각하니 기분이 묘했다. 여태까지 몰랐던 아버지
의 비밀을 엿본 듯했고 아버지와 소년 사이에만 성립된 이해하기
힘든 연대감도 느꼈다. 그와 동시에 어머니를 배신하고 나쁜 짓
에 동조한 건 아닌가 하는 불안과 죄책감도 없지 않았다.

그런 기묘하고 낯선 분위기 때문에 소년은 곧 차를 마시는 둥
마는 둥 하고 여자의 집을 나섰다. 조금만 더 있다가 가라고 만
류하던 여자는 소년에게 시간이 나면 언제든 놀러오라고 말했다.
마치 귀한 집 자식을 대하듯 친절한 태도였다. 소년이 자전거를
끌고 골목을 빠져나오다가 문득 한 생각에 뒤를 돌아보자 배웅하
던 여자가 미소를 띠우며 몇 번 손을 흔들어주었다. 정오 무렵의
햇살이 자전거 바퀴에 짧은 그림자를 만들어냈다.

추분을 지나면서 가을을 재촉하는 궂은비가 내렸고, 북쪽에서
부터 단풍이 내려온다는 소식이 들렸다. 남북적십자 예비회담이
열렸다는 뉴스가 라디오에서 흘러나왔고, 대학에서는 매일처럼
독재정치 타도를 외치는 데모가 일어났다. 조류보호대책으로 참
새구이가 금지되었고, 비싼 과외비의 폐단이 거론되었다. 세상은

여러 사건들로 뒤숭숭한 가운데 가을이 다가오고 있었다.

소년의 동네에서도 사건이 많았다. 두서없는 정전으로 인해 밤에 책상 위에 촛불을 켜놓고 공부하던 철길 옆 고등학생의 집에 불이 나서 네 명의 가족들이 중화상을 입는 불행을 당했다. 멀리 촌에서 올라와서 자취하던 창호 아랫집의 열여덟 살 남매가 방으로 스며든 연탄가스에 중독된 사고도 있었다. 아침에 발견한 사람들이 신 김칫국물을 떠먹인다, 병원 응급실에 데려 간다 난리를 쳤지만 결국 남동생은 목숨을 잃게 된 안타까운 사고였다.

또한 소년과 가장 친했던 병태가 서울로 이사를 갔다. 버스차장을 그만둔 뒤 집에서 놀고 있던 누나가 청계천에 있는 공장에 취직을 한 것이다. 헤어질 때 병태는 떠나는 것을 몹시 아쉬워했고, 시간 되면 놀러오겠다는 말을 소년에게 남겼다.

소년의 집에서도 사건이 있었다. 그날은 일요일이었다.

오전에 어머니의 심부름으로 형이 기거하는 독서실에 갈아입을 옷을 가져다준 뒤 시내에서 은혜와 만나서 재미있게 놀다가 돌아왔을 때 집에는 동생만 달랑 있었다. 오전에 집을 나갈 때 아버지와 어머니 모두 집에 있었다. 아버지에겐 한 달에 두 번 돌아오는, 극장에 나가지 않는 모처럼 쉬는 일요일이었다.

– 형아. 좀 일찍 집에 돌아오지.

소년이 마당에 자전거를 세우고 있을 때 마루에 뛰어나온 동생이 화급하게 얘기를 꺼냈다. 흥분한 기색이 완연했다.

– 왜 그래? 집에 무슨 일이 있었어?

– 말도 마. 오늘 집에 큰 싸움이 있었어. 정말이야.

― 집에서? 누가 싸웠단 말이야?

― 아버지하고 저 아랫방 남자하고 싸웠다. 그 때문에 아버지와 엄마도 지금 경찰서에 잡혀가 있어.

― 경찰서에? 아랫방 남자하고?

소년은 아랫방 남자의 다부진 상체를 휘감은 문신과 흉터, 남자의 독사처럼 가늘게 찢어진 눈길과 불량스런 태도를 떠올렸다. 생판 싸움이라곤 모르던 아버지가 그 흉포한 깡패사내와 싸움을 벌였다는 게 좀처럼 믿기지 않았다.

― 형아, 내가 자세히 얘기해 줄게.

흥분한 동생이 열을 내서 늘어놓는 당시의 상황이 소년의 머리에 영상처럼 그려졌다.

점심때를 갓 넘긴 시간이었다. 처음엔 아랫방에서 뭔가 깨지는 소리와 함께 비명소리가 들렸고 곧 선이누나가 얼굴을 가리고 흐느끼면서 방에서 마당으로 뛰쳐나왔다. 뒤이어 맨발로 달려 나온 사내가 마당에서 선이누나의 머리채를 휘어잡고 무슨 짐짝처럼 거칠게 다루었다. 뒤늦게 나온 선이엄마가 그렇게 때리지 말고 말로 하라며 둘 사이에 끼어들었다. 하지만 사내는 선이엄마를 사정없이 구석으로 밀치고 선이누나를 방 안으로 끌고 들어가려고 했다.

소란을 듣고 마루에 나와 있던 아버지가 보다 못해 연약한 여자를 어떻게 그렇게 마구잡이로 때리느냐고 따졌고, 깡패사내는 아버지에게 욕설을 퍼부었다. 그러자 끝내 참고 있던 아버지가 마당에 내려섰고 흉포해진 사내는 아버지에게 먼저 주먹을 날렸다.

무슨 기운에선지 쓰러졌던 아버지가 다시 사내에게 달려들었고 두 번째로 얻어맞고 다시 마당에 쓰러졌다. 보고 있던 어머니가 비명을 지르며 어찌할 바를 몰라 했다. 아버지가 다시 몸을 일으키자 평소의 폭력적인 성정을 드러낸 사내는 아버지를 사정없이 걷어차고 때리기 시작했다.

때마침 골목을 지나가던 창석이 엄마가 소란을 듣고 대문 안으로 들어와서 아버지를 두들기던 깡패사내를 말렸다. 그리고 어디서 온 사람이 아제 뻘 되는 어른을 그렇게 치느냐고 따졌다. 그러자 사내는 창석이 엄마에게 뚱뚱한 년이 어쩌고 하며 인신공격성 욕설을 퍼부었고, 가뜩이나 평소 몸에 대하여 불만을 갖고 있던 창석이 엄마는 분개하여 깡패사내에게 달려들었다. 하지만 창석이 엄마가 비록 덩치가 크다 해도 깡패사내의 상대가 될 리는 없었다. 사내에게 사정없이 떼밀려서 에구구, 저놈이 사람 잡는다 외치며 마당 세면대 위에 나뒹굴었다.

집에 있다가 아내가 싸우고 있다는 소식을 들은 정 반장이 득달같이 달려와서 싸움판에 끼어들었다. 그렇게 여러 명이 뒤엉겨 싸우게 되면서 악에 바친 창석이 엄마가 사내의 다리를 붙든 채 발목을 이빨로 물어뜯고 정 반장이 사내의 허리에 죽어라고 매달렸다.

거기에 구경하던 건넛집 청소부 곽씨까지 도우려고 나서면서 싸움판은 그야말로 동네 난장판이 되었다. 결국 누군가의 신고를 받은 경찰들이 와서야 싸움이 끝나고 다들 폭행사건으로 파출소로 가게 되었다고 했다.

- 내가 있었으면 한 수 거들었을 텐데.

그런 자리에 함께 하지 못한 게 아쉬운 소년이 권투선수처럼 주먹을 부르쥐며 말했다.

- 그래, 나도 그렇게 생각해. 작은형만 있었어도 아버지가 그렇게 맞진 않았을 거야.

동생이 약빠르게 편을 들고 나섰다.

아버지와 어머니가 집으로 돌아온 것은 해가 뉘엿할 무렵이었다. 투쟁의 흔적인 양 아버지의 콧등과 턱, 이마에 반창고가 하얗게 붙어 있었다. 아버지는 소년을 보자 열적은 미소를 보냈다. 어른들끼리 싸움질을 한 게 자식보기에 적잖이 부끄러웠을 것이다.

저녁상을 물린 뒤였다. 어머니가 아버지의 얼굴에 붙인 반창고를 갈아주기로 했다.

- 아아, 아파. 아프다니까. 좀 살살하지 못 하겠어.

어머니가 핀셋으로 아버지 얼굴에 붙은 반창고를 떼어낼 때마다 아버지는 얼굴을 찌푸리며 짐짓 엄살을 떨어댔다. 옆에서 보던 지켜보던 동생이 재미난 듯 킥킥거렸다.

- 오늘 당신보고 정말 놀랐어요. 어쩜 그렇게 맞으면서도 다시 달려들 마음이 생겼어요?

솜에 묻힌 옥도정기를 상처 부위에 바르며 어머니가 말했다.

- 뭐, 죽기 아니면 까무러치기지. 악에 받치니까 아무것도 무섭지 않더군.

- 그 남자가 전과 8범이라는 소리를 듣고 정말 놀랐어요. 어쩐지 하는 태도며 생김새가 예사롭지 않다 했더니……그나저나 아

까 그 남자가 파출소에서 펄펄 뛰며 하는 짓 봤어요? 동네사람들에게 몰매를 맞은 건 자기라면서 우리를 몽땅 집단폭행으로 고소하겠다는 것 말예요. 그리고 발목 물린 것 하고 얼굴 두어 대 맞은 걸 가지고 병원 진단서를 끊는다는 것 보아요. 여간 못됐고 영악한 사람이 아니에요.

– 뻔뻔하기는. 하긴 그걸 두고 적반하장이라는 말을 쓰지.

– 경찰들 앞에서도 얼마나 당당한지. 다행이 정 반장과 친분이 있는 경찰이라서 쉽게 사건이 해결된 셈이에요.

– 그렇지. 그래서 파출소에서 정 반장과 약속했어. 조만간 만나서 한잔하기로 말이야.

봄에 있었던 선거운동으로 인해 그동안 아버지와 정 반장은 서로 거래를 끊고 서먹하게 지냈던 것이다. 그게 오늘 일로 인해 서로 화해가 이루어진 것 같았다.

– 그나저나 아까 그 남자가 우리더러 앞으로 두고 보자며 눈을 치뜰 때 무서워 죽는 줄 알았어요. 당신은 겁나지 않아요?

– 두고 보자는 놈 무섭지 않다는 말도 몰라.

말은 그렇게 태연하게 했지만 아버지 역시 약간 캥키는 얼굴을 했다.

– 어떨 때 보면 천하 없는 겁쟁이였다가 어떨 때는 참 용감해요. 어느 게 진짜 당신인지 모르겠어요.

약을 바른 부위에 다시 반창고를 붙이며 어머니가 말했다. 문득 소년과 눈이 마주친 아버지가 장난꾸러기처럼 히죽 웃었다.

선이네가 이사를 간 것은 그 소동이 있은 이틀 뒤였다. 밤늦도록 짐을 꾸린 선이네는 아침이 밝자마자 도망치듯 부랴부랴 다른 곳으로 떠나갔다. 이삿짐을 옮길 때 선이누나의 얼굴은 수척하고 차가웠다. 바람에 나풀거렸던 긴 생머리도 어느새 짧은 단발로 바뀌어 있었다.

자진하여 이사를 도와주던 소년의 눈길을 끈 것은 그녀가 신고 있던 신발이었다. 언제부턴가 선이누나는 하얀 운동화를 신지 않았다. 자세히는 몰라도 그 사내를 만난 다음부터였을 것이다. 이사를 가는 그녀가 신고 있던 건 인조가죽으로 된 검정구두였다. 소년은 그걸 보는 순간 마음이 아팠다. 아울러 세상에는 다시 돌이킬 수 없는 변화가 있다는 것을 뼈저리게 느꼈던 순간이기도 했다.

시월은 축제의 계절이었다. 가을 운동회와 국군의 날과 개천절과 일요일이 연달아 있었다. 때마침 전국산업박람회가 동네 옆 넓은 공터에서 열흘간 열렸다. 상공에 왕사탕처럼 생긴 애드벌룬이 다섯 개나 떠올랐다. 대형 천막 수십 개가 공터에 늘어서고, 그네며 시소를 비롯한 아이들 놀이기구가 넓은 마당에 설치되었다.

박람회가 열리기 사흘 전부터 제복을 입은 악대들이 동네 골목을 돌아다니며 음악을 울려댔다. 개최를 하루 앞둔 밤에는 폭죽이 요란한 소리를 내며 터졌고 찬란한 불꽃이 군청색 밤하늘을 수놓았다. 다음 날 인기가수가 나오는 가요경연대회가 열렸고 전국씨름대회가 있었다. 키가 이 미터가 넘는 거구의 씨름선수가 등장하여 구경꾼들의 인기를 독차지했다. 또한 내셔널 플라스

틱이라는 회사에서 만든 제품들이 동네 아낙들의 이목을 끌었다. 바가지며 그릇, 세숫대야며 의자까지 모두 플라스틱으로 만들어져 있었다. 그게 석유에서 뽑아낸 제품이란 걸 소년은 그때야 처음 알았다.

각종 전시회며 특산품전도 있었다. 인근 중·고등학생들의 가을 시화전이 열렸고, 내무부 주최의 불조심 포스터전이 열렸다. 그 옆으로 전국 각지의 특산품들이 전시되었다. 왕골이며 대나무로 만든 죽세공품도 있었고 남도에서 올라온 김이며 마른멸치도 인기가 있었다.

모처럼 좋은 구경거리가 생기자 사람들이 너나없이 박람회장으로 몰려들었다. 멀리 촌에서 온 사람부터 시내사람들, 그리고 인근 동네사람들까지 오후만 되면 박람회장을 어슬렁거렸다. 남자들은 대낮부터 포장마차에서 파는 술에 취해 건들거렸고 아이들은 장사꾼들이 뽑아내는 흥겨운 놀이에 정신을 빼앗겼다.

소년이 공사장에서 다쳤다는 장 목수를 만난 건 그곳에서였다. 전시장 구석의 부스 하나를 차지하고 서각작품 전시회를 열었던 것이다. 목발을 짚고 예의 부드러운 미소를 나타난 장 목수의 설명으론 허리를 다친 뒤 딸의 도움으로 서각공예를 배우기 시작했다고 했다. 원래 한문선생이어서 한자에 조예가 깊던 터에 조각에도 남다른 소질이 있어서 일 년 만에 전시회를 열 정도로 발전했던 것이다. 장 목수의 부스에서는 일 년 넘게 장 목수가 제작했다는 수십 점의 목제 서각작품이 멋들어지게 전시되어 있었다.

소년에게 이런 소식을 듣고 제일 기뻐한 것은 아버지였다. 다음 날 극장에서 일찍 퇴근한 아버지는 서각전시회장을 찾아가서 장 목수를 만나 밤이 깊도록 술잔을 기울이며 정담을 나누었다.

마지막 날이 소년의 기억에 가장 남는 날이었다. 그날은 특별히 늦은 시간까지 시민들을 위한 춤 파티가 벌어졌다. 붉고 노랗고 푸른 전등이 켜진 공터 중앙에 설치된 가설무대에서 악사들이 신나게 댄스음악을 연주했고, 춤에 자신 있는 사람이면 누구나 참여할 수 있는 춤판이 열렸다.

축제 마지막 날이라는 말에 평소보다 일찍 극장을 퇴근한 아버지도 함께 간 어머니와 그 춤판에 뛰어들었다. 처음엔 수줍어하며 몸을 빼던 어머니도 아버지의 거듭된 권유에 못 이긴 척 아버지의 리드를 받으며 블루스를 추었다.

춤판 바깥에서 동생과 함께 지켜보던 소년은 아버지에게 그런 춤 솜씨가 있는 줄은 생전 처음 알았다. 양복을 입은 아버지의 품에 안겨 춤을 추는 어머니의 표정은 몹시도 행복해 보였다. 불빛 때문인지 양 볼마저 발그레하게 상기되어 있었다. 소년은 주변의 어느 누구보다도 아버지와 어머니의 춤추는 모습이 가장 멋있고 아름답다고 생각했다. 지켜보던 곽씨도 역시 잘난 사람이 춤 솜씨도 남다른 데가 있다고 은근히 부러워했다.

곧 이어서 음악이 고고로 바뀌면서 모든 사람들이 다함께 춤판에 뛰어들어 열심히 몸을 흔들어댔다. 아버지는 물론 건넛집 차씨와 정 반장도 있었고, 창호와 삼원이, 그리고 상배도 있었다. 고물상집 최씨 아들 동식이도 보였다. 동생 진수도 제 딴에는 고고 춤이랍시고 열심히 엉덩이와 어깨를 흔들어대었다. 소년은 병태가 있었으면 좋겠다는 생각을 하며 제멋대로 춤을 추어댔다. 정말이지 유쾌한 한마당이었다.

성황리에 개최되었던 박람회가 철수한 뒤 얼마 지나지 않아서 추석이 닥쳐왔다. 사람들은 이런저런 일로 분주한 가운데 겨울 채비를 차렸다. 집집마다 배추로 김장을 담그고, 연탄을 사들여서 겨울 난방을 준비했다. 한차례 겨울을 재촉하는 비가 지나갔다.

그즈음 소년도 새로운 일을 맡아서 약간 바빠졌다. 극장 아르바이트 일을 맡게 된 것이었다. 아침 밥상머리에서 아버지가 극장 일손이 딸린다며 일주일에 서너 번 저녁에 일할 아르바이트생을 구해야겠다고 했을 때 소년이 냉큼 자신이 해보겠다며 나선 것이다. 그렇게 하면 용돈도 벌 수 있을 뿐더러 영화를 마음대로 볼 수 있겠다는 속셈에서였다. 아버지는 별 말없이 소년에게 일을 해보라고 수락했다.

소년이 해야 할이란 건 별것 아니었다. 추석대목을 앞두고 신작 개봉영화를 보러오는 관객들이 많아서 일손이 딸리는데다가 기도를 보는 곰보남자의 아내가 산후에 몸이 좋지 않아서 가끔씩 일찍 들어가야 하는 관계로 표를 받을 사람이 필요했던 것이다. 또 가끔씩 극장 간판을 바꿀 때 약간 거들어주는 것 정도였다.

소년이 극장에 다니게 되면서 자연 아버지와 함께 퇴근하는 경우도 적지 않았다. 극장이 마지막 회 상영을 시작하고 이십 분쯤 지나면 매표소 창구가 문을 닫았고 그때가 소년과 아버지가 퇴근할 시간이었다. 대개 아홉 시가 넘는 시각이었다. 아버지는 소년을 자전거 뒷자리에 타게 했다. 덩치가 큰 소년이 앞에 타고 아버지가 뒤에 타면 안 되느냐고 물었지만 아버지는 두말없이 그런 법이 없다며 거절했다.

시월 초순을 넘어서면서 날씨는 하루가 다르게 추워졌다. 나뭇가지들이 밤새 두런거리며 차례를 정해 아침이면 땅바닥에 잔뜩 마른 낙엽을 내어놓곤 했다. 밤이 점차 길어졌고, 거리에 오가는 행인들의 발길도 뜸해졌다. 군밤장수와 찹쌀떡장수의 외치는 소리가 골목 멀리까지 퍼져나가는 계절이었다.

― 오늘은 문수와 얘기도 나눌 겸 슬슬 걸어가 볼까.

자전거를 극장 밖으로 꺼내는 소년을 보며 아버지가 말했다. 극장 야간경비를 맡은 남자가 아버지에게 잘 가시라며 공손하게 인사했다. 거리엔 어둠이 짙어져 있었다. 마른 낙엽들이 갈바람에 쓸려 어두운 거리 저편으로 우르르 몰려갔다.

소년은 자전거를 끌고 천천히 걸음을 옮겼다. 아버지에게서 달착지근하게 술 냄새가 풍겼다. 저녁에 소년이 극장에 갔을 때 매표소 아줌마가 세 시경에 볼일이 있어서 나갔다던 아버지는 여덟 시가 넘어서야 극장으로 돌아왔다. 소년은 아버지가 어딜 갔다 왔는지 대강 짐작이 갔다.

― 한수가 좀 걱정이다.

소년의 곁을 걷던 아버지가 불쑥 말했다.

― 형을 만났어요?

― 아까 볼일 보고 오던 길에 한수 독서실을 찾아가서 저녁 한 끼 사주고 왔다. 입시철을 앞두고 많이 힘들어하는 눈치던데 잘 하려는지 모르겠다.

소년은 잠자코 걸음을 옮겼다. 형은 얼마 전 잠자리에서 소년에게 현재의 힘든 상황을 털어놓았다. 아무리 노력해도 자신감이 생기지 않는다고 했다. 이러다간 삼수를 해야 할지도 모르겠다고 고민했다.

– 작년 입시성적이 안 좋은 게 마음에 걸려서 그럴 거예요.

– 그건 아직 어려서 그래. 살아가면서 누구나 약간씩 비틀거리기도 하는 법이야. 지치기도 하고 돌부리에 걸려서 넘어질 때도 있지. 문제는 그럴 때 용기를 잃지 않는 것이지. 이 아버지가 속으로 바라는 것은 바로 그거야. 그런 면에서 한수는 심약해.

문득 소년은 아버지를 돌아보았다. 아버지가 갑자기 예전과 달라진 것처럼 생각되었다. 여태껏 불안하고 위태로웠던 아버지가 오랜 풍파를 겪고 난 거목처럼 튼실하게 여겨졌다.

– 어떨 땐 문수 네가 장남이었으면 어떨까 싶기도 해. 넌 심지가 굳고 믿을 만 해. 덩치도 크고 말이야. 내가 너한테 서운하게 하는 건 바로 그런 점 때문인 줄 알아라.

아버지가 손을 뻗어 소년의 어깨를 단단히 감싸 안았다. 아버지의 호흡이 귓결에 와 닿았다. 소년은 아버지와 오랜 친구가 된 듯한 기분을 느꼈고 어깨가 으슥해졌다.

– 참, 한수가 너에 대해 놀랐다고 하더라. 공부하는 모습을 별로 보지도 않았는데 어떻게 그렇게 시험문제를 잘 푸는지 몰랐다고 하면서 말이야.

지난 일요일에 형이 가져온 고입시험 문제지를 함께 풀어본 적이 있었다. 그때 형의 놀란 표정이 떠올랐다. 사실 다른 사람은 모르고 있었지만 소년은 그동안 남몰래 형이 쓰던 책으로 공부를 계속해왔던 터였다. 그건 형에 대한 경쟁심도 있었지만 공부를 중단하고 놀다간 남보다 뒤처질지 모른다는 불안감이 들었던 때문이기도 했다. 또 내년에 있을 고입검정고시에 합격하여 은혜에게 당당하게 보여주고 싶기도 했다.

아버지의 발밑에서 낙엽이 바스락거렸다. 도로변의 가게들이 하나씩 불을 끄고 문을 닫고 있었다. 게를 파는 노점상의 카바이드 불빛이 어둠 속에서 파랗게 빛났다.

– 아버지, 한 가지 물어봐도 돼요?

– 그래. 말해봐.

– 정인숙이란 여자 분, 어디가 좋은 거예요?

소년이 알고 싶은 것은 어머니보다 못 생기고 건강도 좋지 않고 게다가 딸아이까지 하나 딸린 여자를 아버지가 왜 좋아하느냐는 점이었다.

– 그거? 나를 필요로 하는 사람이어서 그렇다고 할까. 그 여자는 나 없으면 못 살 여자야.

– 어머니도 아버지가 필요하잖아요.

– 그거야 어머니에겐 너희들도 있고, 명색이 남편인 나도 있잖아. 하지만 그 여자에겐 아무도 없어. 남편을 사고로 잃고 아주 어렵게 살아가고 있지. 그리고 문수야. 이건 분명히 너와 나만의 비밀이야. 절대 남에게 이야기하면 안 돼. 알았지?

아버지의 다짐을 받으며 소년은 문득 은혜와 있었던 일을 아버지에게 이야기해볼까 망설였다. 소년은 지난주에 은혜와 놀다가 헤어지면서 그녀의 집 앞 어두운 골목에서 첫 입맞춤을 했던 것이다. 세상을 다 가진 듯 기분이 황홀했다. 그때 그녀가 소년에게 '사랑해'라고 말했다. 처음 듣는 사랑의 고백이었다.

'은혜를 아내로 맞고 싶어요.'

소년이 말했다. 하지만 마음일 뿐 말은 나오지 않았다.

— 사람은 누구나 하나씩 비밀을 가지고 있는 법이지. 비밀이 없는 삶이라면 얼마나 재미없겠니.

아버지가 미소를 띠고 말했다. 소년은 고개를 끄덕여 공감을 표했다. 저만치 동네 입구의, 불 켜진 철길 건널목이 보였다.

시월의 세 번째 금요일 밤에 아버지가 돌아가셨다. 교통사고였다. 자전거를 타고 도로를 건너다가 맞은편에서 과속으로 달려온 택시에 치고 만 것이다. 비상계엄령이 선포된 사흘 뒤였고, 유신 헌법이 공포되기 일주일 전이었다.

세상의 어떤 일들은 이처럼 아무 예고도 없이 느닷없고 돌연스럽게 닥치기도 하는가 보았다. 세상이 온통 어둠에 빠져든 것 같았다. 언제까지나 가족들과 함께 있을 것 같았던 아버지의 떠남은 참으로 비감스럽고 견디기 힘든 상실감을 안겨주었다.

가족들은 모두 오열했다. 특히 어머니의 슬픔이 가장 컸다. 어머니와 문상 온 이웃들은 왜 하필 아버지가 아홉 시가 넘은 시각에 극장에서도 한참 떨어진, 집과는 반대방향인 그곳에서 교통사고를 당했는지 궁금해 했다.

하지만 망자는 말이 없었다. 또한 아버지가 왜 거기에 갔는지

알고 있는 소년 역시 아무런 얘기도 하지 않았다. 그건 아버지와
의 소중한 약속이었던 것이다.

하나, 둘, 그리고 셋

이장할 무덤을 파헤쳤을 때 관은 대부분 삭아서 검은 형체만 남아 있었다. 이장을 전문적으로 하는 늙은 인부 한 사람이 장갑을 끼고 묘 안에 들어가서 유해를 하나씩 차례대로 주워 올렸다. 삼십여 성상 남짓한 시간의 흐름에 유해 역시 온전한 건 없었다.

 – 다행히 묏자리가 괜찮아서 유해가 곱게 삭은 편입니다. 이런 일을 하다보면 자리를 잘못 써서 관에 물이 차거나 또는 지열로 새카맣게 타 있는 경우도 왕왕 보거든요.

주워 올린 유해에 엉겨 붙은 흙을 털어내고 한지가 깔린 사과 상자 크기의 목곽에 차곡차곡 수습하던 바깥의 인부가 위안이나 하듯 말했다.

 – 해몽 책은 누가 넣어 드렸지?

인부의 손길을 지켜보던 형이 문득 옛날 입관을 할 당시를 떠올렸는지 그에게 물었다. 적지 않은 흰머리에 머리숱까지 듬성해진 형의 머리를 보며 그는 잠깐 기억을 더듬었다. 아버지가 아침 잠자리에서 항시 찾아보던 해몽 책을 아버지의 관 속에 함께 넣어주기로 한 건 그의 의견이었다. 하지만 누가 그걸 넣었는지는 잘 기억나지 않았다.

－글쎄, 난 기억에 없는데.

－내가 봤어. 어머니가 직접 관에 넣어드렸어.

검은 양복 차림으로 그의 옆에서 양손을 모으고 서 있던 동생이 대답했다.

－그랬던가.

그는 당시 슬픔에 빠져 오열하던 어머니의 모습을 떠올리곤 마음이 울적해졌다. 그렇게 일찍 남편을 잃고 어머니는 삼 형제를 키우며 이십칠팔 년을 더 살았다. 그리고 십여 년 전 겨울에 심근 경색으로 세상을 떠났다. 남편을 잃고 살아간 그 신산스런 세월의 무늬가 어떠했는지는 어머니만 알 것이다.

마지막으로 무덤에서 나온 건 아버지의 해골이었다. 한 사람의 삶의 기억과 온갖 감정을 담고 있던 그것은 이제 그저 하나의 둥근 뼈로 된 물체에 불과했다. 늙은 인부는 조심스레 들어낸 해골을 바깥에 있던 다른 인부의 손에 넘겼다.

－고생하셨는데 저기 가서 술이나 한잔하십시다.

유해 수습을 마치고 무덤에서 나오는 인부에게 형이 말했다. 벌써 점심시간이 가까워져 있었다. 오후에는 파낸 유해를 가까운 시립화장장에서 화장한 다음 고향에 있는 납골당에 안치하는 걸로 일은 끝날 것이었다.

세 명의 인부와 형제들은 파구분(破舊墳)을 할 때 묘제를 지내기 위해 펴놓았던 은박지 위에 따로 둘러앉았다. 수고했다며 동생이 일일이 인부들에게 한 잔씩 술을 돌렸다. 가족 중에서 여자로선 유일하게 혼자 따라온 형수가 도시락과 과일이며 포, 따위를 먹기 좋게 손질해서 중간에 늘어놓았다.

－ 자, 작은형도 한잔하지.

동생 진수가 플라스틱 컵에 부어주는 술을 받던 그는 귓결에 해맑은 새 소리를 들었다. 고개를 들자 오월의 푸른 하늘에 작은 점처럼 새 한 마리가 떠서 재재거리며 울고 있었다. 소리로 보아 종달새였다. 자기 보금자리가 자꾸 줄어드는 것을 하소하는 건 아닌지 모르겠다고 그는 생각했다. 시선을 내리자 묘지 아래로 펼쳐진 거대한 공사장이 눈에 들어왔다.

예전에 보던 야산과 구릉지는 불도저에 밀려서 이미 반 넘게 벌건 속살을 드러내고 있었다. 어릴 때 그가 살았던 낡은 판잣집들이 옹기종기 모여 있던 변두리 동네 역시 대단위 아파트단지로 변한 지 오래였다. 다행이 무덤들이 있던 야산과 보리밭은 그동안 개발바람에도 살아남았지만 이번에 지자체에서 추진한 분묘이장계획이 완료되면 거대한 아파트 단지로 변할 것이다. 서민 주거안정과 도시개발이라는 미명하에.

그는 씁쓸한 감정에 사로잡혀 보리밭을 바라보았다. 오월의 햇볕이 내리쬐는 보리밭엔 추운 겨울을 견디고 자라난 보리가 마치 여인의 머릿결처럼 푸르게 일렁이고 있었다. 그 풍경 속에 기쁨과 슬픔이, 설렘과 좌절이, 또 병태와 부뜰이와 선이누나, 그리고 첫사랑 은혜와 죽은 아버지의 얼굴이 있었다.

－ 큰형은 요즘 어때?

동생의 물음에 아릿한 추억에서 빠져나온 그는 맞은편에 자리
한 형을 건너다보았다. 아버지가 판검사가 되길 그토록 기대했던
형 한수는 아버지가 세상을 뜬 뒤 힘들게 고등학교를 졸업했다.
그 뒤로 야간 상대를 다니며 은행에서 근무하던 형은 지점장을
끝으로 퇴직하고 나온 뒤 삼년쯤 전에 외국계 음식체인점 사업을
하다가 크게 실패를 보았다. 지금은 형수와 함께 수도권 변두리
에서 조그만 슈퍼마켓을 운영하는 중이었다.

　- 물을 게 뭐 있어. 불경기에 죽을 맛이지.

　형이 그의 눈치를 보며 인상을 찌푸렸다. 형이 그에게 소원해
진 건 음식체인점을 할 때 그에게 꾸어간 자금을 제대로 갚지 못
한 자격지심 탓이었다. 그 뒤로 형은 그를 보는 걸 예전보다 어려
워했다. 되도록 말도 아끼는 편이었다.

　- 진수, 너는 요즘도 바쁘다며?

　빈 술잔을 막내에게 넘기며 형이 물었다.

　- 그것도 옛말이야. 요즘 변호사가 좀 많아. 게다가 여기저기
대형 로펌들이 생겨나는 바람에 좋은 시절은 다 끝났어.

　두 손으로 형이 부어주는 술을 받는 동생의 모습은 어릴 적에
보았던 아버지의 모습과 많이 닮아 있었다. 나이가 들수록 더욱
닮아가는 듯했다. 수염이 많은 턱이며 무엇에든 잘 흥분하고 또
사람들에게 친절한 건 그대로 빼닮은 부분이었다. 큰형에 걸었던
아버지의 기대를 이룬 것은 의외로 동생이었다. 세상을 뜬 아버
지도 막내 진수가 법조인이 되어 있는 걸 알았다면 무척 기뻐했
을 것이다.

– 참, 제수씨와 문제는 어떻게 되었어?

문득 생각난 김에 그는 곁에 앉은 동생에게 슬쩍 물었다. 마침 형수는 차에서 무얼 가져올 게 있다며 묘지 아래쪽으로 내려가고 없었다.

– 다시 같이 살기로 합의했어. 비운 술잔을 잔디에 털며 동생이 대답했다.

– 어떻게?

– 용서를 구했지. 이혼하려거든 차라리 나를 죽이고 가라. 난 당신 없이는 못 산다, 그랬거든. 동생이 빈 잔을 그에게 내밀었다.

– 그거 옛날에 아버지가 어머니에게 했던 수법 아냐?

– 왜 아냐? 배운 건 써먹어야지. 말하곤 제 딴에도 우스웠는지 동생이 빙글거리며 웃었다. 그와 동생의 대화에 형이 영문을 모르겠다는 표정을 하고 두 사람을 건너다보았다.

– 작은형, 세상 참 잠깐이다. 그지?

동생이 그의 잔에 술을 따르며 말했다. 그가 무겁게 고개를 끄덕였다. 그랬다. 삶은 너무 빨리 흐르는 것이다. 눈 깜짝할 사이에 이미 중년에 접어들어 있었다. 하지만 우리네 욕망은 끝이 없다. 그리고 그 욕망의 끝에는 허무만 남는다. 그런 의미에서 산다는 건 어쩌면 누구나 하나씩 남모를 열정을 갖고 허무의 바다를 헤엄쳐 건너는 일인지도 모른다.

그는 불현듯 아버지가 그리웠다. 돌아보면 그 나름의 열정을 갖고 열심히 세상을 살아간 아버지였다. 비록 서툴고 비틀거리긴 했어도. 사고로 세상을 뜨기 얼마 전에 해준 아버지의 말 한마디가 뾰족하게 기억의 망을 뚫고 솟구쳤다.

내일이 어떻게 될지 누가 알아. 삶은 오늘에 있는 것이지, 내일에 있는 건 아냐. 오늘이 있어야 내일도 있는 법이거든. 그날그날을 사랑하지 않는다면 사는 게 무슨 의미가 있어.

어쩜 아버지는 자신의 앞날을 미리 예감한 것인지도 몰랐다.

술산을 비우던 형이 유년시절의 기억 한 토막을 떠올렸는지 그와 동생에게 불쑥 물었다.

— 너희들 기억나니? 옛날에 우리 어렸을 적에 함께 바닷가로 놀러갔던 것 말이야.

그건 지방으로 이사 내려오기 두해 쯤 전이었을 것이다. 여름 어느 날 가족들이 함께 인천 부근 바닷가로 놀러간 적이 있었다. 그때 어머니는 해변 백사장에서 지켜보고 있었고, 팬츠를 입은 아버지와 세 아들은 모두 바닷물이 허벅지까지 차오르는 곳에서 서로 팔짱을 끼고 서서 파도가 밀려오길 기다렸다. 그리고 아버지의 하나 둘 셋 구령에 맞춰 동시에 공중으로 뛰어올랐다. 그러면 밀려온 파도가 발목을 치며 지나갔다. 그때 소년은 난생처음으로 가족 모두가 일체가 된 느낌을 받았었다. 가족은 모두 함께 힘을 합쳐 파도를 헤쳐 가야 할 동료라는 인식을 가지게 된 것도 그때였을 것이다.

— 그래, 기억나. 진수가 상기된 얼굴로 말했다.

— 너도 기억해? 진수 너는 그때 겨우 초등학교 2학년이었잖아.

— 아냐. 분명히 기억나. 난 아버지 옆구리에 꽉 매달려 있었어. 그래도 파도가 밀려올 때마다 무서워 죽는 줄 알았어.

– 그래, 그랬었지.

그가 달콤한 감상에 젖어 말했다.

– 그때 아버지 연세가 지금의 나보다 적었잖아.

손가락을 꼽아보던 동생이 놀랍다는 듯 말했다. 그는 불현듯 아버지에 관한 비밀이 생각났고 이참에 그걸 동생에게 털어놓을까 망설였다. 아버지에게 숨겨둔 여인이 있었으며, 아버지가 거길 다녀오다가 교통사고를 당했다는 사실을.

하지만 그는 그냥 입을 다물었다. 그건 아버지와 자신만이 알고 있는 특별한 비밀이었다. 세상에는 그냥 모르고 지나가야 할 것도 있는 것이다.

들판을 건너온 오월의 싱그러운 바람이 그의 얼굴을 스치며 지나갔다.

어떻게 용기와 희망을 잃지 않고 견디어 왔는가

소설의 질료는 크게 세 가지다. 작가가 세상을 살면서 얻은 기억과 독서나 영상, 혹은 이야기를 통해 습득한 추체험, 또 하나는 남다른 상상력이다. 지금껏 발표한 몇 권의 장편소설이 대부분 추체험이나 상상력에 의존해서 써진 글이라면 이번에 펴낸 《축제의 언덕》은 주로 기억의 힘에 의거한 작품으로 서사적 구성과 자료정리에 많은 노력과 정성을 쏟아 부은, 가장 오랫동안 창작의 산고를 겪어야 했던 장편이다.

이 소설은 해방과 민족상잔의 전쟁을 겪은 뒤 찢어지는 가난과 어려움 속에서도 희망을 잃지 않고 살아온 우리 아버지세대와 문수란 이름의 주인공으로 대변되는, 이제는 은퇴했거나 은퇴의 길로 들어선 한국의 베이비부머, 즉 7080세대의 삶이 이야기의 중심이 된다. 물론 등장인물들 중에는 6·25 전쟁 통에 이북서 월남한 삼팔따라지나 참전상이용사도 있고, 새벽마다 머리맡에서 울려대는 새마을노래에 단잠을 깨어 억지로 국민교육헌장을 외우고 자라 후일 군사독재에 항거한 속칭 386세대도 포함된다.

돌아보면 당시는 식량을 비롯한 모든 물자가 태부족한 시절로 하루 세끼 밥을 굶지 않는 걸 가장 중요한 일로 여겼다. 도시변 두리의 배고픈 아이들은 계절이 바뀔 때마다 노란 감꽃이며 하얀 아카시 꽃을 입에 물고 다녔고, 빈병이나 찢어진 고무신을 튀긴 강냉이나 엿으로 바꿔먹기도 했다.

초등학교에서는 구호 옥수수가루로 만든 식빵을 배급했고, 계속된 식량난으로 혼·분식이 장려되기도 했다. 소화되기 쉽도록 증기로 쪄서 얇게 압축한 소위 '납작 보리쌀'이 가난한 엄마들의 눈길을 끌었고, 조리에 간편한 라면이 식탁에 오른 것도 이즈음이었다. 주민사업에 정부미가 분배되고 새마을운동으로 초가집이 석면 슬레이트지붕으로 바뀌기 시작한 것도 이 무렵의 일이다.

그러나 이 소설에서는 그런 구차하고 궁핍했던 이야기는 어느 정도 배제하는 것을 원칙으로 삼았다. 무지와 가난에서 빚어지는 일련의 얘기들이 힘겹고 암울했던 한 시대의 사회문화적 기록으로는 어떤 가치가 있을지 모르겠지만, 이 작품에서 작자가 바라는 주제를 담아내기엔 적당치 않다고 판단했기 때문이다.

다시 말해 지난 한 시대의 가난을 보여주고 싶은 게 아니라, 그 시대의 지독한 가난 속에서 우리네 부모와 그 이웃들이 어떻게 용기와 희망을 잃지 않고 견디어왔는가를 이야기하고 싶었다고 나 할까. 그것은 오늘 역시도 미래에 대한 희망은커녕 하루하루 알바를 뛰며 팍팍하고 힘든 현실을 살아가는 젊은이들에게 지난 시절의 누추하고 고단했던 일들을 새삼스레 상기시키고 싶지 않았던 때문이기도 하다.

그때는 정말 고생이 심했지, 라고 회고적으로 얘기하는 어른들도 적지 않지만 많은 젊은이들에겐 옴짝달싹할 수조차 없이 계층화가 심화된 작금의 현실이 그때보다 더욱 가혹하고 절망적이며 괴로울 수도 있는 법이다.

다만 이 소설은 오래 전, 가진 것 하나 없던 사람들이 그 힘들고 어려운 시대를 건너올 수 있었던 정신적 자산이 무엇인지를 일부나마 찾아내어 그걸 독자들에게 이야기하고 싶었을 뿐이다. 그래서 타인을 위한 희생이나 배려는 도외시하고, 오직 자기 자신만 잘 되면 괜찮다는 이기심으로 팽만한 이 세상에선 누구도 감히 행복할 수 없다는 교훈을 이 소설을 통해 말하고 싶었던 건지도 모른다.

축제의 언덕

지은이 | 박희섭
펴낸이 | 황인원
펴낸곳 | 다차원북스

신고번호 | 제313-2011-248호

초판 1쇄 인쇄 | 2015년 02월 15일
초판 1쇄 발행 | 2015년 02월 23일

우편번호 | 121-897
주소 | 서울특별시 마포구 양화진길 55(312호)
전화 | (02)333-0471(代)
팩시밀리 | (031)984-2079
E-mail | dachawon@daum.net

ISBN 978-89-97659-59-3 03810

값 · 13,000원

이 도서의 국립중앙도서관 출판시도서목록(CIP)은
서지정보유통지원시스템 홈페이지(http://seoji.nl.go.kr)와
국가자료공동목록시스템(http://www.nl.go.kr/kolisnet)에서 이용하실 수 있습니다.
(CIP제어번호: CIP2015003397)

＊이 도서는 2015년 한국문화예술위원회 창작기금을 지원받아 출간되었습니다.